童話背後的歷史

——西方童話與中國社會（1900-1937）

伍紅玉 著

臺灣 學生書局 印行

童話背後的歷史

——西方童話與中國社會（1900-1937）

目　次

緒論：童話與社會歷史

一、童話：一種古老而更生的文藝形式

　　說起童話（Fairy tale）❶，人們自然會想起那些經典的神奇故事。如膾炙人口的民間故事《灰姑娘》、《小紅帽》、《白雪公主》、《睡美人》、《青蛙王子》，動人心弦的文學故事《美人魚》、《海的女兒》、《醜小鴨》、《快樂王子》，等等。❷這些千百年來代代傳承的童話故事在歷史的長河中不斷地被傳承、變

---

❶　根據目前的資料，中文名詞「童話」最早出現於 1909 年 3 月孫毓修在商務印書館編撰的叢書《童話》。這是一套歷時七年，多達一百多冊，面向兒童的文藝叢書。自此，童話便成為一種專用中文名詞出現了。童話對應的英文詞較多，常見的有 Fairy tale, Legend, Nursery story, Wonder-tale, Fantasy 等等。對此，很早就有學者曾經討論過。1922 年周作人與趙景深在《晨報》副刊上多次通信討論童話的定義問題，也一併論述過中文「童話」一詞的來源和它所對應的英文詞的問題。本文不打算在概念界定上花太多時間，為了行文方便，本文採用通常的說法，認為「童話」一詞對應於英文的"Fairy tale"，法文的"Contes de fee"和德文的"Maerchen"等。

❷　除了這些經典童話外，還有各種各樣的童話故事，現代社會也產生、傳承新的童話，但人們似乎更多地關注那些古代經典。那些千百年來代代相傳的童話故事帶給人們一種文化安全感，那些從小就被閱讀的童話故事有助於人們相信生活在一個擁有共同夢想和希望的世界裏。

異、再傳承，形成一個個經典文本。正是在這種傳承、變異、再傳承的過程中，童話凝聚了不同歷史時期的思想文化因子，成為人類社會走向文明的文化橋樑之一。

長期以來廣為流傳的各種童話故事深入人心，但對於童話概念的理解卻複雜多樣。文學、民俗學、文化人類學、民間敘事等學科都從自己的知識系統和研究角度對童話進行定義和分析。因此，要找到一個統一的童話概念非常困難。本文將從社會歷史視角分析童話，把童話理解成一種紮根於社會歷史之中，表達特定群體或階層思想、道德和觀念的文藝形式。

作為一種古老而更生的文藝形式，童話的發展經歷了漫長的歷程，其中民間童話和文學童話是它漫長發展歷程中的兩個基本形態。童話的最初存在形式是民間童話。民間童話是以民眾為主體，以口頭語言為媒介，通過口耳交流的方式傳承的民間敘事形式。作為一種古老的口頭敘事，其萌芽期可以追溯到遠古的石器時代。當人類語言逐步形成，資訊和情感交流越來越頻繁和複雜的時候，和其他民間敘事類型一樣，民間童話便應運而生。它最初是由一些具有天賦的講述者在某些儀式和場合講述的故事，目的是為了解釋當時人們無法理解的自然變化和現象，以及慶祝勞動豐收、日常節慶和軍事凱旋等。這些由故事講述者面對面親口講述的童話故事有助於將整個部落成員凝聚在一起，形成共同的思想觀念和價值信仰。因此，最初的童話故事在當時的生活中具有告誡、教化和引導的功能。

民間童話是最具幻想和傳奇性的文藝形式，它以藝術的形式再現特定歷史時期的社會和生活，表達人們的喜怒哀樂和美好願望，

架起民眾之間相互理解的橋樑。雖然隨著現代技術進步和社會分化加劇，與其他民間敘事類型一樣，民間童話的社會文化功能逐漸衰落，新的敘事形式如文學童話開始形成，並慢慢地取代了它的功能，但是民間童話始終伴隨著人類發展至今。

隨著封建社會向前資本主義社會的過渡，新興資產階層的出現，新的文化生活空間的萌芽和印刷術的普及，文學童話逐漸登上了歷史的舞臺。文學童話是以作家為主體、以文字為媒介，通過閱讀的方式傳播的文藝形式。文學童話也是不斷發展成形的。歷史上，首先是部分知識分子順應時代潮流廣泛搜集、整理民間流傳的童話和故事，將它們貼上民族文藝的標籤。然後，一些富有才華的作家和知識分子在借鑑民間童話和故事的基礎上，開始創作自己的童話故事，藉此表達自己和所屬階層的思想、情感和願望。文學童話作為一種的歷史的產物，是資產階級意識形態傳播的重要載體之一，對資本主義社會道德、家庭和兩性觀念的建立起到過重要的宣傳教育作用。

之後，隨著時代的發展和科技的進步，童話進入了更豐富的發展狀態。古老的童話故事借助新的科技形式獲得了新的生命力，成為文化工業時代的重要資源。這些以製片人或公司為主體，以圖像或電子讀物為媒介，通過發行和欣賞的方式銷售的文化產品，我們可以稱之為商業童話。❸

---

❸ 當然民間童話、文學童話和商業童話並不是完全對立的，它們之間也存在相互關聯性，歷史上有不少優美的民間童話成為文學童話和商業童話的素材和來源，也有不少膾炙人口的文學童話或商業童話流入民間，成為民間童話。

本文所要探討的「童話」，既包括以民間敘事為基礎的民間童話、以個人創作為基礎的文學童話，還包括以現代科技為基礎的商業童話；既包括傳統的童話類型，也包括其他具有類似性的寓言故事。其最大的共同性在於，它們作為一種文藝創作形式和體裁，是特定時代、特定階層或群體傳承或表達自身思想、觀念和文化意識的載體。特別是在封建社會向前資本主義社會過渡時期，童話成為新興資產階級和中產階層表達思想、道德和觀念的文藝形式之一。

二、社會歷史分析：一種新的童話研究方向

「社會歷史分析」（socio-historical analysis）是當今文化研究領域的基本方法之一。一種文藝形式或文化現象的產生或出現，大都是特定歷史時代背景下的產物。並且它們會隨著社會歷史的變遷而不斷演變，在承載自身歷史文化內涵的同時，也承擔不同社會歷史時期的文化需求。正如 Peter Buerger 在他的 *Theory of the Avant-Garde* 一書中用「藝術的制度化」（institution of art）來形容藝術作品形成和產生的社會歷史因素。他指出「藝術作品不是一種獨立的實體性存在，而是一種其功能受社會制度和條件影響的存在。當人們在談論單個作品的功能時，常常是一種象徵性的。人們在發現和推斷一件藝術作品的功能時，往往並不是依據藝術作品的某種特別品質來決定的，而是根據特定社會、階級或階層對這一類藝術作品的控制方式」。❹

---

❹ Peter Buerger, *Theory of the Avant-Garde*, trs. Michael Shaw (Minneapolis: University of Minnesota Press, 1984): P12, 48.

　　「童話」與「社會歷史」，一個與浪漫相聯，一個與現實相關，人們也許很難將兩者聯繫在一起。但是，從社會歷史分析的角度研究童話是近年來西方文化研究的方向之一。研究者認為，童話故事是人類文明化和社會化的階梯，並集中體現了特定階層對待家庭、工作、娛樂、教育和兩性關係的道德和價值觀念，因此主張從社會歷史背景探尋童話產生和傳播的根源與動力。❺正是在這種理論的推動下，曾經邊緣性的童話研究被推向了社會文化研究的前沿。從社會歷史的視角解讀童話和童話傳播，將有助於我們發現一個更深刻的童話世界。❻

---

❺　相關研究成果較多，請參見：U. Bastian, *Die Kinder-und Hausenmaerchen der Brueder Grimm in der literaturell-paedagogischen Disskussion in 19. und 20. Jahrhunderts*, Helsinki: Ffm, 1981; Ruth Bottigheimer, *Grimms' bad girl § bold boys: the moral § social vision of the Tales*, New Haven: Yale University Press, 1987; Donald Haase, *The reception of Grimms' fairy tale: responses, reactions, revisions*, Detroit: Wayne State University Press, 1993; Tomkowiak Ingird, *Grimms Maerchen international: zehn der bekanntesten Grimmschen Maerchen und ihre europaeischen und außereuropaeischen Verwandten*, Paderborn (u.a.): Schoeningh, 1996; James McGlathery, *Grimm's fairy tales: a history of criticism on a popular classic*, Columbia: Camden Hause, 1993; Jack Zipes, *The Brothers Grimm -- From Enchanted Forests to the Modern World*, New York: Routledge, 1988; Jack Zipes, *Breaking the magic spell: radical theories of folk fairy rales*, Lexington: University Press of Kentucky, 2002.

❻　以格林童話為例，傑克・塞普斯（Jack Zipes）等人主張從社會歷史視角解讀格林童話，他們在比較了格林童話前後版本內容的差異，以及它們與其他故事異文的變化後發現，為了傳播特定的思想道德和價值觀念，格林兄弟對童話故事內容進行了適當的編輯和修改，經過他們的整理，童話故事成為新教倫理和市民文化的武器。因此，他認為格林童話故事真實地反映了格林兄弟

　　社會歷史分析是在傳統童話研究理論的基礎上發展而來的一種理論和方法。其重要的思想來源之一便是歷史地理研究法（Geographisch-historische Methode）。歷史地理研究方法起源於 19 世紀 70-80 年代，是芬蘭科恩父子（Julius Krohn, 1835-1888; Kaarle Krohn, 1863-1933）在研究民間童話和民歌❼的過程中創立的一種民間文學研究的基本方法。後來在科克斯（M. R. Cox, 1860-1916）❽、布克林（E. Boeklen）❾和安克（K. Ranke, 1908-1985）❿等學者的努力和推動下，逐漸向民俗學、民族學和文化人類學等學科領域滲透。

　　歷史地理研究方法主張對某一特定類型的童話在不同時期和地區傳播文本變異的比較，在充分辨析出它在流變過程中受不同社會文化和習俗影響和滲透的基礎上，研究它的故事原型、流變源頭、變異過程和傳播途徑等。⓫由於童話原型的獲得，必須以童話流變研究為基礎，所以，研究者在探索童話原型的過程中，逐漸衍生出眾多研究童話流變的理論。這類研究者認為童話是流變的，一個生命力越強的童話類型，流變也會越複雜。而每一個童話文本都是在特定時間和空間裏形成的，通過對那些溶入童話文本之中文化碎片

所處的社會生活背景，特別是市民社會的倫理道德和思想觀念。

❼　K. Krohn, "Baer (Wolf) und Fuchs -- eine nordische Tiermaerchenkette", In *JSFO* 6, 1889.

❽　M. R. Cox, *Cinderella,* Lang, 1893.

❾　E. Boeklen, *Sneewittchenstudien* 1-2, Leipzig, 1910-1915.

❿　Kurt Ranke, "Geographisch-historische Methode", In *Brockhaus Enzyklopaedie*, Wiesbaden, 1969.

⓫　Rolf Wilhelm Brednich, *Enzyklopaedie des Maerchens* (Berlin: Walter de Gruyter): P1013.

的研究，可以發現它所流傳的那個時代或地區的社會和文化特點。

歷史地理比較是研究童話流變行之有效的方法之一。但是由於它的研究目標是探尋童話原型和與之相適應的傳播圈，所以它對童話流變的研究總是不夠深入，研究視角偏於狹窄，不可能將童話流變過程納入社會文化的大框架去考察。

早在 20 世紀 20 年代，中國著名的歷史學家顧頡剛（1893-1980）就開始運用這種方法，對中國四大傳說之一《孟姜女》展開研究，並取得中國民間文學研究的歷史性成果。顧頡剛是在 1921 年受南宋歷史學家鄭樵（1103-1162）作品的啟發下開始研究《孟姜女》的。為了揭開它從最初歷史文獻中的只言詞組到後來形成一個著名的傳說故事的過程，特別是它在不同歷史時期是如何被傳承和闡釋的，為此，顧頡剛從各種歷史文獻資料和民間傳說中搜集了大量的材料。孟姜女故事最初從《左傳》中的簡單記載，到《禮記·檀弓》時初具情感，到西漢後期劉向（B.C.77-B.C.6）《列女傳》和《說苑》時情節的具體化，到東漢早期故事的細節化，再到三國時故事出現新的版本。故事被不斷地疊加，唐代之後，變得非常繁多，各種版本的孟姜女故事廣為流傳。對此，顧頡剛運用歷史地理方法，對《孟姜女》傳說的產生、流傳和變異進行了細緻的考究和分析。在中國歷史發展大框架的背景下，發現孟姜女流變過程所具有的歷史文化價值和意義。雖然顧頡剛最初研究孟姜女故事是為了研究古史、印證古史的目的，但他的對孟姜女故事的研究，在方法論上成為中國民間文學研究的典範。

在吸收歷史地理研究方法對童話研究的可取之處的基礎上，社會歷史分析的學者在理論思維上，還與馬克思（Karl Marx, 1818-

1883）、威廉姆斯（R. Williams）、本傑明（Walter Benjamin, 1892-1940）和哈貝馬斯（Jürgen Habermas, 1929-）等學者在文化與社會、文化與意識形態等問題上的觀點有一脈相承的成份。20 世紀 60 年代以來，由於結構主義、馬克思主義、女權主義等的興起導致知識領域和政治領域發生了很大的變化，這種變化使得文化研究更加強調文化與其他社會領域、尤其是政治的不可分離性。在研究文化與政治經濟的關聯中注重文化與權力、文化與意識形態的關係，並把它運用到各個研究領域。不再把現存的社會分化以及由此產生的各個群體之間的等級秩序看成是必然的或天經地義的，在他們看來，正是文化使得社會分化與等級秩序變得合理化與自然化。因而文化不僅可以成為社會強勢群體模糊社會經濟政治不平等的手段，也同時可以成為弱勢群體用來改變其受支配地位的工具。

　　研究者從社會歷史分析的視角出發，以西方童話在歐美文化圈流變過程中的社會文化框架為參照，立足於時代背景，研究西方童話在產生、傳播、變異、吸收和再傳播過程中的歷史文化特點，探討不同時期西方社會文化是如何影響和推動西方童話的產生和流變的，從而發掘西方童話歷史流變所具有的社會功能和文化價值。它不僅注重從時代背景出發探討西方童話產生的社會和文化根源，而且從文化傳承的角度，認為童話的流變史也是一種社會文化史。

　　以童話《小紅帽》（Little Red Riding Hood）為例，我們可以看到社會歷史分析的學者是如何進行童話研究的。研究者認為這個源於早期對太陽（紅色）或狼人崇拜的警誡童話，它早期的故事版本反

映了 15-16 世紀在法國相當流行的宗教信仰的影響。⑫故事中的小
紅帽形象獨立、勇敢，是當時農民文化積極向上的象徵；1697 年
裴奧特（Charles Perrault, 1628-1703）將它搜錄並加以改寫，小紅帽變得
天真，輕信他人，由於沒有控制自己身體和欲望的理性，因此遭受
厄運，故事有很強的性色彩。它成為告誡兒童，特別是女孩，幫助
他們心性成熟和文明的讀物。故事的這種改變是在當時法國積極向
外擴張，試圖以法國文化將整個歐洲文明化，以及上升的中產階層
開始加入統治集團，希望根據自己的文明標準同化那些還沒有開化
的農民等歷史背景中進行的；到 19 世紀初，格林兄弟（Brothers
Grimm）又根據當時市民化運動的興起以及特定的政治需要，改變
了故事的性色彩和悲傷的結局，不僅賦予小紅帽獨立、勇於鬥爭的
性格特徵，而且增加了挽救小紅帽的獵人角色。⑬這種改變是在當
時市民文化興起的歷史背景中發生的，它注重發現和培養市民階層
自身的力量。同時，獵人形象的加入象徵著當時德國被法國佔領，
德國人對民族解放和自由運動的一種希望⑭；19 世紀中後期到 20
世紀早期，隨著市民社會的逐漸成熟，《小紅帽》童話成為歐洲各
個階層兒童教育的文學基礎。⑮同時，在市民秩序的建立過程中，

---

⑫ Jack Zipes, *Rotkaeppchens Lust und Leid* (Koeln: Diedrichs, 1982): P20.

⑬ Jack Zipes, *Rotkaeppchens Lust und Leid* (Koeln: Diedrichs, 1982): P32.

⑭ Jack Zipes, *Rotkaeppchens Lust und Leid* (Koeln: Diedrichs, 1982): PP33-38.

⑮ 這一時期有 Adrien Francosoix Boieldieu, Marie E. G. M. Theaulon de Lambert,
Charles Marelle, Emilie Mathieu, Ludwig Bechstein, Gustav Holting, Moritz
Hartmann, F. W. N. Bayley, Alfred Mill, Henry Cole, Richard Henry, George
Cooper and Harrison Millard 等的版本。

童話中的「狼」開始與男性相聯繫，希望以此塑造理想的市民女性；到 20 世紀中，《小紅帽》的改編、改寫和借鑑變得紛繁複雜。⓰它已不再是只面向兒童的讀物，也不再只是一種風格，而變成面向成人的、傳統的、現代的、幽默風趣或乖張怪異等不一而足。在那段歷史時期，社會政治和文化都發生了巨大的變化，這些變化是各種社會思潮此起彼伏的反映。

社會歷史分析將童話流變研究推向前所未有的深度。但是由於目前運用這種方法進行的研究的材料和範圍主要局限於歐美文化圈，而且研究本身也基本上局限於單個童話類型，如前文所述的對《小紅帽》的研究。所以它並非一種真正跨越兩種完全不同質語言和文化的系統性研究。目前，研究者對不同質社會系統、特別是政治和意識形態系統間的跨文化傳播研究還有待進一步深入。因此，本書將運用社會歷史分析，一方面，吸收歷史地理研究方法的可取之處，突破它在研究方向上的局限，將西方童話流變研究擴展到社會文化研究的深度；另一方面，突破傳統的社會歷史分析在研究材料和領域的局限，將西方童話的傳播研究深入到跨社會系統、特別是跨語言文化和意識形態系統的研究層面。

三、文獻綜述

長期以來，已有不少西方學者致力於運用社會歷史分析理論研究西方童話傳統。近年來，也有個別學者嘗試運用社會歷史分析方

⓰ 這一時期有 Charles Guyot, Milt Gross, Joachim Ringelnatz, Caroline Thomas, Johnny Gruelle, Walter de la Mare, E. O. Somerville, James Thurber 等的版本。

法探討近代西方童話中譯。對此，相關文獻的綜述將分兩部分進行：一部分是目前西方童話的社會歷史分析的成果與局限；另一部分是近代西方童話中譯研究的成果與局限。

㈠西方童話的社會歷史分析概述

從社會歷史視角探討童話問題是近年來西方童話研究的潮流之一。❼眾多西方童話研究專家，如奧古斯特・尼茨克（August Nitschke）、魯茨・呂利克（Lutz Roehrich）、歐托・卡恩（Otto Kahn）、奧托・吉梅林（Otto Gmelin）和傑克・塞普斯（Jack Zipes）等人都在這方面做出過開拓性的研究。

奧古斯特・尼茨克通過研究童話《萵苣姑娘》（Rapunzel），認為它可能與古代一種"puberty huts"的習俗相關，這種習俗將青春期的女孩關進一個遙遠的地方，以便她們能夠順利渡過青春期。但與習俗遺留理論不同，尼茨克的研究重點逐漸從原始習俗分析轉向社會生活層面。❽魯茨・呂利克通過對童話故事的民俗性研究，認為童話故事的地方特色和文化特點往往與特定歷史時期的社會生活、環境和歷史人物存在一定的關聯性。❾換句話說，社會歷史分析理論所指涉的社會歷史與歷史遺留理論所說的原始習俗是有很大區別

---

❼ 以格林童話為例，可以從 1963-1990 年歷年出版的紀念格林兄弟的研究文集中發現這種趨勢。參見：*Brueder Grimm Gedenken* (1963, 1975, 1981, 1984, 1985, 1986, 1987, 1988, 1990), Schriften der Brueder Grimm-Gesellschaft.

❽ August Nitschke, *Soziale Ordnungen im Spiegel der Maerchen*, Stuttgart: Frommann, 1959.

❾ Lutz Roehrich, *Maerchen und Wirklichkeit. Eine volkskundliche Untersuchung*, Wiesbaden: Franz Steiner, 1956.

的，他們並不把童話故事看作是原始部落的文化產物，而是近代社
會的文化產物。

歐托·卡恩曾進一步運用這一理論對童話《侏儒妖》
（Rumpelsriltskin）進行比較研究，發現並不能簡單地把「侏儒妖」當
作侏儒或小矮人。從社會歷史分析的視角，他可以看作是被壓迫或
被奴役的人群的代表。特別是通過對這個童話文本的仔細閱讀和分
析，「侏儒妖」可以被認為是歷史上曾確實存在過的、生活在邊遠
山區的野人的代表。他們曾經被外來部落所統治，以奴隸身份為統
治部落工作，同時也進行過各種各樣的反抗和鬥爭。[20]故事中國王
要求他的女工沒日沒夜的工作，不僅不斷增加給她的工作任務，而
且把她鎖在一間屋子裏，剝奪她的睡眠，甚至以死相要挾，逼她完
成規定的工作量。歐托·卡恩認為，故事反映了古代奴隸或農奴社
會的情況，是古代，特別是中世紀勞工法律和習俗的真實寫照。同
時卡恩還分析了「侏儒妖」對磨坊主漂亮女兒愛慕的兩個原因：一
是幫助所有被壓迫的人是他們的天性，二是他們希望籍此通婚，進
化他們的種類。故事中的愛情部分也反映了那個時代父母在子女婚
姻選擇上的角色和權力。歐托·卡恩最後從社會歷史的視角，認為
民間童話故事不只是個體生活和命運的反應，更是整個被壓迫民
眾，特別是那些淪為奴隸和深處社會底層的弱勢群體和婦女的生活
和命運的整體寫照。

---

[20] Otto Kahn, "Hat Rumpelstilz wirklich gelebt? Textvergleichende Studie ueber das
     Maerchen vom Rumpelstilzchen und eine Erklaerung mit Hilfe der
     Rechtsgechichte", in *Rheinisches Jahrbuch fuer Volkskunde* 17/18 (1966/67):
     PP143-184.

奧托·吉梅林也認為童話故事不是一種純粹的想像，而是一種引導兒童和成人正確理解社會和歷史的文化形式。它們不僅反映社會歷史的真實情形，而且傳承家庭觀念。閱讀富有教育意義的童話故事，有利於兒童形成適應特定社會現實的倫理道德和價值觀念。❹和其他七十年代的學者一樣，他把「童話」與「夢」相提並論，認為童話與夢一樣，都是被壓抑的無意識活動的結果。只是夢是個體的，而童話是特定社會歷史時期民眾的產物。因此，通過這些童話故事可以對隱藏在它們背後的社會結構、歷史經驗和價值觀念有更多的認識和理解。

在二十世紀六十年代聯邦德國的反正統運動中，一些研究者認為童話故事中被灌輸了太多的封建思想和倫理道德，不能把它們作為兒童的教育材料。他們通過對《灰姑娘》（Aschenputtel）童話內容的分析，指出在童話故事中，國王和父親總是擁有絕對的權力執行自己的意志。男性形象往往在故事情節中起到關鍵性的作用，而女性形象則只能是輔助性的角色。只有當女性形象通過重重考驗，顯現出社會認可或宣導的社會價值的時候，如特別勤勞、非常寬容和無比善良等美德，她們才可能被承認和被重視。而那些具有出色智慧和能力的女性，在故事的結尾總是被比她更聰明和智慧的男性所征服。研究者認為這些童話故事內容上的特點真實地反映了封建道

---

❹ Otto Gmelin, *Boeses kommt aus Kinderbuechern. Die verpasste Moeglichkeit kindlicher Bewusstseinbildung*, Muenchen: Kindler, 1972.

德和倫理觀念。❷

　　傑克・塞普斯（Jack Zipes）是當代主張從社會歷史的視角來解讀童話故事的重要學者之一。他認為格林童話（*Kinder-und Hausemaerchen*）真實地反映了格林兄弟所處的社會生活背景和秩序，特別是市民社會的倫理道德和思想觀念。塞普斯認為，特定時代的社會文化和政治會影響和決定生活在這個時代的人們的價值取向和命運。時代環境影響人的思想觀念，人的思想觀念也反映時代環境的特色。所以，當格林兄弟從文字、內容和風格上對格林童話進行修改和整理的時候，這些童話故事不僅具有鮮明的個人特色，而且也蘊涵了特定時代的思想和文化內涵。

　　塞普斯在比較了格林童話前後版本內容的差異，以及它們與其他故事異文的變化後發現，為了傳播特定的思想道德和價值觀念，格林兄弟對童話故事內容進行了一定的編輯和修改，經過他們的調整，童話故事成為新教倫理和市民文化的武器。故事不僅體現出市民階層的勤奮、虔誠和忠誠品行，而且也表現出他們對自治和權利的向往。故事常常在體現出對個人財富的尊重和肯定的同時，也表現出從封建文化脫胎而來的市民文化的保守性和妥協性。故事中的男性人物往往聰明、理性，具有進取心、富有冒險精神，敢於承擔一定的風險。而女性人物總是表現出勤勞、節儉和守秩序的美德。塞普斯指出，格林童話真實地反映了從封建思想和制度中產生出來

---

❷　Dieter Richter und Johannes Merkel, *Maerchen, Phantasie und soziales Lernen*, Berlin: Basis, 1974; Gerhard Haas, ed., *Kinder-und Jugendbuch. Zur Typologie und Funktion einer literarischen Gattung* (Stuttgart: Philip Reclam junior, 1976): PP174-176.

的市民社會的思想文化特色，特別是有關家庭、職業、性別和倫理道德方面的思想觀念。

　　雖然傳統的社會歷史分析將童話研究推向了前所未有的深度，但是，由於它所運用的材料通常局限於歐美文化圈，在處理非歐美材料時也容易陷入西方文化中心主義，因此他們的研究有待補充和發展。例如，以傑克·塞普斯為代表的社會歷史分析的學者❷，他們研究的材料和範圍主要局限於歐美，雖然有時也運用東方的材料，但只是一種簡單的涉及而已。❷同時他們的研究在很大程度上是一種單個童話文本的變異比較研究。因此，現有的研究不僅材料有限，而且作為一種具體文本的研究，很難對童話的跨文化翻譯和傳播形成一個整體的概念；而其他以童話在本民族或文化中的翻譯和傳播為對象的個案研究，由於大部分只注重於語言的翻譯問題，

---

❷　以傑克·塞普斯（Jack Zipes）為代表的社會歷史分析方法，通過對格林童話在歐美不同歷史時期文本變異的比較，研究格林童話是如何受資本主義社會文化所影響而流變的。同時，在各種童話文本所蘊涵的文化密碼的基礎上嘗試重構一段文化史。主要研究成果有：Jack Zipes, *Rotkaeppchens Lust und Leid*, Koeln: Diedrichs, 1982; Jack Zipes, *The Brothers Grimm -- From Enchanted Forests to the Modern World*, New York: Routledge, 1988; Jack Zipes, *Breaking the magic spell: radical theories of folk ans fairy rales*, Lexington: University Press of Kentucky, 2002; James M. McGlathery, *Grimm's fairy tales: a history of criticism on a popular classic*, Columbia: Camden Hause, 1993; Donald Haase, *The reception of Grimms' fairy tale: responses, reactions, revisions*, Detroit: Wayne State University Press, 1993; Ruth Bottigheimer, *Grimms' bad girl § bold boys: the moral § social vision of the Tales,* New Haven: Yale University Press, 1987.

❷　傑克·塞普斯曾在他的小紅帽故事研究中運用了一篇中國的材料《金花和熊》（*Goldblume und der Baer*）（Chiang Mi）。

較少地將童話的流變納入社會歷史的大框架中去考察，所以它們對童話的跨文化翻譯和傳播研究在很大程度上只是一種語言層面上的探討。㉕

(二)近代西方童話中譯研究概述

雖然中國的童話研究可以追溯到二十世紀初期，但是，至今還很少有人對近代中國童話翻譯的歷史進行系統的整理和研究。早年由魯迅（1881-1936）、周作人（1885-1968）、茅盾（1896-1981）、鄭振鐸（1898-1958）、趙景深（1902-）等人開創的童話研究傳統並沒有得到應有的發展。已有的少量成果大都也只是從兩個方面展開研究：一是從兒童文學的角度探討童話文體的形成和它的藝術特色，其中具有代表性的是各種兒童文學史著作中的童話章節和相關的專題論文。㉖一是從民間文藝的視角研究童話的思想內涵和藝術特徵，其

㉕ 以格林童話為例，已有一些研究著作探討過它在亞洲文化中的翻譯和傳播過程，如 Yea-Jen Liang, *Kinder-und Hausmaerchen der Brueder Grimm in China*, Wiesbaden: Harrassowitz 1986; Kyoko Takano, Die Übersetzung grimmscher Maerchen und die Einfuehrung der Jugendlitratur in Japan, In *Brueder Grimm Gedenken*, Schriften der Brueder Grimm-Gesellschaft, 1985; Ampha Otrakul, *Grimms Maerchen in thailaendischer Uebersetzung, Eine kritische Untersuchung*, Marburg, 1968.等，它們分別研究了格林童話在中國、日本和泰國的翻譯和傳播過程，但整體上都停留在童話的語言翻譯層面。

㉖ 具體研究成果請參閱，蔣風的《兒童文學概論》（湖南少年兒童出版社，1982 年）；洪汛濤的《童話學》（安徽少年兒童出版社，1986 年）；王泉根的《現代兒童文學的先驅》（上海文藝出版社，1987 年）、《中國現代兒童文學文論選》（廣西人民出版社，1989 年）和《現代中國兒童文學主潮》（重慶出版社，2004 年）；張香還的《中國兒童文學史》（浙江少年兒童出版社，1988 年）；韋葦的《外國童話史》（江蘇少年兒童出版社，1991

中具有代表性的是各類民間文學概論中的童話部分和民間故事研究專著或論文。❷這些研究大多只是把童話理解成一種獨特的兒童文學類型或民間文藝形式加以考察，而鮮有將它單獨作為一種外來文化的研究對象進行深入探討，更別說將它置於社會歷史的大框架進行分析了。

近年來翻譯方面的研究偶爾也有涉及童話翻譯的內容，但這些研究大都是零碎的，非系統的，並不是以童話翻譯中的文化傳播為中心的。也曾有個別研究者嘗試從文化史、思想史和跨文化翻譯的方向入手，研究近代中國童話譯介的某些特徵和價值。例如金燕玉在她的《中國童話史》，吳其南在他的《中國童話史》，林文寶在他的《試論我國近代童話觀念的演變——兼論豐子愷的童話》等著作中，均從文化史的角度探討過近代童話思想文化的形成和演變過程；Liang Yea-Jen 在她的 *Kinder-und Hausmaerchen der Brueder Grimm in China* 一書中，從跨文化翻譯的角度討論了格林童話在中國的傳播和影響；Hung Chang-tai 在他的 *Going to the People, Chinese intellectuals and folk literature, 1918-1937* 一書中，從思想文

年）；張之偉的《中國現代兒童文學史稿》（華東師範大學出版社，1993年）；黃雲生的《人之初文學解析》（上海少年兒童出版社，1997年）；蔣風、韓進主編的《中國兒童文學史》（安徽教育出版社，1998年）；朱自強的《中國兒童文學與現代化進程》（浙江少年兒童出版社，2000年）等。

❷ 具體研究成果請參閱，鍾敬文的《民間文學概論》（上海文藝出版社，1980年），譚達先的《中國民間童話研究》（香港商務印書館，1981年），祁連休、程薔主編的《中華民間文學史》（河北教育出版社，1999年），劉守華的《中國民間故事史》（湖北教育出版社，1999年）和《故事學綱要》（華中師範大學出版社，1988年）等。

化史的角度論及了早期的童話討論。此外，胡從經整理過晚清兒童文學和童話的翻譯資料；秦弓研究過五四時期童話的翻譯問題；李紅葉分析過安徒生童話在中國傳播的特殊性等。❷這些研究雖然在一定程度上開創了近代中國童話翻譯研究的新局面，但是，目前尚沒有對近代中國童話譯介歷史做整體性深入的分析，特別是鮮有從社會歷史視角對此展開研究的成果。

　　如前所述，要研究近代中國的童話翻譯，社會歷史分析將是一個新的、能深入的視角。因為童話的發展與特定的歷史文化語境緊密相聯，它不僅從一開始就與中國的新民運動相結合，而且在後來的發展中，也始終與不同時期的歷史文化形態交融在一起，構成中國近代童話譯介獨特性的一面。因此，以近代中國社會歷史發展變遷為背景，從社會歷史分析的視角研究近代中國的童話翻譯歷程，是近代西方童話中譯研究中尚有待開拓的領域。

---

❷　以上資料請分別見：金燕玉的《中國童話史》（江蘇少年兒童出版社，1992年）；吳其南的《中國童話史》（河北少年兒童出版社，1992年）；林文寶的《試論我國近代童話觀念的演變——兼論豐子愷的童話》（臺北：萬卷樓圖書公司，2000年）；Yea-Jen Liang, *Kinder-und Hausmaerchen der Brueder Grimm in China* (Wiesbaden: Harrassowitz, 1986); Hung Chang-tai, *Going to the People, Chinese intellectuals and folk literature, 1918-1937* (Cambridge, Mass.: Council on East Asian Studies, Harvard University, 1985)；胡從經的《晚清兒童文學鈎沉》（上海少年兒童出版社，1982年）；秦弓的〈五四時期的兒童文學翻譯〉（載《徐州師範大學學報》，2004年9月，第42頁），〈「五四」時期的安徒生童話翻譯〉（載《涪陵師範學院學報》，2004年7月，第1頁）；李紅葉的〈安徒生童話在「五四」時期〉（載《湖南師範大學社會科學學報》，2002年5月，第108頁）。

四、研究問題

　　本書擬運用社會歷史分析的視角，將西方童話傳統和近代西方童話中譯置於社會歷史的大框架之中，從特定的歷史文化語境分析西方童話傳統和近代西方童話中譯過程中的歷史文化特徵。為此，本文將以格林童話的產生和近代西方童話傳入中國為切入點，以十九世紀格林童話的形成和傳播，二十世紀西方童話在中國的翻譯和影響為對象，通過對童話傳統的回溯，分析西方童話發展過程中所積澱的歷史文化內涵，揭示近代中國童話譯介特點的源流所在。然後再探討中國童話翻譯的歷程，分析蘊涵其中的基本文化特徵，同時，結合特定的歷史時代背景和社會文化語境，探究童話被作為一種新民工具和啟蒙話語，在近代中國社會歷史文化中的作用，特別是在近代新民運動、兒童文學運動、民間文學運動和童話研究等一系列文化和知識領域的意義。全文將以下列問題為中心展開研究：

　　1.西方童話傳統承載著什麼樣的歷史文化內涵？在梳理出西方童話產生的社會歷史背景，以及它在歐美傳播變異的社會文化特徵的基礎上，以格林童話的產生和傳播為個案，深入分析西方童話傳統所蘊涵的文化特質。以便從文化源流層面，探討西方童話在特定的歷史時期傳入中國後，與中國歷史文化相互滲透的現象。

　　2.推動近代西方童話中譯的歷史動力是什麼？在中西近代歷史互動和中國近代社會文化發展脈絡的框架內，通過對西方童話在中國翻譯和傳播歷程的解讀，分析西方童話二十世紀初傳入中國的歷史根源和動力。特別是周桂笙、孫毓修等人是在怎樣的歷史條件下，帶著一種怎樣的文化理念開始翻譯和傳播西方童話的？近代新

興的各種文化思潮和市民社會文化空間的出現對西方童話的翻譯和
傳播產生過怎樣的影響？

　　3.西方童話跨文化傳播具有什麼樣的的文化特徵？以近代中國
社會文化形態的變遷為背景，通過西方童話在近代中國社會歷史時
期所承擔的不同文化角色和功能的比較，研究西方童話作為一種文
化類型，是如何成功地進入中國社會和文化形態，並與這種社會和
文化形態相適應的？以及特定時期的中國社會和文化形態是如何促
進這種傳播歷程的？

五、預期的研究價值

　　這項以西方童話傳統和它們在中國的翻譯和傳播為對象的跨文
化研究，旨在推動西方童話流變研究，探索西方童話作為文化經典
的生命規律，以及跨文化傳播動力和效果等方面有新的突破和發
現。具體來說，希望體現在以下三點：

　　1.西方童話傳播研究的新探索。對西方童話的研究目前還缺少
一種既有一定歷史文化深度又有一個明確的考察個案的跨文化研究
成果。雖然有一些學者在研究中運用了社會歷史理論，將西方童話
的跨文化研究推向前所未有的深度，但由於他們的研究不是局限於
特定地區的材料，就是局限於某些單個的童話類型，不是一種真正
跨越兩種完全不同質語言和文化的系統性研究。而其他一些有關西
方童話跨語言和文化傳播的研究由於研究理論和方法上的問題，沒
有走出語言翻譯的範疇。這項研究將跨越中西兩種完全不同質的語
言和文化，考察西方童話傳統和它們在中國近代翻譯和傳播的特
點。

2.從中國近代社會文化史解讀童話。西方童話在中國的翻譯和傳播也是一段歷史，它既是一種相對獨立的文化演繹過程，也是一種與當時社會歷史和文化政治緊密互動的結果。那些在不同歷史時期出現的童話思想和理論，是在不同時期和性質的社會文化和政治形態的作用和影響下形成的。

3.跨文化傳播研究的新嘗試。西方童話在中國的翻譯和傳播作為中西文化交流史上成功的事象，它的傳播動力和效果也屬於當前跨文化研究的對象範圍。從歷史結構中研究跨文化傳播的動力，從社會範疇中探尋跨文化傳播的效果，在突破西方童話跨文化傳播研究的傳統窠臼的同時，也將成為當前跨文化傳播動力和效果研究的新嘗試。

第一部分
從社會歷史視角
看西方童話的歷程

　　如果想要探討童話背後的歷史，發現貫穿於童話之中的社會文化脈絡，那麼從梳理西方童話入手，在西方童話傳統形成過程中探尋童話與社會歷史的關係將是首先面對的問題。因此，第一部分將重點從社會歷史的視角分析童話概念，考察西方童話形成的過程，探討從民間童話到文學童話的發展過程中，特定時代的社會歷史和文化思潮對童話的種種影響。由於西方童話傳統漫長而複雜，第一部分將重點以西方童話的代表作之一——格林童話為個案，在詳細梳理格林童話的產生和傳播過程後，結合當時的社會歷史背景，深入分析格林童話與格林兄弟個人身世、時代文化思潮、社會政治和歷史風雲之間的關係。通過對西方童話歷程的解讀和格林童話個案的探討，揭示西方童話傳統背後的歷史文化特徵。

第一章
西方童話的形成與發展

　　本章將首先從童話的概念入手，在辨析童話基本特徵的基礎上，詳細梳理西方童話傳統形成和發展的歷程。進而從社會歷史分析的視角考察從民間童話到文學童話發展過程中，西方童話與社會歷史之間的關係。具體分析民間童話是如何呈現民眾集體意識，而文學童話又是如何成為特定階層的意識形態工具。

第一節　西方童話傳統概述

一、童話的概念

　　雖然優美的童話在世界各地廣為流傳，各種童話主題和童話形象已深入人心，但是，要為童話找到一個標準的定義卻並不容易。因為童話是一個內涵非常豐富的概念，在不同地區、不同時代、不同學科和語境中，對童話的理解各有不同。什麼是童話？童話的本質特徵是什麼？它與其他文學類型的區別是什麼？這些疑問一直是童話學者討論不休的問題。

　　根據目前的資料，中文名詞「童話」最早出現於 1909 年 3 月孫毓修在商務印書館編撰的叢書《童話》。這是一套歷時七年，多達一百多冊，面向兒童的文藝叢書。自此，童話便成為一種專用中文名詞出現了。它對應的英文詞較多，常見的有 Fairy tale, Legend, Nursery story, Wonder-tale, Fantasy 等等。對此，很早就有學者曾經討論過。1922 年周作人與趙景深在《晨報》副刊上多次通信討論童話的定義問題，也一併論述過中文「童話」一詞的來源和它所對應的英文詞的問題。例如，周作人指出：

> 　　童話的學術名，現在通用德文裏的 Marchen 這一個字，原意雖然近於英文的 Wonder-tale（奇怪故事），但廣義的童話並不限於奇怪。至於 Fairy tale（神仙故事）這名稱，雖然英美因其熟悉，至今沿用，其實也不很妥當，因為講神仙的不過是童話的一部分；而且 Fairy 這種神仙，嚴格地講起來，只在英國存有，大陸的西南便有不同，東北竟是大異了。所以照著童話與「神仙故事」的本意來定界說，總覺得有點缺陷，須得據現代民俗學上的廣義加以訂正。❶

　　後來，也不斷有學者提出來討論，例如，馮飛、饒上達、嚴既澄等。近期一些學者更有深入探討，例如洪汛濤、朱自強、廖卓成等。雖然童話作為專用學術名詞，它指代的準確性一直受到眾多學者的懷疑，但長期以來的因襲沿用，逐漸取得了它的學術合法性。

---

❶　趙景深編：《童話評論》，新文化書社，1928 年，第 67-68 頁。

對此，趙景深曾在《童話家格林弟兄傳略》中有過說明：

> 或者有人問：「童話的名稱既是不妥，何以不另改一個名詞
> 呢？」這事我早和張梓生周作人兩位先生討論過。張梓生先
> 生的意思，以為童話兩字在我國現已通用，雖是有些人不明
> 白，但是只占少數。差不多童話成了專名詞，無需另改。就
> 拿小說作比例罷，這小說兩字也極容易誤會，不含有故事的
> 意思，但是現在人一聽到小說，就知道他是什麼。可見名詞
> 一定，只要有界說就可以，無需重改新名詞。周作人先生也
> 說，在日本，童話兩年已經成了術語，十八世紀中日本小說
> 家山東京傳在《骨董集》裏才用童話這兩個字，曲亭馬琴在
> 《燕石雜誌》和《玄同放言》裏又發表許多童話的考證，於
> 是這名詞可以說完全確定了。❷

　　如趙景深上文所言，童話一詞已形成通用的含義，只需在使用
時進行具體的界說，因此，本文不打算為童話確定一個精確的定
義，也不想在概念界定上花太多時間，為了行文方便，本文採用通
常的說法，認為「童話」一詞對應於英文的"Fairy tale"，法文的
"Contes de fee"和德文的"Maerchen"等。

　　在各種為童話定義的嘗試中，大致可以歸為兩大類：一類是從
民俗學、特別是從民間敘事的角度理解童話，強調童話作為一種敘

---

❷　趙景深：《童話家格林弟兄傳略》，載於他本人編的《童話評論》，新文化
　　書社，1928 年，第 178 頁。

事形式的文化特殊性，從而產生「民間童話」的概念；一類是從文學、特別是從兒童文學的角度看待童話，發掘童話作為一種文藝形式的審美特殊性，推導出「文學童話」的概念。民間童話和文學童話作為兩種概念類型，既相互聯繫，又相互對立，共同構成童話概念的整體性和複雜性。❸

二、西方童話傳統

　　童話是一個具有漫長歷史的文化概念。它最早的起源可以追溯到遠古民眾的口頭敘事，而它的最新形式可以在現代多媒體動漫中找到蹤影。在漫長的社會歷史長河中，東西方都形成了自己深厚的童話傳統。❹雖然民間童話作為一種口頭敘事類型在世界各地各民

---

❸　當然，也不能說文學童話與民間童話是絕然對立的。文學童話在一定程度上提升了民間童話，將那些以方言講述的童話記錄成正式的民族語言，有利於民間童話保存和傳播。而且，當十七世紀末十八世紀初文學童話類型逐漸確立起來的時候，民間童話並沒有消失，而是與文學童話共同存在，相互影響。一方面民間童話源源不斷地為文學童話提供創作素材，另一方面民間童話也不可避免地受到作家文學的影響。當時廣泛流傳於歐洲的口袋書（Chapbooks）裏有許多縮寫的文學故事，這些印有大量文學故事的口袋書經過小商小販流入鄉村民間，進入口頭傳承領域，其中一些故事情節便轉化為民間童話的內容。

❹　中國也有漫長的童話傳統。據考證，中國古代記錄的童話遠早於西方同類型的童話故事，如《酉陽雜俎》中記載的《葉限》故事，比西方同類型童話《灰姑娘》要早八百多年。周作人在《古童話釋義》中曾指出：「中國雖古無童話之名，然實固有成文之童話，見晉唐小說，特多歸諸志怪之中」。為此，他還特意整理出了幾個經典的中國古代童話，如「吳洞」、「女雀」等。但是，他在 1922 年 1 月 21 日給趙景深的信中也說：「童話這個名詞，據我知道，是從日本來的。中國唐朝的《諾皋記》裏雖然記錄著很好的童

族的民間敘事中很早就產生了，但是，作為一種文化概念，童話和童話理論的形成離不開歐洲的歷史文化背景，其中歐洲啟蒙運動和浪漫主義民間文藝思潮對童話概念的形成起到了重要的推動作用。可以說，現代童話傳統的質數植根於歐洲歷史文化的土壤。因此，在探尋童話起源時，下文將重點梳理西方童話傳統的形成和發展，將童話置於西方歷史文化語境加以分析，重點探討西方童話傳統的形成歷史。

雖然現代意義上的民間童話的搜集與整理開始於格林兄弟的《兒童與家庭童話》，但是由於民間童話源遠流長，具體產生的時代幾乎無從考究，在格林兄弟之前，民間童話就已或多或少地被記錄或改寫於各種各樣的文獻資料中，這些零星記錄的童話故事猶如在遠古時代存在的化石一樣富有研究價值。

早在公元前 1250 年，就有埃及文獻記錄了"The Tale of Two Brothers"。公元前 8-9 世紀時，荷馬（Homer）在他的《奧德賽》（Odyssey）中記錄了民間故事"Blinding an Ogre with a Stake"。公元前 550 年，《民長記》（Book of Judges）中記錄了民間故事"Jephthah and His Daughter"。西元前 425 年，希羅多德（Herodotus）在他描寫希臘與波斯戰爭的《歷史》（History）書中記錄了民間故事"The Treasure Chamber of Rhampsinitus"。公元前 200 年，《托比特書》（Book of Tobit）中記錄了民間故事"The Grateful Dead"。公元 10 年，

話，卻沒有什麼特別的名稱。十八世紀中日本小說家山東京傳在《骨董集》裏使用童話這兩個字。曲亭馬琴在《燕石雜誌》及《玄同放言》中又發表許多童話的考證，於是這名稱可說以完全確立了」。

奧維特（Ovid）在他的《變形記》（*Metamorphoses*）書中記錄了兩個民間故事"The Golden Touch"和"Ass's Ears"。公元 150 年，拉丁作家阿普列尤斯（Lucius Apuleius）在他的小說《金驢》（*The Golden Ass*）中記錄了民間故事"Cupid and Psyche"。

在這些歷史長河中斷斷續續或零零星星的記錄中，也有一些記錄成為民間童話故事搜集和整理的標本。首先是伊索（Aesop）的寓言故事。雖然現代學者認為伊索是杜撰的，歷史上並不存在這個人，人們只是為了賦予那些來自各種途徑的寓言故事以真實性而虛構了這個人而已。但西元前 425 年，希羅多德在他記敘希臘與波斯戰爭的《歷史》一書中曾對伊索有過記錄，說明他是生活於公元前 16 世紀的一名奴隸，後來被殺害。❺所以長期以來人們已習慣性地把他與世界著名的寓言故事聯繫在一起。這批寓言故事的最古老版本存在於公元 1 世紀 Phaedrus 的散文作品中，其中包含了 94 個故事，但目前已失傳。現存最早的版本存在於公元 2 世紀巴布琉斯創作的小說中，它包含 200 個寓言故事，其中有 143 個寓言故事保留了韻文形式，57 個以散文的形式存在。伊索寓言在中世紀和文

---

❺ 關於伊索的身世複雜而離奇，相關的文獻記載也常常相互矛盾或衝突。他大致出生於一個黑人家庭，年少時淪為奴隸。他早年患有口吃症，但後來不僅奇跡般治癒，而且成為一名雄辯的演講者。由於他對一切事物抱諷刺的態度，而且執迷不悟，所以他能言善辯的口才和智慧常常給他帶來麻煩。雖然他的智慧和口才曾為他帶來了自由，但最後也因此付出了性命。據說由於他對特爾斐（Delphi）的貴族和神缺乏尊重，於是有人陷害他，將一個金色的杯子偷偷地放進他的包裏，阿波羅（Apollo）由此指責其為神殿的小偷，將其抛下懸崖處死。參見：D. L. Ashliman, *Folk and Fairy Tales, A Handbook* (London: Greenwood Press, 2004): P19.

藝復興時期的歐洲非常流行，被賦予很高的教育價值。隨著 1455
年活字印刷技術的運用，伊索寓言得以在歐洲以各種語言出版。

　　其次是故事集《本生經》（*The Jataka*）。這部內含 550 則寓言
故事，充分體現佛教教義的故事書是以佛祖釋迦牟尼為中心展開
的，釋迦牟尼前身喬達摩·悉達多（Siddhartha Gautama）大約生於公
元前 563 年，逝於公元前 483 年，而《本生經》的產生年代則可以
追溯到公元前 300 年至公元 400 年間。雖然這是一本飽含佛教思想
的經書，但它具有明顯的民間故事特點，是一本從民眾中來，在民
眾中廣為流傳的故事集。

　　隨後是故事集 *The Panchatantra*。這套內含 87 個故事的印度經
典文獻產生於公元 3-5 世紀。據說它是由一個叫柏派（Bidpai）的人
搜集整理而成，目的是為了作為教育宮廷皇家子弟的讀物。這些故
事通過口頭傳承和波斯人或阿拉伯人的翻譯介紹曾對中世紀歐洲寓
言的風格產生過很大的影響。

　　之後出現了故事集《一千零一夜》（*The Thousand and One
Night*）。這部著名的阿拉伯故事集搜集了許多動物寓言、愛情故
事、冒險故事和各種幻想故事，其中包括《阿拉丁和他的神燈》
（Aladdin and His Magic Lamp）、《阿里巴巴和四十大盜》（Ali-Baba and
the Forty Thieves）等故事類型。這些故事起源很早，最早可能來源於
印度。公元 850 年一部名為《一千個傳說》（*A Thousand Legends*）的
波斯故事集傳入阿拉伯，這些故事後來與阿拉伯民間故事相交融，
到十世紀中期初步成形，到十六世紀時已成為一部民間故事經典。
1704-1717 年法國人安妥勒·高爾蘭德（Antoine Galland）首先將其翻
譯成法語 *Les mille et une nuits*。1885-1888 年雷切德·布林同

（Richard Burton）又將其完整地翻譯成英語。從此《一千零一夜》流傳於世界各地。

　　隨後是故事集 *Katha-Saritsagara*。相傳這是由一個叫薩墨德瓦（Somadeva）的卡什米爾（Kashmir）詩人搜集而成，他將大量印度故事按照獨特的編排體例整理成一部故事集，其中有許多故事母題與《一千零一夜》相同，以及中世紀歐洲笑話和幻想故事等。

　　隨著十四世紀人文主義思想的廣泛傳播，民間文藝的搜集也達到一個高潮，隨之出現了中世紀和文藝復興時期的笑話書（Jest Books）。特別是各種語言和形式的笑話故事被那個時代的作家所重視。他們常常將民間笑話故事改編成各種文藝形式。由於深刻地體現了時代氣息，那些被改編的民間笑話故事又重新回到民間，在民眾口頭上繼續流傳。這一時期搜集、改編民間文藝作品的著名作家有意大利的 Franco Sacchetti, Giovanni Sercambi, Gian Francesco Poggio Bracciolini，德國的 Johannes Pauli, Hans Sachs, Joerg Wickram。

　　隨著古騰堡（Gutenberg）活字印刷術的應用，十六至十八世紀的歐洲掀起了大眾文化的熱潮，大量價格低廉、簡單印刷的小故事冊子（Chapbooks）應運而生，成為普通民眾喜愛的讀物。這些小故事冊子常常匿名登載大量的民間故事。

　　16世紀50年代出現了斯達巴俄拉（Giovanni Francesco Straparola）的《滑稽之夜》（*Le piacevoli notti*）。這本模仿卜伽丘（Boccaccio）的《十日談》（*The Decameron*）體例的故事集產生於1550-1553年間，由上下兩冊組成，共75個童話故事。這些故事是分13個夜晚講述的，其中包括各種幻想故事、趣聞和笑話等。雖然書中記錄的那些

故事文學價值不高，但它卻是歐洲較早的民間故事作品集中之一。

17 世紀 30 年代流傳著巴塞爾（Giambattista Basile）的《五日談》（*The Pentamerone*）。這本出版於 1634-1636 年間的故事集是在作品《一千零一夜》和作家卜伽丘、喬叟、斯達巴俄拉等的影響下形成的。它內含 50 個來自民眾口頭的童話故事，其中許多著名的故事類型如 "Hansel and Gretel"、"Rapunzel"、"Sleeping Beauty"、"Cinderella"、"All-Kinds-of-Fur"、"The Kind and Unkind Girls"和 "The Brothers Who Were Turned into Birds"等，其他還有一些歐洲第一次記錄的民間童話和故事。由於所有的故事都用晦澀的方言寫成，在一定程度上影響了它的廣泛傳播，但巴塞爾搜集整理的童話故事不僅成功地保存民間故事的特徵，而且巧妙地賦予它們優美的文藝價值。

17 世紀末裴奧特（Charles Perrault）出版了著名的《鵝媽媽的故事》（*Contes de ma mere l'Oye*）。作為法國科學院的成員和當時有影響力的知識分子，裴奧特曾是忽視童話故事價值的啟蒙運動的推動者，他的著作 *Paralleles des anciens et des modernes*（1688-1697）曾被視為啟蒙時代的奠基之作。但是真正讓他的名字深入人心的卻是他的這本童話故事書《富有道德意義的歷史故事》（*Histoires, ou contes du temps passe, avec des moralitez*）。人們通常以它的副標題稱之為《鵝媽媽的故事》。這本出版於 1697 年的故事書內含 8 個童話故事："The Sleeping Beauty in the Wood"、"Little Red Riding Hood"、"Bluebeard"、"Puss in Boots"、"The Fairies"、"Cinderella"、"Ricky with the Tuft"和"Little Thumb"等。裴奧特並不是這些故事的創作者，這些故事母題之前早就存在，但他記錄和整理童話故事的方法

堪稱時代典範。他通過對童話故事的選擇性記錄和賦予這些故事某種特定的風格，恢復了童話故事文藝和社會價值的合法性。

受裴奧特的《鵝媽媽的故事》和安妥勒·高爾蘭德（Antoine Galland）翻譯的《一千零一夜》的影響，法國一度掀起童話故事搜集整理的熱潮。其中 *Le cabinet des fees* 便是最典型的成果之一。這本由邁爾（Charles-Joseph de Mayer）編輯整理的童話故事集主要是翻譯和收錄各地的童話故事作品，其中包括《一千零一夜》中的故事和其他童話故事作品。這股搜集整理童話故事的熱潮一直延續到法國大革命的到來才消退下去。

然後是格林兄弟（Brothers Grimm）搜集整理的《兒童與家庭童話》（*Kinder-und Hausmaerchen*）。受布倫塔諾和阿爾尼姆搜集出版《兒童的奇異號角》的影響，格林兄弟於 1806 年開始搜集民間故事。1812 年他們出版了第一冊《兒童與家庭童話》，內含 86 個童話故事。1814 年出版了第二冊，增加了 70 個童話故事。從 1819 年第二版開始，格林兄弟不斷地對《兒童與家庭童話》進行補充、編輯和整理，童話故事的數目在不斷增長的同時，格林童話的風格和特點也逐步成形。1822 年甚至出版了整整一冊的童話故事研究筆記和注釋。到 1857 年最後一版，搜錄的童話故事達 206 個，另加 10 個兒童故事的附錄。1825 年應威廉的建議，還出版了一個只含有 50 個童話故事的選集，深受兒童的喜愛，此後也陸續出版了 10 版。格林兄弟的《兒童與家庭童話》可能是影響最廣、閱讀最多和翻譯最頻繁的德國文藝作品。《兒童與家庭童話》不僅是當時歐洲最完整的民間童話故事集，而且一度是現代童話故事搜集和研究的典範。雖然格林兄弟採錄這些童話故事的方式多種多樣，但這

些故事所體現的文藝思想和它們所蘊含的文化力量至今富有科學價值。

格林兄弟之後，受他們的影響和啟發，歐洲再次掀起童話故事和民俗文化的搜集整理之風。其中較成功的搜集整理者有丹麥的 Svendt Grundtvig，英國的 James Halliwell-Phillips，法國 Emmanuel Cosquin，希臘的 J. G. Hahn，愛爾蘭的 Thomas Croker，意大利的 Giuseppe Pitre，挪威的 Peter Asbjornsen、Jorgen Moe，俄國的 Aleksandr Afanasyev 和瑞典的 Gabriel Djurklou 等。

第二節　民間童話：民眾集體意識的呈現

民間童話是童話的最初存在形式，它是古代民眾集體創作和傳承的一種口頭敘事類型。民間童話源遠流長，其萌芽期可以追溯到遠古的石器時代。當人類語言逐步形成，資訊和情感交流越來越頻繁和複雜的時候，和其他民間敘事類型一樣，民間童話便應運而生。作為一種古老的口頭敘事類型，民間童話是最具幻想和傳奇性的文藝形式，它以藝術的形式再現特定歷史時期的社會和生活，表達人們的喜怒哀樂和美好願望，架起民眾之間相互理解的橋樑，照亮通往烏托邦夢想的希望之路。對古代民眾而言，民間童話不僅僅是一種優美的文藝形式，更是他們進行階級鬥爭和表達自身情感和意志的文化形式，其社會歷史性集中體現在它的起源、特徵和功能上。

首先，民間童話的產生具有深刻的社會歷史根源。民間童話起源於刀耕火種的農業社會，是農業時代社會生活的結晶。古代民眾

在超自然力面前所煥發起來的想像力是民間童話產生的思維基礎，他們所處歷史時期的社會結構和階層關係是民間童話形成的現實來源，流傳廣泛的民間宗教信仰和風俗習慣是民間童話的內容成分。與其他民間敘事類型一樣，民間童話的傳承滿足了那些沒有文字書寫能力的古代民眾在勞動、生活和心理上的需要，他們不僅藉此交流知識、技術和經驗，而且表達他們自身的心理感受和思想認識。所以，民間童話是古代民眾思想文化的載體。

其次，民間童話是古代民眾以口頭語言為媒介傳播的文藝形式，口頭性是它傳播的基本特點。它的第一輪口頭傳播是由那些博聞強記的故事家來完成的，他們在某些特定的場合或儀式上，向圍坐在一起的民眾口頭講述童話故事。目的可能是為了消遣娛樂、傳承經驗和慶祝豐收等。故事會結束後，那些會上的聽眾又將以自己的口頭語言繼續向身邊的人講述這些童話故事，形成第二輪的口頭傳播。以此類推，以口頭語言為媒介，這種類型的童話故事將在整個部落或氏族內部的民眾口頭上繼續傳承，一輪又一輪，一代又一代，反覆地講述、傳承、再講述、再傳承。正是這種口頭性，使得部落或氏族的所有成員都能夠成為童話傳播的主體，有文化和沒有文化的、有知識和沒有知識的人都可以通過傳承童話來表達自己或所屬階層的思想、情感、意志和需要。

再次，民間童話是古代民眾在共同的勞動和生活中集體創造、集體傳承的故事形式，集體性是它創造和傳承的基本特徵。集體創造是民間童話的生命源泉，民間童話的形成離不開古代民眾的集體勞動和生活，正是在這種緊密相連的共同勞動和生活中，大量民間童話故事的母題和情節逐漸成形。同樣，集體傳承是民間童話的傳

播命脈，集體傳承不僅賦予了民間童話生命力，而且在漫長的集體傳承中不斷創造民間童話新的內涵。民間童話是部落或氏族內部實現資訊和情感交流，特別是勞動和生活經驗交流的主要形式，如民間童話傳播的善惡觀念和烏托邦理想在民眾中具有極強的感召力。正是這種集體性，使得它成為古代民眾喜聞樂見的一種文藝形式，通過它更有效地交流思想、資訊、情感和經驗。民間童話傳承集體觀念和思想意識，也培養集體認同和凝聚力。

　　再次，民間童話是古代民眾集體傳承的口頭語言藝術，變異性是它傳承的基本特徵。與文字不同，口頭語言的保存依賴於人的記憶能力，以口頭語言為媒介的童話故事實際上是一種記憶文本。人的記憶能力各不相同，而且不同的人有不同的記憶興趣。因此，口頭語言的靈活性和不確定性導致民間童話很強的變異性。同時，集體傳承的特點也增加了民間童話變異的能力。由於歷史文化背景不同，不同時代、不同部落或氏族的人群在講述某個童話故事的時候，常常會根據自身的生活經驗和當時的現場需要改動童話內容或情節，以達到童話的最佳接受效果，於是不可避免地帶來各種各樣的童話異文。正是這種變異性，使得民間童話具有很強的生命力，能夠吸納不同時期、不同性質的思想元素和文化因素，為不同歷史時期、不同群體的社會文化生活服務。民間童話是古代社會文化形態演變的活化石。

　　最後，民間童話是古代社會民眾勞動和生活的「教科書」。在文字出現以前，民間童話是古代民眾傳播資訊和知識、傳承思想和經驗的主要方式之一。人們通常把相關的知識和經驗融進故事內容，通過生動的童話故事，解釋某種無法理解的自然變化和社會現

象，表達某種共同分享的思維情緒，說明某種代代相傳的宗教禁忌，傳承某種重要的勞動技術和生活經驗。後人在聆聽和講述這些童話故事的時候，在接受前人的知識和經驗的同時，也將自己的知識和經驗傳承下去，這樣經過一代又一代人的傳承和積澱，民間童話便成了民眾知識和經驗的重要來源。正是這種傳承性，使得它成為古代民眾勞動和生活的「教科書」，成為推動社會不斷進步的文化基礎。

民間童話的社會文化功能和價值源遠流長。雖然隨著現代技術進步和社會分化加劇，與其他民間敘事類型一樣，民間童話的社會文化功能逐漸衰落，新的敘事形式，如文學童話和現代童話開始形成，並慢慢地取代了它的功能，但是民間童話始終伴隨著人類發展至今。

第三節　文學童話：特定意識形態的載體

一、文學童話的出現

隨著十五世紀以來文字和印刷技術的出現和發展，民間童話的傳承發生了很大的變化，它開始被不同的社會階層所吸收和利用，其形式、內容和功能也相應地發生了演變，最有代表性的是基於民間童話發展而來的文學童話的出現。

文學童話是以民間童話為基礎的個人搜集、整理或文藝創作，與民間童話具有的口頭性、集體性和傳承性等特徵不同，文學童話是以文字形式存在的、以集體傳承的故事內容為基礎的、以私人閱

讀為傳播方式的文藝形式。民間童話與文學童話之間既存在關聯性，也有本質性的區別。民間童話是口頭傳承的故事，它面向社會的所有成員，不論是不識字的底層民眾，還是有教養的封建貴族，民間童話是全體民眾的文化遺產，它表達的也是普通民眾的審美趣味和心理願望。而文學童話是以文字的形式出現的個人創作，它將不識字的普通民眾排除在受眾之外，表達的是占統治地位的階層的審美趣味和思想意志。當民間童話從口頭形式發展成文字形式，它的許多基本特徵如口頭性、集體性和傳承性被丟失，從而導致以這些特徵為基礎的原有的意識形態內涵也隨之被替代或消失。同時，由於文學童話是以文字進行的個人文藝創作，它必然會賦予童話故事新的思想特色，特別是融入創作者和他所屬階層的審美趣味和價值觀念。因此，不論是在法國、德國還是英國，文學童話最初是作為統治階級內部思想教育，特別是對新興的資產階級貴族進行思想教化的材料，它們宣揚的是占統治地位的思想文化。所以有人認為，民間童話向文學童話的轉型不僅是一種文化類型的轉變，更是一種意識形態內涵的轉折。

　　民間童話與文學童話的對比特徵歸納如下：

民間童話	文學童話
口頭形式	書面形式
表演範疇	文本範疇
（故事家與聽眾）直接交流	（作家與讀者）間接交流
集體創作的	個體創作或整理的
代代傳承的	作家獨創（整理）的

無意識的結晶	有意識的創作
集體表達	個體表達
全民的	特定階層的
傳播的	出版發行的
記憶的	閱讀的

在西方文藝發展史上，搜集整理民間童話，或以民間童話為基礎進行個人文藝創作的歷史源遠流長，其源頭可以追溯到《荷馬史詩》和古希臘戲劇時代。最具代表性的是英國的莎士比亞，他通過大量運用民間童話故事題材充實自己的戲劇創作，並將這種傳統推到一個發展的高峰。❻此外，意大利的斯達帕厄拉（Giovanni Francesco Straparola）和巴塞爾（Giambattista Basile）分別於 1550-1553 年和 1634-1636 搜集整理了著名的民間童話故事集《滑稽之夜》（The Pleasant Nights）和《五日談》（The Pentamerone），較早地為歐洲的文學童話傳統奠定了現代性的基礎。不過，他們在搜集整理民間童話故事的時候並沒有把童話納入文明化的框架內進行考察，也沒有把它們作為社會文化研究的對象，只是作為一種文學補充讀物而已。

真正確立文學童話為一種獨立的文藝類型的是法國的知識分子。❼到十七世紀末，隨著那些以民間童話故事內容為題材的文學

---

❻ 有關莎士比亞戲劇與民間敘事的關係的更詳細資料，請參見：Max Luethi, *Shakespeares Dramen*, Berlin: De Gruyter, 1966; Robert Weimann, *Shakespeare und die Tradition des Volkstheaters*, Berlin: Henschel, 1967.

❼ 有關法國童話傳統的更詳細資料，請參見：Jack Zipes, "The Rise of the French Fairy Tale and the Decline of France", In *Beauties, Beasts and Enchantment: Classic French Fairy Tales* (New York: New American Library, 1989): P1-15.

童話作品進入法國的文藝沙龍和貴族宮殿，與當時的社會文化生活
融為一體後，文學童話便成為一種獨特的文藝類型。他們特意將之
命名為童話（contes de fee）。雖然法國的文學童話大師們很早就開始
搜集和整理民間童話故事，但他們還不是歐洲文學童話傳統的首創
者，意大利的知識分子曾走在他們前面，但法國的童話大師們推動
了文學童話類型的形成，賦予了童話更多的社會文化價值和意義。
在他們眼裏，文學童話作為一種文化類型被賦予了特定的美學價值
和思想內涵。特定內涵的童話故事是特定思想、價值和觀念傳播的
載體，甚至它們有時候是對抗統治階級思想和價值觀念的文化力
量。❽到十九世紀初，格林兄弟希望通過搜集民間童話和故事來拯
救德國民族文化的時候，文學童話已經具備了很長的歷史傳統。從
安徒生（Andersen）、科羅迪（Collodi）到貝克斯岱（Bechstein），從多
納爾德（George MacDonald）到王爾德（Oscar Wilde），他們的文學童話
凝聚了不同民族、不同時期的意識形態和美學觀念，成為表達民族
或國家文化內涵的獨特形式。

　　文學童話是在封建社會向前資本主義社會過渡的社會歷史背景
下發展起來的。在推動文學童話產生的諸多歷史因素中有兩個至關
重要。其一是現代技術的發展，其中特別是文字書寫和印刷技術對
文學童話類型的確立起到了關鍵性的作用，它不僅賦予文學童話傳
播的動力，使其傳播成為可能，而且它加速了識字階層和非識字階
層的分化，推動了中產階級讀者群的形成，構成了一個新的占統治

---

❽　Jack Zipes, *Fairy Tale as Myth / Myth as Fairy Tale* (The University Press of
　　Kentucky, 1994): P11.

地位的資產階級公共文化空間。❾

其二是社會文化生活結構改變所帶來的巨大推動力。文藝沙龍作為新興資產階級的公共文化空間之一，在十七世紀的法國資產貴族中相當流行，尤其是貴族婦女，她們聚集在各種各樣的文藝沙龍裏為文學童話的產生創造了條件，也為文學童話的社會教化功能打下了基礎。十七世紀中期的法國貴族婦女喜歡聚集在文藝沙龍裏娛樂聊天，為了更好地表明自己的思想觀點和教育素質，達到最佳語言交流效果，她們不斷地改變交流的方式和聊天的內容。為了更形象、更有力地表達自己的思想觀點，不少人開始在聊天中引入民間童話母題，從而提高語言和內容的生動性。於是，文學童話首先作為一種沙龍交流的藝術形式開始萌芽。作為一種新的語言藝術，她們既賦予文學童話娛樂的功能，也把它看作一種體現資產貴族自身思想特質的藝術形式，她們藉文學童話來表達資產貴族共同的審美情趣和價值觀念。到十七世紀九十年代，文學童話已成為法國上層社會非常流行的語言藝術形式，於是，一些博聞廣記的作家便將他們聽來的各種各樣的童話故事記錄下來，以便其他資產貴族成員閱讀和傳播。這些口頭或文字形式的文學童話在審美上都表現出反古典主義的傾向，講述風格上偏向簡約。此外，由於貴族婦女是當時文藝沙龍的主要參與群體，當時許多文學童話也是由她們整理創作的，所以，早期的文學童話還體現出某種女性主義傾向。❿

---

❾　Jack Zipes, *Breaking the Magic Spell, Radical Theories of Folk and Fairy Tales* (The University Press of Kentucky, 2002): P14.

❿　Renate Baader, *Dames de Lettres: Autorinnen des prezioesen, hocharistokratischen und 'modernen' Salon (1649-1698): Mlle de Scudery-Mlle de Montpensier-Mme*

二、從文學童話到商業童話

在封建社會向前資本主義社會過渡的宏大歷史背景下，應運而生的文學童話在意識形態上具有相當的複雜性。一方面，由於文學童話是以民間童話的人物、情節或母題為基礎發展出來的一種文藝形式，在內容和特色上難以徹底擺脫民間童話的影子，在某種程度上可以說是民間童話特色的一種延續。民間童話在長期的傳承和變異過程中曾深受封建社會思想文化的影響和滲透，使得民間童話像一面封建社會的鏡子，而以此為發展基礎的文學童話在一定程度上延續了這一特色，也具有一定的封建色彩。正是因為這個原因，後來部分童話研究者和教育家不斷地批判文學童話的封建內容，反對把文學童話作為兒童的教育材料。

另一方面，由於文學童話是資產貴族一手發展起來的文藝形式，它是新興的資產貴族以新的技術發展為基礎，以前資本主義思想文化為對象的一種表達自身思想和文化訴求的文藝手段，所以說文學童話是早期資本主義意識形態的工具。新興的資產貴族一方面從資本主義意識形態出發，重新解讀和整理童話故事的思想、情節和內容，有時甚至是完全改變童話故事的原來面貌，從而賦予文學童話新的意識形態色彩；另一方面，他們在自古傳承的童話故事的基礎上創造新的童話故事，或者在古老的童話故事之中融入新的資產階級思想和文化元素，著力推動資本主義意識形態萌芽發展，宣傳資產階級思想道德觀念。由於具備文字閱讀能力，並且掌握了印

---

d'Aulnoy (Stuttgart: Metzler, 1986): PP226-277.

刷出版技術，新興的資產貴族階層常常運用他們所掌握的文學童話資源培養資產貴族的集體認同，提高凝聚力，宣揚他們的審美趣味、倫理道德和價值觀念，小到個人文化修養和職業道德，大到民族國家意識，文學童話成為他們表達思想文化訴求的最佳工具。**⑪**

　　在漫長的歷史發展過程中，文學童話的價值始終伴隨著資產階級意識形態的發展變化而變化。在發展早期，由於資本主義尚處於萌芽階段，資產階級剛剛登上歷史舞臺，其思想文化力量還相當薄弱。面對當時濃厚的封建思想文化的包圍，他們不得不尋求結盟突圍的力量，而民間文化正是他們所希望結盟的反抗封建思想文化的重要資源，所以，以民間童話故事為基礎的文學童話應運而生，其價值受到了當時資產階級貴族的全面肯定。

　　但是，隨著資本主義步步勝利，封建主義思想文化日漸衰落，資產階級逐漸成為社會中占統治地位的階級，其思想文化力量空前強大，文學童話的民間色彩開始被保守的資產階級不斷質疑和批判。加之，由於啟蒙運動的廣泛影響，理性主義滲透了整個資產階

---

⑪　新興的資產階級常常以自身的審美趣味和價值觀念為標準搜集、整理和改編民間童話和故事，以達到宣揚資產階級意識形態的作用。這方面的個案研究非常多，如傑克·塞普斯就曾以《美女和野獸》和《小紅帽》等童話故事為例，分析論述了資產階級是如何進行民間童話和故事的搜集、整理和改編的。具體請參見：Jack Zipes, *Fairy Tale as Myth / Myth as Fairy Tale* (The University Press of Kentucky, 1994): PP17-48; Jack Zipes, *Breaking the Magic Spell, Radical Theories of Folk and Fairy Tales* (The University Press of Kentucky, 2002): PP10-22; Jack Zipes, The Trials and Tribulations of Little Red Riding Hood: Versions of the Tale in Socio-Cultural Context , South Hadley: Bergin & Garvey, 1983.

級思想意識，他們掀起了一個腳踏實地追求夢想、崇尚理性和技術的黃金時代，而文學童話的浪漫性特徵是與這種理性主義精神不相容的，所以保守的資產階級曾長期批判文學童話毫無實際價值，認為它們無助於資產階級文化所追求的勤勞、溫和、守秩序等品德的培養，特別是童話故事裏蘊涵的反正統、反權威的烏托邦思想，不利於資產階級家庭和社會生活的和諧穩定。因此，他們反對將童話列為兒童讀物，主張對童話故事進行淨化處理。這種淨化思想一直延續到十八世紀末十九世紀初，那個時候的文學童話作家們總是非常謹慎地搜集、整理或創作童話故事，並且在創作中總是自覺或不自覺地對作品進行文字檢查，以便適應兒童的閱讀和理解。❷

　　商業童話是以文學童話和民間童話為基礎的商業性的新童話藝術，與分別以口頭語言和文字為傳播媒介的民間童話和文學童話不同，商業童話是以製片人或公司為主體，以圖像或電子讀物為媒介，通過發行和欣賞的方式銷售的文化產品。❸

---

❷　Ruediger Steinlein, *Die Domestiziete Phantasie: Studien zur Kinderliteratur, Kinderlektuere und Literaturpaedagogik des 18. und fruehen 19. Jahrhunderts*, Heidelberg: Carl Winter, 1987.

❸　商業童話與文學童話、民間童話之聯繫在於，文學童話和民間童話是商業童話的內容基礎，文學童話和民間童話中的人物、情節、結構和母題等是商業童話創作的源泉；其區別在於，文學童話是以文字的形式出現的個人創作，它將不識字的普通民眾排除在受眾之外，表達的是占統治地位的階層的審美趣味和思想意志。民間童話是口頭傳承的故事，它面向識字或不識字的所有民眾，表達的主要是普通民眾的審美趣味和心理願望。而商業童話是以圖片或形象的形式存在的個人或集體創作，它並沒有將不識字的民眾排除在受眾之外，表達的也不一定都是統治階級的審美趣味和思想。

　　商業童話的形成有很深的社會歷史根源。其中資本主義社會發展的某種特徵和現代影視技術的發展是兩個重要的推動力。❹從社會發展層面而言，隨著資本主義制度日漸成熟和穩定，資本主義社會在一步步走向發展頂峰的同時，各種社會陰影也日漸加深，曾經推動社會快速發展的先進技術和嚴密的制度，對社會的負面性影響越來越大，加之對理性價值標準的過度追崇，對人內心感性世界價值的否定，導致資本主義社會人性受到了巨大的物質束縛，人成為技術、制度和理性的附屬品，成為資本主義社會高速運轉機器的一部分。這種人與社會之間物質上的緊張關係，無疑有力地促使了旨在減輕工作和生活緊張度的商業娛樂活動。而童話故事具有的豐富的感性魅力可以將人從越來越機械、呆板的日常生活中解救出來，舒放久被壓抑的心情。於是，童話故事的價值很快就被新興的文化工業經營者發現，作為一種緩減社會化巨大壓力和資本主義社會緊張度的藝術形式，商業童話應運而生。❺

　　綜上所述，民間童話、文學童話和商業童話都可以被理解成不同歷史時期的童話形式，是特定社會和文化中道德行為文明化過程中的一種敘事。它們不斷地傳承和變異，以便適應社會生活中審美

---

❹　從技術層面而言，各種新技術的出現為商業童話的產生創造了條件。尤其是1839 年發明的攝影技術，1844 年發明的電報技術，1876 年發明的電話技術，1877 年發明的錄音技術，1891 年發明的電影技術，1906 年發明的收音技術，1923 年發明的電視技術，1927 年發明的有聲電影技術，1983 年發明的網路技術和數位影像技術等為商業童話奠定了關鍵性的技術基礎。

❺　Jack Zipes, *Breaking the Magic Spell, Radical Theories of Folk and Fairy Tales* (The University Press of Kentucky, 2002): PP17-18.

趣味和價值觀念的變化。當被納入一種意識形態系統後，它們是一種很強的文化力量。

小　結

　　本章分析了童話這一概念的內涵，對西方童話傳統的形成和發展過程進行了詳細的梳理。在分析西方童話發展史上三個重要階段——民間童話、文學童話和商業童話時，闡明了這三個階段與社會歷史之間的關係：受遠古社會形態的制約，民間童話作為一種古老的口頭敘事形式，是民眾集體意識的呈現；而在封建社會向資本主義社會過渡時期成形的文學童話作為一種現代文學類型，是新興資產階層意識形態的載體；而在現代社會的快速發展和日新月異的科技進步中形成的商業童話，更成為文化工業的重要商業資源。這是對西方童話傳統整體的研究和描述，關於它更詳細的分析將在下面的個案探討——格林童話的分析中展開。

第二章
個案分析——格林童話

　　格林童話是格林兄弟在搜集民間童話故事的基礎上，整理、改編和創作的童話故事集，也是西方童話的代表作之一。為了更透徹地分析格林童話形成過程中所積澱的文化特徵，本章將考察格林兄弟的人生歷程和格林童話的產生過程，在充分梳理這一背景的基礎上，分析格林兄弟人生經歷、心理和性格與格林童話之間的關係，從而呈現格林童話真實而複雜的社會歷史和人生內涵。格林童話可以說是全世界最為熟知的西方經典童話之一，本章通過這一個案分析，將更清楚地呈現西方童話傳統形成的文化脈絡。

第一節　格林兄弟的人生道路

　　在德意志群星璀璨的歷史長空中有一對兄弟可能最為全世界普通民眾所熟知，那就是搜集和整理《兒童和家庭童話》（*Kinder-und Hausmaerchen*）（俗稱格林童話）的「格林兄弟」——雅各·格林（Jacob Grimm, 1785-1865）和威廉·格林（Wilhelm Grimm, 1786-1861）。

　　格林兄弟分別於 1785 年 1 月 4 日和 1786 年 2 月 24 日出生於

德國中部黑森州（Hesse）肯錫河（Kinzig）與美因河（Main）交匯處的小城哈瑙（Hanau）。他們在格林家六個孩子中分別排行老大和老二。❶父親——菲力浦·格林（Philipp Wilhelm Grimm, 1751-1796）是當地一個既有思想抱負又很勤懇的律師。母親——寶娥忒·格林（Dorothea Grimm, 1755-1808）是個勤勞善良的家庭婦女。格林兄弟出生前，格林家族是一個紮根黑森地區的新教家族，雖然說不上是一個顯赫家族，但他們人丁興旺，至今在斯岱瑙（Steinau）的墓地裏可以找到這個家族的十四塊墓碑。其中有他們的祖父弗里得利希·格林（Friedrich Grimm, der Juengere），曾祖父弗里得利希·格林（Friedrich Grimm）和太祖父海涅·格林（Heinrich Grimm, der Aeltere）。❷

一、童年時期

格林兄弟在哈瑙和斯岱瑙度過了一個愉快的童年。哈瑙位於德國中部的丘陵地帶，當時是一個人口很少的小鎮。16 世紀時遷入許多受迫害的新教徒，他們當中有不少是手工匠，所以後來哈瑙成為當地一個重要的黃金和寶石加工基地。至今還可以在那些保存完好的古樸的小木屋裏看到昔日繁華的影子。

格林兄弟一家當時住在哈瑙廣場附近一棟舒適的大房子裏，還

---

❶ 其他三個男孩和一個女孩分別是：Carl Friedrich (1787-1852), Ferdinand Phillip (1788-1845) ,Ludwig Emil (1790-1863)和 Charlotte Amalie (1793-1867)。此外，尚有一個孩子出生不到一年即夭折。

❷ Wilhelm Praesent, "Im Hintergrund Steinau: Kleine Beitraege zur Familiengeschichte der Brueder Grimm", in Ludwig Denecke, ed., *Brueder Grimm Gedenken*, Vol.I (Marburg: N. G. Elwert Verlag, 1963): PP49-67.

有僕人幫助料理家務。可惜他們房屋在第二次世界大戰時被夷為平地，如今只留下一塊紀念碑。房子四周是帶籬笆的家庭小花園，一到春天，裏面綠草如茵，桃花滿枝。格林兄弟在那裏度過了最初幾年無憂無慮的時光。1791 年其父菲力浦·格林被授予地區公職（Justizamtmann），全家遷往斯岱瑙。那年春天，他們全家乘坐馬車離開哈瑙，前往斯岱瑙。在那座自然幽美、民風淳樸的小鎮裏，格林兄弟在更加舒適的環境中度過了他們的童年。可以說，搜集格林童話也是格林兄弟對自己美好童年的一種懷念。

格林兄弟從小感情甚篤，以至後來他們一生都手足情深、相依為命。他們常常手牽著手穿過廣場去上法語課。在路過教堂時，他們會一起坐下來欣賞教堂尖頂上旋轉的氣象探測儀。他們除了每天都會去拜訪兩位叔母外，還每週拜訪兩次他們已經退休的祖父。他們不僅每天過著一樣的生活，而且還有著共同的愛好。他們都喜歡畫畫，不過在繪畫上威廉顯得比雅各更有天賦些。他們都喜歡抄錄喜愛的書和詩歌中優美的部分一起欣賞。當他們一起坐在房子裏反覆朗誦一首詩歌或一段文章的時候，他們從這種寧靜中體驗到一種幸福。這一童年的共同愛好，為他們後來致力於研究中世紀文學播下了最初的種子。

雖然兄弟倆性格上有許多相通之處，但愛好上也有不同的地方。在下雨或寒冷的日子裏，雅各喜歡爬上閣樓，整理那些陳舊的物什，他喜歡那種井井有條的感覺。威廉喜歡擺弄他搜集到的昆蟲和蝴蝶標本，將它們分類整理放進日記本裏。雖然這些不同的愛好看起來使他們氣質各異，但透過這些愛好，可以看到他們共有的搜集和整理的特長。多年後，這種特質幫助他們成為了優秀的圖書管

理員，也為後來搜集和整理民歌、故事，以及編撰德語詞典奠定了基礎。

格林家族非常重視教育。為了保證格林兄弟接受較好的教育啟蒙，早年還曾請有家庭教師。父親菲力浦·格林非常重視兄弟倆的教育，雖然他每天工作很忙，但總是親自檢查他們的學習情況。由於兄弟倆只相差一歲，一併由一個叫沈克漢先生（Herr Zinckhahn）的私人老師輔導。沈克漢先生每天教他們地理、歷史和植物等課程。此外，他們還到另外一個地方去學習法語和拉丁語。由於雅各是長子，在教育上受到了更多的關心，父親菲力浦·格林曾親自教他法律知識，讓他背誦一些法律案例和條文，希望他將來成為一個律師或管理者。雖然格林兄弟接受的這些知識屬於早年教育，但這些教育經歷對他們後來是產生了影響的。他們後來之所以都致力於古日爾曼法律和語言的研究，部分原因可能就是受到父親的影響。而且良好的法文和拉丁文基礎，有助於雅各後來在巴黎的研究和生活，也有助於他們後來從事的各國故事比較研究。

二、青少年時期

不幸的是，一場家庭的變故改變了格林兄弟的生活。1796 年其父不幸病逝，由於沒有其他收入來源，格林家族從此陷入困境，很長一段時間靠親戚朋友的救助才得以維持。那時雅各才 11 歲，威廉 10 歲。在那段艱難的日子裏，他們的母親承擔了扶持家庭的責任。❸

---

❸　Jacob Grimm, *Selbstbiographie, Ausgewaehlte Schiften, Reden und Abhandlungen*

　　竇娥忒·格林的妹妹亨儀婍（Henriette Zimmer）是當時住在卡塞爾（Kassel）的一位儲妃。1798 年她邀請格林兄弟前往卡塞爾，希望他們能在卡塞爾接受中學教育。雖然對格林兄弟來說，與家人的分離是痛苦的，但這樣的學習機會很難得，於是不久兄弟倆便來到卡塞爾。到卡塞爾後不久，格林兄弟被安排在律臣姆（Lyzeum）學校就讀。中學時的格林兄弟學習勤奮，品性優良。從那時開始，兄弟倆就同住一間房，同睡一張床，美好的兄弟情誼使他們後來終生都生活在一起。

　　到律臣姆學校後，他們很快就發現原來家庭教師沈克漢先生教給他們的那點知識已遠遠不夠。他們一周上六天課，每天至少八個小時，他們除了學習地理、歷史、自然科學和物理外，還要學習人類學、民族學、邏輯學、哲學、拉丁文、法文和希臘語。事實上，由於基礎知識不好，一開始格林兄弟在學習上有點吃力，他們不得不求助於一位叫斯鐸爾先生（Dietmar Stoehr）的導師。幸運的是這位導師不僅幫他們補習了大量的知識，而且對他們的心靈給予了細心的關懷。❹雅各在適應了那裏的學習環境後，學習越來越順利，很快成為一個非常優秀的學生。而威廉在學習上的問題比雅各多，由於律臣姆學校要求嚴格，威廉基礎又不好，學習上的壓力導致威廉的身體健康也受到影響。他時不時地感冒，有時還有氣喘病，夜裏常常因為呼吸困難而驚醒。青年時的這段經歷影響了威廉後半生的

(Muenchen: Deutscher Taschenbuch Verlag, 1984): P21.

❹　Murray B. Peppard, *Paths through the Forest,* New York: Holt, Rinehart and Winston, 1971.

身體健康。❺相反，雅各身體非常健康，儘管幼時的雅各身體瘦弱，曾遭受各種小兒疾病的困擾，但現在他很強健，學習上也沒有困難，他一直是個優秀的學生，只是他的問題在於和老師的關係上並不理想。由於克撒爾老師當時只是用普通的第三人稱「他」（er）而不是用第三人稱敬稱詞「您」（Sie）稱呼雅各，使雅各感到受了嚴重的歧視，他認為克撒爾老師看不起像他一樣來自農村的人。很多年後，雅各想起這段經歷依然生氣，也許正是從那個時候開始，在格林兄弟的內心裏就撒下了渴望公平、正義和平等的種子。

格林兄弟先後於 1802 年和 1803 年從律臣姆學校畢業，隨即進入馬爾堡大學（Marburg）學習法律。由於他們出生於一個普通的管理者家庭，社會地位低，沒有機會獲得大學補助金。因為根據當時的習俗，只有上層階層的子弟才可以申請到補助金。後來他們的母親為此特意寫信請求大學考慮他們的申請，才獲得一個特許。雖然最後格林兄弟都先後獲得了這種補助金，不需要自己承擔學費，但這件事給兄弟倆內心世界也產生了一定的影響，使他們意識到這種財富和地位的差別形成了社會的不平等，因而後來決心致力於日爾曼法律體系的研究，希望為全體日爾曼人創造出一個平等的世界來。❻

---

❺　Hermann Grimm, "Jacob and Wilhelm Grimm" in *Literatur*, Sarah Adams, Trans. (Boston: Cupples, Upham & Co. Publ., 1886): PP254-285.

❻　Jacob Grimm, "Selbstbiographie" in *Kleinere Schriften von Jacob Grimm*, Vol.1 (Berlin: Ferdinand Duemmler Verlagsbuchhandlung, 1964): P5.

三、思想啓蒙時期

　　在馬爾堡求學期間，格林兄弟的感情一如既往的親密。他們同住一間房，共用一張桌，一起去上同樣的課程。雖然求學的日子在艱難中度過，但正是在馬爾堡求學時期，遇到了影響他們終生的良師益友——法學大師薩維尼（F. C. von Savigny, 1779-1861）。薩維尼教授是格林兄弟一生都愛戴的老師，他們喜歡聽他的課。薩維尼以他的嚴謹、睿智和熱情將格林兄弟帶入了浩瀚無垠的知識海洋和學術殿堂。他不只是教給學生一些簡單的法律條文，他會引導學生去思考法律條文背後那個時代的語言、習俗和傳統。鑑於格林兄弟天資聰穎，薩維尼允許他們到他的私人圖書館讀書，那裏收藏了許多珍貴的中世紀手稿和法國史料和史詩。威廉常常不辭辛苦地抄錄許多古代詩歌拿回家細細地品讀。❼在薩維尼的指點下，格林兄弟開始研究古日爾曼學，特別是那些屬於全民族的德意志民間文化和習俗，決心為全日爾曼人創造一個更美好的未來。❽

　　1805 年雅各作為薩維尼的助手前往巴黎。雅各希望藉此提高自己法語的同時，去訪問當時位於巴黎的許多大的歐洲圖書館。在巴黎的日子，雅各被一個新的世界所吸引，他一方面紮進圖書館裏埋頭讀那些豐富的中世紀文學和史詩手稿，另一方面給威廉寫信，

❼　Wilhelm Grimm, "Selbstbiographie" in *Kleinere Schriften von Wilhelm Grimm*, Vol.1 (Berlin: Ferdinand Duemmler Verlagsbuchhandlung, 1881): PP10-11.

❽　Alfred Hoeck, "Die Brueder Gimm als Studenten in Marburg" in *Brueder Grimm Gedenken*, Vol.6 (Marburg: N. G. Elwert Verlag, 1963): PP67-75.

與他分享那裏的政治新聞、社會活動和日常生活等。❾為了幫助母親和照顧弟妹，1806 年雅各離開巴黎回到卡塞爾。由於雅各講一口流利的法語並在巴黎生活過，他很快就找到了工作，在那裏的戰爭部（Kriegskollegium）擔任秘書一職，協助他們對德國佔領區實行以法語為基礎的管理。

那時侯德國到處都在說法語，不論是在市政廳還是在菜市場。雅各也喜歡說法語，他當時內心裏是喜歡法國文化和語言的。只是後來隨著管理工作的展開，他發現管理工作主要是依照法國的法律，而不是德國的法律進行的，這樣就會產生許多法律上的不公正現象。當他從窗戶向外望去，看到法國士兵虐待卡塞爾市民的時候，他感到德國人已逐漸成為政治遊戲的局外人，成為一個被壓迫的對象。雖然他並沒有因此產生強烈的民族主義情緒，但他開始意識到日爾曼民族陷入了一種危機，也許必須回到中世紀的文化遺產中去尋找民族復興的根源。❿雖然並不能說對外來統治的敏感和失去祖國的傷感是促使格林兄弟搜集日爾曼古老的民間文化的唯一動力，但其影響是不可忽視的。

遭受異族軍隊和封建勢力雙重壓迫的德國，思想文化僵化，社會矛盾重重。當時的知識分子提倡發掘民族文化，推動民族覺醒。早年在馬爾堡的學習開闊了格林兄弟的學術和思想視野，也逐漸沉澱出他們聰穎浪漫而又嚴謹求實的心性。後來通過薩維尼的介紹，

---

❾ Hermann Grimm und Gustav Hinrichs, eds., *Briefwechsel zwischen Jacob und Wilhelm Grimm aus der Jugendzeit.*

❿ Wilhelm Grimm, "Selbstbiographie" in *Kleinere Schriften von Wilhelm Grimm*, Vol.1 (Berlin: Ferdinand Duemmler Verlagsbuchhandlung, 1881): PP19-20.

格林兄弟又結識了一批德國浪漫主義大師，如海德堡浪漫派大師布倫塔諾（Clemens Brentano, 1778-1842）。格林兄弟被布倫塔諾那些具有非凡音樂性和豐富想像力的作品所吸引。正是在布倫塔諾等浪漫派大師的影響下，格林兄弟正式開始將注意力轉向民間智慧和藝術。後來，在協助布倫塔諾和阿爾尼姆（Achim von Arnim, 1781-1831）搜集民歌集《兒童的奇異號角》（Des Knaben Wunderhorn, 1805-1808）之後，格林兄弟於 1807 年開始搜集和整理在德國廣為流傳的民間童話和傳說故事。

四、開拓學術道路

1808 年雅各辭去了工作，他希望在卡塞爾市圖書館找到一個職位，因為他具有自己的優勢，他不僅能說好幾種流利的外語，而且能閱讀各種中世紀手稿。可惜的是他最後沒有獲得那個職位。不久他們母親因病去世，格林家族再一次陷入巨大的困境中。幸運的是，正在雅各面對家庭困難手足無措的時候，卡塞爾的傑俄米皇帝（King Jerome）考慮到雅各所表現出來的學術潛力和流利的法語能力，提供給他一個新的工作，到皇家私人圖書館做管理員。由於這是一個不對外開放的圖書館，只供皇帝讀書使用，除了偶爾要搬動大量的書籍外，這份工作總體上很輕鬆。雅各對此很滿意，因為他不僅有大量的時間，而且可以運用皇家圖書館的資源從事自己的研究工作。一年後，皇帝對雅各的工作很滿意，又任命他為城市管理委員會的法律顧問。

雅各忙於在皇家圖書館工作和研究的時候，威廉也開始了他的學術工作。他在家裏開始自己的研究計畫，他不僅翻譯了許多蘇格

蘭和丹麥的民間故事，撰寫關於中世紀文學的學術文章和書評，而且在原來搜集到的民間故事的基礎上編輯《兒童和家庭童話》。這本童話集於 1812 年正式出版，可以說這套民間故事和童話集子，不僅喚醒了德意志最初的民族覺醒和凝聚力，也奠定了格林兄弟在世界文化歷史中的地位。

　　1813 年雅各參加黑森外交代表團，任外交秘書一職（Legationssekretaer），再次來到巴黎。他充分利用一切可以利用的時間到巴黎的各大圖書館去搜集研究資料，抄錄手稿文獻，開始著手將法語小說和史詩翻譯成德語。❶ 1815 年雅各陪同黑森代表團參加維也納會議（Vienna Congress），正是在這次會議上，雅各發現各自獨立的小諸侯國是德國團結起來的困難所在，也是日爾曼民族統一的主要障礙。從而堅定了他致力於促進日爾曼統一的德國古代歷史和民俗文化研究的方向。

　　1814 年威廉接受了卡塞爾圖書館的秘書職務。1815 年雅各從維也納返回後不久也加入了卡塞爾圖書館。兄弟倆終於相聚在一起，在一個圖書館裏工作，共同開始學術研究。早在馬爾堡求學期間，他們就逐漸形成了各自學術上的特色。雖然兄弟倆都對古日爾曼文化和習俗感興趣，但雅各是一個更喜歡系統地工作的人，他一工作常常是幾個小時連續地進行分析和論證；而威廉則是一個更傾向於感性工作的人，他更多地依賴內心的激情引導。在具體的研究領域，雅各偏向於比較語言和法學，威廉更側重中世紀文學、語言

---

❶　Jacob Grimm, "Selbstbiographie" in *Kleinere Schriften von Jacob Grimm*, Vol.1 (Berlin: Ferdinand Duemmler Verlagsbuchhandlung, 1964): P13.

和民俗研究。在研究方法上，雅各熟練於科學方法的運用，而威廉
諳於文化解析之道。**⑫**

　　他們的研究也逐漸結出豐盛的果實，雅各在德國法律和比較語
言學上，威廉在中世紀文學上都取得了初步的成就。1812 年他們
出版了兩本中世紀德語詩 *Hildebrand und Hadubrand* 和 *Das
Weissenbrunner Gebet*，1815 年出版了它們的翻譯和引證本 *Elder
Edda*，1816 年他們又出版了《德國故事》（*Deutsche Sagen*）。**⑬**
1819 年由於格林兄弟的學術成就，他們分別被馬爾堡大學授予名
譽博士學位。**⑭**

　　1829 年格林兄弟被哥廷根大學（Georg-August Universitaet
Goettingen）同時聘請為圖書館員。建於 1737 年的哥廷根大學是當時
歐洲的著名學府，聚集了一大批傑出的科學家和學者。當時的哥廷
根大學圖書館享譽盛名，是德國最早的對外開放圖書館，它的圖書
被德國各地的學者們所借閱，格林兄弟欣然受邀前往。格林兄弟的
學術成果源源不斷地產生。雅各陸續於 1819-1839 年出版了《德語
語法》（*Deutsche Grammatik*），1828 年出版了《德國法律辭典》
（*Deutsche Rechtsaltertuemer*），以及許多學術論文，1831 年雅各被哥

---

⑫　Friedrich Panzer, ed., *Kinder-und Hausmaerchen der Brueder Grimm.
Vollstaendige Ausgabe in der Urfassung* (Wiesbaden: Emil Vollmer Verlag, 1955):
PP37-41.

⑬　Gabriele Seitz, *Die Brueder Grimm: Leben-Werk-Zeit* (Muenchen: Winkler Verlag,
1984): P87.

⑭　雅各此外還於 1828 年獲得了柏林大學（Berlin）的榮譽博士學位，1829 年獲
得布勒斯勞大學（Breslau）的榮譽博士學位。

廷根大學聘為法學和語言學教授。威廉也陸續於 1821 年出版了
Ueber deutsche Runen，1829 年出版了《德國英雄故事》（*Deutsche*
Heldensage）等中世紀文學和民俗研究作品，1831 年威廉先被哥廷根
大學聘為編外教授（Ausserordentlicher Professor），四年成為教授
（Ordinarius）。在哥廷根大學的最初幾年裏，格林兄弟的生活有了
很大的改善，他們有更多的時間和精力投入到研究中去，也有更多
的機會與其他同時代的學者交流，他們在學術的道路上走向了更高
的起點。

五、進行政治鬥爭

格林兄弟不僅在學術研究上成就顯著，而且在社會政治上品行
非凡。隨著拿破崙帝國在歐洲崩潰後，拿破崙的弟弟——卡塞爾的
傑俄米國王也下臺離去了，當地的德國人又迎回了老國王的統治。
經歷了戰爭和異族統治後，人們盼望自由、民主和公正社會的到
來，人們希望制訂一部民主憲法。格林兄弟也不例外，作為法學大
師薩維尼的學生，他們深知憲法不是冷冰冰的語言和條約，而是確
保普通民眾自由權利的武器，所以他們也熱衷於新的憲法的修訂。
❻本來一切看起來都很順利，可是不幸的是老國王突然去世了，自
由民主又生出許多變數來。

1837 年在哥廷根大學建校 100 周年之際，漢諾威國王威廉四
世（Wilhelm IV, 1765-1837）駕崩，其弟恩斯特·奧古斯特（Ernst

---

❻ Jacob Grimm, "Selbstbiographie" in *Kleinere Schriften von Jacob Grimm*, Vol.1
(Berlin: Ferdinand Duemmler Verlagsbuchbuchhandlung, 1964): PP25-56.

August）繼承王位。恩斯特·奧古斯特新王剛愎自用、專橫跋扈，決定廢除 1833 年通過的開明憲法。雖然格林兄弟也認為，憲法需要調和各種利益和力量，它不可能完美，但整體上它會削平社會不平等之處，提升社會底層的力量，使社會處於穩定之結構中，因為憲法是人們自由意志的體現，以保護人們的自由和民主不受侵犯為天職。在格林兄弟看來，老一代君主在英國憲法的指引下逐漸發展而來的民主精神，必須延續下去，新的國君必須繼承這種自由和民主精神，否則法律傳統將被破壞怠盡。❶奧古斯特新王的作法激起了得自由風氣之先的哥廷根大學師生的憤慨，但多數教師害怕失去既得利益，敢怒不敢言。格林兄弟天性自由，不諳世故，面對強權，卻有一腔熱血，遂聯合另 5 位大學教授陳書抗議。雅各在一次抗議演講會上，他引用馬丁·路德（Martin Luther）的名言表達自己的觀點：「基督徒的自由給予我們反對統治者的勇氣，如果他違背上帝的精神和違反人權的話。」

　　格林兄弟對封建和專制的反抗體現出他們內心對民主和自由的信仰，雖然有學者批評他們的思想有民族主義的傾向，但這種傾向是與盧梭（Rousseau）和孟德斯鳩（Montesquieu）建立在普遍性基礎上的人權思想相聯繫的，也是與赫爾德（J. G. Herder, 1744-1803）追求文化與政治自由的思想相通的。❷

---

❶　Hansbernd Harder und Ekkehard Kaufmann, eds., *Die Brueder Grimm in ihrer amtlichen und politischen Taetigkeit*, Vol.3 (Kassel: Verlag Weber und Weidemeyer, 1985): PP25-56.

❷　Gabriele Seitz, *Die Brueder Grimm: Leben-Werk-Zeit* (Muenchen: Winkler Verlag, 1984): PP57-59.

　　格林兄弟等七位哥廷根大學的教授們為了保護憲法毅然挺身而出，承擔知識分子的民主責任，可惜這種抵抗運動失敗了，他們最後被解除教職，雅各甚至被逐出公國。這就是德國歷史上著名的「哥廷根七君子（Goettinger Sieben）」事件。格林兄弟以自己的行動捍衛自由的尊嚴，表現出了一代知識分子的精神追求。1837 年被解除教職的格林兄弟回到卡塞爾，由於沒有正常的經濟收入，他們再一次面對生活上的困境。

六、成為學術大師

　　1840 年，一個新的生活轉機到來了。鑑於他們的威望，普魯士（Preuss）國王威廉四世（Wilhelm IV）邀請格林兄弟前往柏林，擔任柏林科學院院士，參加德語詞源辭典的編撰，以及在柏林大學開設講座。威廉四世不僅向他們提供良好的生活條件，而且為他們提供優越的學術環境。當時的柏林是普魯士的首都，是一座繁華的大城市，也是當時德國知識分子的活動中心，在柏林大學的周圍更是聚集了一大批思想家和學者。格林兄弟欣然接受了邀請，舉家北遷。❸

　　在柏林，格林兄弟受到了人們的熱誠歡迎，不僅是因為他們在「哥廷根七君子事件」中表現出的對民主和自由的忠誠，而且是因為他們在學術上的巨大成就。格林兄弟在保持與其他同時代的知識分子不斷地交流思想的同時，他們集中精力用在學術研究上。只是在迫不得已的情況下，他們才抽出時間與出版商、來訪的學生學者

---

❸　Wilhelm Schoof, Die Brueder Grimm in Berlin, Berlin: Haude & Spener, 1964.

和政治活動家會面。在他們的工作室裏，常常是堆積如山的文稿和資料。威廉在堅持不懈地編輯《兒童與家庭童話》，雅各於 1848 年出版了兩卷本的《德語語言史》（*Geschichte der deutschen Sprache*）。1854 年他們共同編撰的《德語大詞典》（*Deutschen Woerterbuch*）出版了第一冊，這套歷時 100 多年，直到十九世紀七十年代在其他後繼學者的努力下才完成的，長達幾十卷的鴻篇巨制是德語研究的最高豐碑。

1841 年雅各被法國外交部授予「法國古羅馬榮譽十字勳章」（Cross of the Honor Legion of France），表彰他在法德文化交流與合作上付出的努力。他也因此宣揚自己的觀點，歐洲的未來必須建立在多元文化和相互尊重的基礎上。❶ 1842 年普魯士王朝授予雅各一枚和平大使勳章（Ordenpour le merite），雖然雅各此時對公共榮譽並不感興趣，但這枚勳章給格林家族帶來了聲譽。❷

1845 年雅各當選為新成立的日爾曼學會的主席，一年後主持在法蘭克福（Frankfurt am Main）召開的全國大會。他主張運用比較的研究方法展開對日爾曼語言、歷史、習俗和法律方面的研究，鼓勵從國際性的視野進行廣義的日爾曼學研究。他反對展開純潔德語運動，認為世界上沒有一種語言是純潔不受影響的，所有的語言要發

---

❶　Hans-Bernd und Ekkehard Kaufmann, eds., *200 Jahre Brueder Grimm: Die Brueder Grimm in ihrer amtlichen und politischen Taetigkeit*, Vol.3 (Kassel: Verlag Weber & Weidemeyer, 1985): P116.

❷　Hans-Bernd und Ekkehard Kaufmann, eds., *200 Jahre Brueder Grimm: Die Brueder Grimm in ihrer amtlichen und politischen Taetigkeit*, Vol.3 (Kassel: Verlag Weber & Weidemeyer, 1985): P118.

展就必須接受外來語言的推動，封閉語言就會封閉它的生命力。

　　1848 年三月革命爆發（Revolution 1848），雅各被資產階級自由派選為法蘭克福國民議會的議員，參加了 1848-1849 年在法蘭克福舉行的國民議會（Frankfurter Parlament），並作了建立自由社會的演講。他認為必須建立一個保障自由的社會，不僅面向德國人，而且面向所有生活在德國土地上的人們。他還要求取消階級特權，建設一個人人平等的新型社會體系。**㉑**

　　1861 年，威廉·格林逝世。懷著失去弟弟的痛苦，雅各以七十多歲的高齡繼續編撰《德語大詞典》。在他生命的最後一段時間裏，他不計榮譽，不計利益地將全部身心投入到大詞典的研究和寫作中。1865 年雅各·格林逝世。兩人均葬於柏林馬太教堂墓地（Friedhof der Berliner Matthaeusgemeinde）。**㉒**

第二節　格林童話的版本演變

　　作為德國文學史上一顆耀眼的明珠，世界童話園中一塊瑰麗的珍寶，格林童話自 1812 年首次出版以來，就以它經久不衰的魅力吸引著一代又一代世界各地的讀者。它膾炙人口，家喻戶曉，成為

㉑ Hans-Bernd und Ekkehard Kaufmann, eds., 200 Jahre Brueder Grimm: Die Brueder Grimm in ihrer amtlichen und politischen Taetigkeit, Vol.3 (Kassel: Verlag Weber & Weidemeyer, 1985): PP121-123.

㉒ Will Erich Peuckert, "Wilhelm und Jacob Grimm", in Die Grossen Deutschen, Vol.3 (Darmstadt: Deutsche Buch-Gemeinschaft, 1966): P135.

翻譯和傳播範圍僅次於《聖經》（*Bible*）的世界經典之一。❷其實，這套著名的童話故事集背後不僅有一段長長的歷史，而且她並不像人們想像的那樣是一氣呵成的，而是格林兄弟在時代文化風潮和個人審美意識的作用下不斷整理、編輯和修改而成的。

一、「普勒青」（Pulettchen）的讀物

　　格林童話是德國浪漫主義運動的產物。浪漫主義時期，在赫爾德等人的思想影響下，德國知識分子一度掀起了一股搜集民間文藝的思潮。從 1807 年開始，格林兄弟也開始搜集民間故事。1808 年 3-4 月間，雅各先後給薩維尼和他的女兒貝蒂蘭（Betine）和兒子弗朗茨（Franz）寄出了 6 個故事，分別是「狼先生和狼夫人」、「瑪麗」、「月亮和他的媽媽」、「白雪公主」、「可憐的孩子」和「後媽的故事」等，其中有 4 個故事後來被收入《兒童與家庭童話》中。而這些故事可以說是格林童話的最早雛形了。

　　從格林兄弟與薩維尼的相關通信中，可以發現薩維尼的女兒貝蒂蘭——一個當時被格林兄弟稱作「普勒青」（Pulettchen）的小姑娘在格林兄弟最初的童話故事的搜集中起到了一定的促進作用。在某種程度上，格林兄弟搜集童話故事並寄給薩維尼正是為了滿足「普勒青」聽故事的需要。當時的「普勒青」只是一個三歲大的小姑娘，格林兄弟非常喜歡和關心她，不時地去信詢問她的健康和學

---

❷　Jack Zipes, *The Brothers Grimm -- From Enchanted Forests to the Modern World* (New York: Routledge, 1988): P15. 這是從西方基督教文化的視角來看的，在非基督教文化圈可能格林童話比《聖經》流傳更廣。

習，1807 年 12 月威廉曾在信中問薩維尼，「普勒青」是否還記得他們曾給她講過的故事。在 1808 年 4 月 10 日的信中，雅各曾向薩維尼說明，他寄去的 6 個故事是為了實現他早前向「普勒青」許下的諾言。格林兄弟一直記著她的生日，為此，威廉特意在信的末尾加了一段話，他請薩維尼代向他的家人問好，特別是「普勒青」。這表明這 6 個故事是作為給「普勒青」的生日禮物寄出的。❷

　　格林兄弟，其中特別是雅各對「普勒青」的關心延續了很長時間。1819 年當雅各將第二版的《兒童與家庭童話》寄給薩維尼的時候，他在信中又提到了「普勒青」，認為她一定已經長成大姑娘了，一定可以伴隨父母出席各種社交場合了，但她小時候的可愛一直留在他的記憶裏。十多年後，當雅各得知貝蒂蘭已經與一位希臘外交官訂婚，他給薩維尼去了一封傷感的信，信中說到，他依然記得貝蒂蘭在巴黎出生時的情形，那天，他一個人在巴黎的圖書館裏，倍感孤單。當他前往薩維尼家拜訪的時候，貝蒂蘭的出生帶來一片喜慶氣氛，受這種幸福家庭的感染，他的孤單感也煙消雲散。由此可見，格林童話從一開始就具有很強的兒童取向。在格林兄弟的設想裏，格林童話的閱讀者首先是兒童，這一點不僅體現在為「普勒青」搜集童話故事這件事上，而且表現在格林兄弟常常以自己童年的故事記憶為基礎整理和修改故事人物或情節。格林童話的這種兒童取向後來也體現在威廉與小姑娘安娜・哈克森豪森（Anna

---

❷ Wilhelm Schoof und Ingeborg Schnack, eds., *Briefe der Brueder Grimm an Savigny: Aus dem Savignyschen Nachlass* (Berlin: Erich Schmidt Verlag, 1953): PP423-430.

von Haxthausen）和小女孩米莉（Mili）的通信中。㉕

　　但是，很難說格林兄弟最初搜集童話故事的目的就是為了供兒童欣賞。他們在寄給薩維尼的童話故事中，附錄了許多故事異文、注釋和評論。那麼三歲大小的「普勒青」會對這些枯燥的注釋、評論和異文感興趣嗎？顯然那些詳細的文字說明是為薩維尼準備的，因為他是一個研究古日爾曼法律和風俗的專家。如果純粹是為了給「普勒青」提供閱讀材料，他們完全可以將故事寫的簡單而生動，而沒有必要給出詳細的注釋、學術性的評論和各種風格各異的變文。而薩維尼作為一名研究古日爾曼文學和傳統的學者，將會感謝格林兄弟為他們的童話故事提供如此詳細的資料。㉖所以，準確地說，格林童話不僅是為了娛樂兒童的目的，而且也是為了開展學術研究，是兩者有機結合的產物。

二、呂侖堡（Oelenberg）手稿

　　受赫爾德搜集民歌思想的影響，格林兄弟的朋友布倫塔諾和阿爾尼姆也決定搜集德國民歌，他們請格林兄弟來幫忙搜集，因為他們在這方面擁有很好的知識和背景。1805 年這本名為《兒童的奇異號角》（*Des Knaben Wunderhorn*）㉗的民歌集出版了，其中就有格林

㉕　Heinz Roelleke, "Discovery of Lost Grimm Fairy Tale Not the Sensation it is Claimed to be", in *The German Tribune* 287 (Nov. 1983): P11.

㉖　Wilhelm Schoof und Ingeborg Schnack, eds., *Briefe der Brueder Grimm an Savigny: Aus dem Savignyschen Nachlass* (Berlin: Erich Schmidt Verlag, 1953): PP423-430.

㉗　目前常見的版本是：Achim von Arnim und Clemens Brentano, *Des Knaben*

兄弟搜集整理的民歌資料。❷在布倫塔諾準備搜集整理第二冊的時候，他認為除民歌外，民間故事、諺語和傳說等敘事性民間文藝同樣具有很高的搜集價值。為此他準備親自翻譯意大利巴塞爾（Giambattista Basile）的故事集 *Pentamerone*，將它們介紹給德國的讀者。但是，布倫塔諾很快就改變了自己的主意，他決定集中精力創作自己的故事和小說。不久阿爾尼姆也將注意力從民歌搜集轉移到了中世紀民眾書（Volksbuecher）的搜集和出版上。雖然布倫塔諾和阿爾尼姆都已逐漸將精力轉向了其他領域，但格林兄弟還是將搜集到的 53 個民間故事寄給了布倫塔諾。由於他們知道布倫塔諾有喜歡修改或重寫故事情節的習慣，最後出版的故事可能與他們搜集到的故事完全不一樣。所以，在把那些搜集到的民間故事寄給布倫塔諾之前，格林兄弟有意保存了一個副本。後來這個副本也就成了《兒童與家庭童話》的原形。

布倫塔諾在收到格林兄弟寄給他的故事文本後，並沒有給予足夠的重視，隨手一放，很快就將它們忘記了。當格林兄弟去信詢問他是否收到了那些文稿時，他才記起來，可是再也找不到了。於是他給格林兄弟去信，說明他已對民間文藝的搜集失去了興趣，正決心創作自己的小說和故事。雖然他們之間的相互理解使得這件事沒有傷害到他們之間的友誼，但格林兄弟還是決定以自己的名義出版這些故事。❷他們去信詢問布倫塔諾的意見，問他是否同意他們將

Wunderhorn: Alte deutsche Lieder, Muenchen: Winkler Verlag, 1964.

❷ 格林兄弟搜集的部分民歌資料參見：Charlotte Oberfeld et al., eds., *Brueder Grimm: Volkslieder*, Kassel: Baerenreiter Verlag, 1985-1988.

❷ 參見：Karl Schmidt, "Die Entwicklung der Kinder-und Hausmaerchen seit der

那些原本為他搜集整理的副本出版。布倫塔諾完全支持格林兄弟的
出版計畫，為此，他還特意將自己搜集到的部分故事寄給他們，希
望對他們有用。

　　一百多年後，格林兄弟當初寄給布倫塔諾的故事文本在呂侖堡
修道院（Monastery of Oelenberg）被發現。這些原始文稿的發現不僅揭
開了《兒童與家庭童話》原形的秘密，而且為格林童話的比較研
究，特別是研究格林童話的編輯和整理過程提供了重要的資料。**❸⓿**
總體而言，這些原始的故事文本只是簡單的記錄，看起來像速記筆
記，它既沒有詳細說明各種變文的注釋，也沒有完整的故事情節敘
述。可見，格林兄弟這麼做是為布倫塔諾編輯或修改故事情節提供
方便，也從一個側面反映了格林兄弟最初搜集和整理民間故事的某
種思想特徵。

　　雖說如此，格林兄弟最初搜集和整理民間故事的思想就與布倫
塔諾和阿爾尼姆等人不同，在搜集目的上，布倫塔諾和阿爾尼姆搜
集民間故事是為了豐富自己的文藝創作，特別是希望從民間故事中
尋找更富有生命力的故事情節和人物形象。而格林兄弟搜集民間故

Urhandschrift; nebst einem kritischen Texte der in die Drucke uebergegangenen
Stuecke", in *Hermaea. Ausgewaehlte Arbeiten aus dem Deutschen Seminar zu
Halle*, eds., Philip Strauch et al., Halle: Niemeyer, 1933. 和 R. Danhardt, "Grimm
Editionen im Kinderbuchverlag Berlin", in *Die Brueder Grimm: Erbe und
Rezeption; Stockholmer Symposium 1984*, eds., Astrid Stedje (Stockholm: Almqvist
& Wiksell International, 1985): PP51-54.

❸⓿　格林兄弟這些手稿的完整版參見：Heinz Roelleke, *Die Aelteste
Maerchensammlung der Brueder Grimm: Synopse einer handschriftlicen Deutung*,
Geneva: Fondation Martin Bodmer, 1975.

事是為了保存民間詩歌（Naturpoesie），在他們看來，口頭傳承的民間故事是民間詩歌的典型存在。❸在搜集對象上，布倫塔諾和阿爾尼姆只注重搜集那些他們認為最完整、最吸引人的故事版本，而對其他故事異文視而不見。而格林兄弟則力圖儘量多地搜集各種異文，哪怕只是簡單的故事框架，他們也會記錄下來以供參考。因為他們認為民間故事的變異蘊涵著語言、習俗和信仰變遷的秘密。在搜集方法上，布倫塔諾和阿爾尼姆雖然也主張運用科學的方法，要忠實於故事的本真狀態，但他們在搜集和整理民間故事的實際過程中喜歡靈活處理，特別是布倫塔諾，他一般在聽的過程中只記錄一些關鍵字，然後再根據記憶加以補充和完善。這樣常常導致他遺漏了一些故事情節，使他整理出來的故事與原來的故事大相徑庭，最後他不得不主要依靠書面材料。而格林兄弟反對這種方法，主張正確對待口頭傳統的獨特性，按照民俗研究的需要科學地搜集和整理民間故事。雖然他們後來也將目光轉向書面材料，但性質上有所不同，他們轉向書面材料更多的是從比較故事研究的需要出發的。❸

---

❸ Reinhold Steig, *Clemens Brentano und die Brueder Grimm* (Stuttgart: Cotta, 1914): PP1-35.

❸ Reinhold Steig, *Clemens Brentano und die Brueder Grimm* (Stuttgart: Cotta, 1914): PP164-171; Reinhold Steig, *Achim von Arnim und die Brueder Grimm*, Stuttgart: Cotta, 1940; Wilhelm Schoof, "Neue Beitraege zur Entstehungsgeschichte der Grimmschen Maerchen" in *Zeitschrift fuer Volkskunde*, Vol.52, 1955, PP112-143.

三、《兒童與家庭童話》

　　1812 年，第一版《兒童與家庭童話》的第一冊由柏林的出版機構埃美爾（Reimer）出版。這一冊包含了 49 個童話故事，其中包括格林兄弟親自搜集的 22 個故事。這套只發行了 900 冊的格林童話集成為現代童話研究的重要里程碑。❸與此前歷史上出現的各種童話故事集相比，《兒童與家庭童話》不僅是一本故事集，還可以看作是現代童話研究的開始。它不僅附有一篇對童話故事搜集、記錄和整理過程與方法作出詳細說明的序言，而且從比較研究的角度對每個童話故事進行分析評論，還簡單說明了每個童話故事的來源。在此之前，還沒有人像格林兄弟那樣，對那些簡單的童話故事做那麼多注釋和說明，也沒有人像他們那樣，對不同地區、民族和語言中流傳的故事異文加以比較和分析。雖然從現代民俗研究，特別是現代童話學的角度來看，格林兄弟對童話故事的搜集和整理離學科標準還有一定的距離，許多地方還值得進一步的探討，但他們在童話故事搜集和整理上的開創性工作奠定了學科發展的基礎。

　　1815 年第一版《兒童與家庭童話》的第二冊出版，同樣發行900 冊。根據威廉早前的計劃，他原本打算在第二冊裏翻譯意大利巴塞爾編集的故事集 *Pentamerone*。但後來由於通過朋友和熟人搜集到了更多的童話和故事，足可以編輯成新的一冊，於是他決定放棄翻譯計劃，以這些搜集到的童話故事為內容出版《兒童與家庭童話》的第二冊。與第一冊一樣，第二冊也附有一篇對童話故事搜集

---

❸　Wilhelm Schoof, "Neue Beitraege zur Entstehungsgeschichte der Grimmschen Maerchen", in *Zeitschrift fuer Volkskunde* 52 (1955): PP112-143.

和整理過程進行說明的前言和對每個童話故事的詳細注釋。

　　第一版的《兒童與家庭童話》出版後，格林兄弟根據需要不斷地加以整理和修改。1819 年出版第二版。第二版的《兒童與家庭童話》分為三冊，第一冊和第二冊於 1819 年出版，各發行 1500 冊。與第一版不同，第二版的第一冊和第二冊取消了注釋部分。第三冊直到 1822 年才出版，其前半部分由第一、第二冊的注釋組成，後半部分對一些童話故事進行比較分析。由於出版商埃美爾認為第三冊學術性質太濃，裏面全是學術注釋和比較分析，它的銷路將成問題，導致第三冊的出版很不順利。在格林兄弟同意放棄經濟補償的條件下，最後埃美爾還是將第三冊出版了。可是由於所用的紙張品質較差，格林兄弟要求以半價出售給已經購買了第一冊和第二冊的讀者，所以第三冊只發行了 500 冊。在以後的版本裏，第三冊很少被再版。雖然它後來也曾以別的形式出現，如 1850 年第六版裏出現了一個長達 80 頁的，介紹國內外童話故事出版物的導言；1856 年第七版裏出版了包含注釋的第三冊，但它們都與 1822 年出版的第三冊有很大的不同。

　　此後，《兒童與家庭童話》的第三、四、五、六、七版分別於 1837、1840、1843、1850、1857 年出版。每版都由上下兩冊組成，包括前言和注釋部分。其中第四和第六冊還增加了一個長達 60 頁的，對童話故事進行歷史比較分析的內容。1857 年的第七版《兒童與家庭童話》通常被認為是最標準的版本，它由 211 個童話故事組成，其中包括故事注釋。1864 年第八版出版，此後在格林兄弟的有生之年《兒童與家庭童話》又出版了二十一版。

四、《兒童與家庭童話》選集（Kleine Ausgabe）

雖然《兒童與家庭童話》早在 1812 年就已經出版，但出版之初它並沒有產生什麼影響。直到 1825 年《兒童與家庭童話》選集正式出版，才真正給格林兄弟帶來巨大的聲響。1825 年 8 月 16 日在威廉寫給出版商喬治‧埃美爾（Georg Reimer）的信中，對他提出的出版一個《兒童與家庭童話》選集的計劃作了積極的回應，他建議出版一個印成一冊的口袋書式的選集，並且最好在耶誕節的時候擺上書架。他還向喬治‧埃美爾提出，他的弟弟——路德維希‧格林（Ludwig Grimm）可以為故事配上一些插圖。為了保證對大眾的吸引力，他要求將價格調低，同時他也同意將書中所有學術性的部分刪除。❸❹ 1825 年耶誕節的時候，《兒童與家庭童話》選集正式出版，它包含了 50 個童話故事和一些插圖。由於它被製作成口袋書的形式，小而精美，而且價格也不貴，一上市很快就受到兒童和大人的歡迎。《兒童與家庭童話》因此名揚一時，格林兄弟也因此而大獲名聲。

《兒童與家庭童話》選集首版大獲成功後，很快於 1833 年出版了第二版。此後每三年出版一次，到 1858 年共出版了十版，到 1886 年甚至達到三十六版。在格林兄弟生活的年代，它是當時的暢銷書之一。❸❺

---

❸❹　Hans Guertler und Albert Leitzman, eds., *Briefe der Brueder Grimm* (Jena: Verlag der Fromannschen Buchhandlung, 1928): PP285-286.

❸❺　R. Danhardt, "Grimm Editionen im Kinderbuchverlag Berlin", in *Die Brueder*

《兒童與家庭童話》版次一覽表
全集： 1812……1819………………………1837…1840……1843…………1850…… …1857……
選集： 　　　　　1825…1833…1836…1839…1841…1844…1847…1850… 1853…1858…

　　儘管《兒童與家庭童話》選集一度是當時的暢銷書之一，但對格林兄弟來說，它並沒有給他們帶來可觀的經濟效益。不過格林兄弟對此並不在意，因為他們關心的是，作為民族傳統的組成部分，那些蘊藏著自然詩歌（Naturpoesie）特質的童話故事最終通過這種形式被傳承下來，沒有消失在歷史的塵埃裏。**㊱**

第三節　格林兄弟與格林童話的生產

　　作為歷史上傳播最廣、影響最深的童話故事集之一，格林童話經久不息的生命力既來源於其獨特的學術和文藝價值，也來源於其豐富的社會歷史內涵。作為一種文化產品，格林童話的產生既是特定時代文化發展的產物，也是格林兄弟個人經驗的結晶。因此，以下將從個人、國家、民族等層面探討格林童話的歷史文化內涵。

Grimm: Erbe und Rezeption; Stockholmer Symposium 1984, eds., Astrid Stedje (Stockholm: Almqvist & Wiksell International, 1985): PP53-54.

㊱ Ludwig Denecke, "Grimm, Wilhelm Carl", in *Enzyklopaedie des Maerchens: Handwoertbuch zur historischen und vergleichenden Erzaehlforschung*, Vol.5 (Berlin: Walter de Gruyter, 1990): PP195-196.

一、家世衰落的陰影

從個人層面探討格林童話的文化內涵首先不可迴避的是格林兄弟的家世。這種生活經歷上的前後反差所產生的陰影可能是格林兄弟搜集和整理格林童話的一種心理動力。這種家世衰落的陰影主要來自兩個方面：

首先，這種陰影來自父親的去世所帶來的前後生活的變化。父親去世之前，格林一家衣食無憂、生活舒適，擁有一定的社會地位，而且父親在事業上的成功帶來更加美好的生活前景。父親去世之後，格林一家生活困難，一度靠親戚朋友的資助才得以維持，而且由於失去原來的社會地位，格林兄弟和家人不得不面對社會生活的殘酷和艱辛。這樣的生活現實使格林兄弟認識到，父親在家庭生活中的重要性。正是有了這種生活經歷，使格林兄弟在後來的民間文藝研究過程中很容易發現民族文化之根對德意志民族和德國人的重要性。與家庭生活中起根本作用的父親一樣，民族文化傳統是民族和國家自立的根基。失去了文化傳統的民族和國家就像失去了父親的家庭一樣可憐。而當時以赫爾德為代表人物的德國浪漫主義民間文藝思潮認為，民歌中蘊涵著民族精神，民間文藝才是一個民族的文化之根。格林兄弟自然就在薩維尼、布倫塔諾等人的引導下開始了民間童話和故事的搜集整理工作。

其次，這種陰影來自父親去世後格林兄弟與現實生活作不屈鬥爭的歷程。雖然格林兄弟天資聰穎、勤奮敬業，但他們生活的歷程同樣充滿荊棘和曲折。1798 年兄弟倆在姨母的幫助下，被安排在卡塞爾的律臣姆（Lyzeum）中學就讀。雖然兄弟倆並不願意離開母

親和家人到很遠的地方去求學，但他們不得不為自己尋找生活的出
路。儘管他們學習勤奮努力，成績良好，特別是雅各的成績非常優
秀，但由於他們來自一個小鎮，在卡塞爾求學時還是不幸被區別對
待，受過被歧視的心理刺激。中學畢業後，又因為社會地位低差點
失去獲得大學資助的機會。兄弟倆先後於 1802 和 1803 年前往馬爾
堡大學（Marburg）學習法律，他們希望繼承父親的職業，以後承擔
起維持家庭的責任。但是大學畢業後，格林兄弟的生活並沒有變得
一帆風順，先是威廉因為疾病而不得不留在家裏，不僅需要大筆的
治療費用，而且不能出去工作。在這種巨大的經濟壓力下，他們的
母親不久去世。後來在卡塞爾圖書館工作的時候又經歷了一場火
災，給他們的工作帶來了很大的影響。在哥廷根從事教學和研究的
時候，生活得到了巨大的改善，但後來又因為「哥廷根七君子事
件」不得不重回卡塞爾，再次陷入生活的困境之中。雖然後來受普
魯士國王的邀請，前往柏林，生活和研究條件舒適而穩定，但在此
之前的生活陰影是不容易消散的。雖然他們出生中產家庭，也是學
術上取得巨大成就的知識分子，但他們與所有辛苦謀生的普通市民
一樣，內心深處既需要一種情緒的表達，也渴望一種精神的安慰。
而他們在馬爾堡求學期間遇到的，影響了他們一生的良師益友薩維
尼曾知道他們研究過古日爾曼文學、法律和習俗等，其中特別是那
些表達底層民眾生活現實和願望的民間文藝吸引了他們的注意力，
引起了他們的共鳴。從此他們投入到民間文藝的搜集和整理中，決
心「為全日爾曼人創造一個更美好的未來」。

　　雖然格林兄弟搜集和整理童話故事的原因是複雜的，個人身世
導致的心理因素只是其中之一種。但他們所經歷的前後具有反差性

的生活歷程是其中一個基本的心理動力。他們早年在哈瑙和斯岱瑙度過的無憂無慮的田園牧歌似的生活給他們留下了美好的回憶，而後來所經歷的世態炎涼激起了他們對過去美好生活的眷戀和嚮往。由於他們兒時生活在鄉村化的小鎮裏，他們眷戀的美好生活便與鄉村聯繫在一起。可以說，搜集那些曾給他們帶來歡樂的童話和故事便成為一種回到過去的方式。

其實，格林兄弟的這種文化戀舊情懷也是時代文化心理的一種反應。18-19 世紀的歐洲，由於近代工業技術的發展，自然純樸的生活方式遭到工業化的破壞，歐洲人面對一種工業化所帶來的文化和精神危機。與此相應，浪漫主義運動中的德國知識分子掀起了一股近代工業社會知識分子對民間的浪漫想像。他們在文化審美心理上傾向戀古、復古，留戀古代的社會生活和文化，認為純真樸實的古代文化在工業化的城市生活裏已蕩然無存，只有在那些受近代工業化影響較小的鄉村還有遺留，但也在面臨消失的危險。因此他們呼籲知識分子到民間去，搜集民間文藝，保存古代文化。

二、國道衰弱的憂患

格林童話產生於德國民族意識覺醒的時代，那個時代濃厚的民族情懷賦予了它很強的民族性色彩。格林童話產生時的德國既不是一個統一的民族，也不是一個統一的國家。18 世紀的德國是一個由三百多個大小公國和自由城市組成的鬆散的聯合體，雖然在名義上處在「神聖羅馬帝國」的統治之下，但這種統治早已失去了實際的意義。這些大小公國和自由城市相互獨立，自由發展，無法結成一股強大的民族力量，導致德國封建和宗教勢力相當頑固，資本主

義進程相對緩慢。相反，經過資產階級革命洗禮後的法國逐漸成為歐洲最強大的君主專制國家，將仍在歷史泥濁中蹣跚的德國遠遠地拋在了後面。1789 年的法國大革命在一定程度上點燃了德意志民族意識的火焰，但由於法國大革命的極端性發展使這種民族意識的萌芽並沒有得到顯著性的發展。德意志民族意識的真正覺醒是在法國入侵的戰火中點燃的。1806 年拿破崙徹底粉碎了神聖羅馬帝國的外殼❸，1807 年在佛里德蘭戰役（Friedland）中又戰勝俄國軍隊，不久簽定錦爾錫條約（Tilsit）。普魯士國王弗里德里希三世（Frederick III）被迫向拿破崙割讓威斯特法侖公國（Kingdom of Westphalia）。不久拿破崙任命他的弟弟傑厄米·波拿巴（Jerome Bonaparte）為那裏的新國王。雖然從歷史發展來看，拿破崙的入侵和統治在一定程度上促進了德國民族政治的統一和國家生活的進步，但法國資產階級推行的經濟掠奪和民族壓迫政策激起了德國人的強烈反抗。❸外來民族的統治從根本上激起了德意志民族意識的覺醒，一大批知識分子投入到民族解放運動中。在這種歷史背景下，以赫爾德為代表的德國知識分子開始宣揚文化民族主義，主張從發現民間文化入手，重構德意志民族文化，再造日爾曼民族精神。用強大的民族自信和認同對抗法國霸權，促使德意志民族振興，從歷史困境中徹底突圍。

---

❸ 1806 年 8 月，奧地利皇帝弗蘭茨二世在拿破崙的刀劍威逼下摘下了神聖羅馬帝國皇帝的皇冠。1806 年 10 月，普魯士軍隊在耶拿戰役中被法國軍隊徹底擊敗。

❸ 據統計，1807-1812 年德國付給法國 10 億法朗以上的戰爭賠款，許多德國年輕人被拉到法國軍隊中服役，法語在德國強制推行。

在這種特定的歷史時代背景下，格林兄弟在一群主張發掘和保護民族文化傳統的浪漫主義知識分子的影響和鼓勵下，著手搜集廣泛流傳於德國民間、蘊含德意志民族特色的童話和故事，希望以此發掘民間文化傳統的力量，喚醒沉睡的日爾曼民族精神。這些故事宣揚德意志民族獨特性，如遵守秩序、推崇英雄和領袖、信仰順從的美德、遵從權威、崇拜勇氣和武力、對外來者充滿恐懼和敵意等等。❸因此，車爾尼雪夫斯基曾指出，促使格林兄弟搜集和研究民間文藝的巨大動力便是強烈的「日爾曼精神」。❹可以說，格林童話反映了長期處於分裂狀態、當時正遭受民族奴役的德意志希望覺醒的民族意志。因此，格林童話不僅是格林兄弟生活經驗的結晶，而且也是 19 世紀德國民族和國家命運的折射。

三、民族文化復興的理想

格林兄弟搜集和整理格林童話寄託了他們對民族文化復興的理想。格林童話產生時的德國既沒有統一的語言，也沒有統一的文化。由於 13-14 世紀的德國沒有經歷一場其他西歐民族國家都經歷過的「文藝復興」，導致德國既沒有英法那樣比較一致的文化傳統，德國知識界也沒有英法知識界那樣的文化自信。加之，由於德國長期以來並沒有真正統一過，神聖羅馬帝國徒有其表，所以整個德意志民族的文化缺乏統一性，文化的民族特色十分淡薄。各自獨

---

❸　John Ellis, *One Fairy Story Too Many: The Brothers Grimm and Their Tales* (Chicago: University of Chicago Press, 1983): PP101-102.

❹　格・蓋斯特涅爾著，劉逢祺譯：《格林兄弟》，湖南人民出版社，1985 年，第 31 頁。

立的大小公國和自由城市之間，在語言、文化和制度上都存在著較大的差異。所以德國的分裂和不統一不僅是表面上的，知識界關於德國的民族個性、文化傳統、德意志精神等方面，均存在著較大的爭議和分歧。當高特舍特在其《為德國人寫的批判詩學試論》中，推崇法國人的古典主義理論，並主張德國戲劇加以全盤接受時，萊辛則強調市民文學和民族文學，強調戲劇的教育功能，強調「英國人的口味比法國人的口味更適合我們德國人的要求」，強調德國人向英國文學和莎士比亞學習；而主張文化民族主義的赫爾德則從德國的民間文學尋找德國文化的淵源和根。

　　這種民族文化力量的衰弱導致 18 世紀上半期德國在西歐其他文化，特別是法國文化的滲透下陷入文化危機之中。當時文化發達的法國熱衷於理性主義，理性主義與法國的文化霸權互相補充、互為後盾。在法國文化霸權的籠罩之下，許多日爾曼人迷失了自我，以貴族為主的德國上層社會都以講法語為時尚。「我們儘量說法語，按最新的法國款式穿著，頭戴巴黎式的假髮，嘴裏唱的不再是古老的德國民歌，而是最新的法國流行舞曲，跳的是最典型的宮廷舞——小步舞。人們聘請宮廷教師教育自己的子弟，這些子弟成年之後像年輕的法國侯爵一樣出門去作騎士旅行」。❹甚至連當時普魯士國王弗里德里希大帝（Frederick）也完全瞧不起德意志文化，竟以自己的德語講得「像個馬車夫」而自豪，他的文章也基本上都是用流利的法語寫成的，因此被他的父親稱作「法國的輕浮浪子」。

---

❹　萊奧·巴萊特、埃·格哈德著，王昭仁、曹其寧譯：《德國啟蒙運動時期的文化》，商務印書館，1990 年，第 23 頁。

由於對法國文化的盲目模仿，德語的使用越來越少，德意志人的民族認同日漸弱化，作為民族感情基石的日爾曼民族語言和文化面臨著消亡的危險。❷

正是在德意志民族語言和文化面臨著消亡危機的時候，德國浪漫主義知識分子提倡發掘民族文化，他們不僅秉承浪漫主義文化精神，從研究民間文藝入手，反對理性主義和法國文化霸權，將眼光轉向理性主義者所不屑一顧的民間文化傳統。同時，他們批判德意志文化長期處於分裂狀態。在那些相互獨立的大大小小的公國和自由城市之間，缺乏統一認同的民族文化傳統。他們從發現民間文化力量入手，主張從民間文藝中探尋德意志民族文化的淵源和根，重構德意志民族文化和日爾曼民族精神。

格林兄弟早年在薩維尼的指引下，他們逐漸走上了民族知識分子的道路。後來，格林兄弟又結識了一批德國浪漫主義大師，如海德堡浪漫派大師布倫塔諾。在協助布倫塔諾和阿爾尼姆搜集民歌集《兒童的奇異號角》時，格林兄弟於 1807 年開始搜集和整理在德國廣為流傳的民間童話和故事。格林兄弟認為，這些具有民族特性、反映日爾曼民族精神的童話故事，可以喚醒德意志民族覺醒和凝聚力，也為德意志民族文化發展奠定基礎。從這個意義上說，格林童話寄寓著格林兄弟民族文化復興的理想。

---

❷　Katia Canton, *The Fairy Tale Revisited, A survey of the Evolution of the Tales, From Classical Literary Interpretations to Innovative Contemporary Dance-theater Productions* (Peter Lang, 1994): P32.

小 結

　　本章詳細梳理了格林兄弟的人生歷程和格林童話從呂侖堡手稿、「普勒青」的讀物到第一版《兒童與家庭童話》和《兒童與家庭童話選集》的形成過程。並分別從格林兄弟的身世解讀格林兄弟與格林童話之間的關係：即從家世衰落的陰影、國道衰弱的憂患、民族文化復興的理想等角度考察格林童話背後的社會歷史和人生。上文說明格林童話不是一種簡單的文藝搜集或創作，而是社會歷史和人生經歷相互滲透的結果。對格林童話更深入、更宏大的社會歷史分析將在下面的章節展開。

第三章　社會歷史視角中的格林童話（上）

在系統地梳理了格林兄弟的人生經歷、格林童話的版本演變及格林兄弟與格林童話的生產之間的關係後，本章將回到產生格林童話的那個歷史時代，依託宏大的社會歷史背景，探討格林童話成形過程中所積澱的歷史文化屬性。分別從格林童話產生的時代文化、格林兄弟承繼的思想資源和他們的民間文藝思想等三個方面展開具體分析。

第一節　浪漫主義民間文藝思潮的推動

格林童話是德國浪漫主義民間文藝思潮的產物，而民間文藝思潮是德國浪漫主義運動的一部分。❶以「發現民間文藝」為主要思

---

❶　浪漫主義（Romantism）是 18 世紀末至 19 世紀中期席捲歐洲的一種思想文化運動。「浪漫主義」一詞源於南歐古羅馬語言和文學。那些地區的語言原係拉丁語和當地方言混雜而成，後來發展成羅曼系語言（Die romantische Sprache）。到 11-12 世紀，流傳該地的許多傳奇故事和民歌民謠就是用羅曼系語言寫成的，這類作品著重描寫中世紀騎士的神奇故事、俠義氣概和他們

想特徵的德國浪漫主義民間文藝思潮是在面對民族和文化雙重危機的歷史背景下形成的一種民族文化啟蒙思潮。❷身處其中的德國知識分子從「發現民間文藝」這一文化理念出發，紛紛將目光轉向民間，投身到民族文化的發掘和整理之中，希望在民間發現解救民族危機的文化鑰匙。其中特別是赫爾德（Johann Gottfried Herder, 1744-1803）❸闡述的民族理論和民歌思想，阿爾尼姆和布倫塔諾搜集的德國民歌，格林兄弟搜集的童話故事等成為這一民族文化思潮的代表性成就。

的神秘色彩。作為一種文藝思潮，浪漫主義與資產階級革命時代有著難解的關係。處於上升時期的資產階級要求個性解放和感情自由，在政治上反抗封建主義的統治，在文學藝術上反對古典主義的束縛。在這種時代背景下，浪漫主義思潮便應運而生。其中，法國浪漫主義運動的代表有盧梭、夏多布里昂和雨果等。英國浪漫主義代表有華茲華斯、柯爾律治、騷塞、拜倫、雪萊和濟慈等人。德國的浪漫主義運動是在狂飆突進運動的基礎上發展而來的，有早期和後期浪漫主義之分。以施萊格爾兄弟為代表的早期浪漫主義，又稱耶拿派，要求個性解放，主張創作自由，提出打破各門藝術界限。但他們的浪漫主義理論帶有濃厚的主觀唯心主義和宗教神秘主義色彩。以阿爾尼姆、布倫坦諾和格林兄弟等人為代表的後期浪漫主義，又稱海德堡派，重視民間文學，深入民間收集民歌和童話，對浪漫主義文學發展起到了積極的作用。此外，海涅、歌德（Johann Wolfgang von Goethe, 1749-1832）、席勒（Karl Friedrich Schiller）等人的創作也在德國浪漫主義文學中佔有重要地位。

❷ 郭少棠：《德國現代化新論——權利與自由》，香港：商務印書館，1992年，第67頁。

❸ 赫爾德 1744 年生於普魯士的摩爾根（Mohrungen），1803 年逝於魏瑪（Weimar）。是德國歷史上著名的哲學家、歷史學家、語言學家、社會學家、聖經研究專家和民俗學家。他是歷史哲學的奠基人之一，在國家本質和語言起源研究上貢獻獨特。他的民歌研究思想改變了一個時代的美學思想，也促進了現代民俗學思想的形成。

一、浪漫主義民間文藝思潮

德國浪漫主義民間文藝思潮起源於狂飆突進（Sturm und Drang），結束於浪漫主義的消退，大致經歷了三個發展階段。即 1760-1780 年狂飆突進運動中的思想萌芽期，1798-1820 年耶拿派和海德堡派浪漫主義運動中的繁榮發展期，1820-1833 年批判現實主義運動中的逐漸消退期。

德國浪漫主義民間文藝思潮開啟於承前啟後的大思想家赫爾德，他是狂飆突進運動的主將，文化民族主義理論的先驅，德國民間文藝思想的奠基者。他早年在斯塔斯堡（Strassburg）參與狂飆突進運動時就開始搜集和整理民歌，1778 年整理出版了《各族民歌之聲》（*Stimmen der Voelker in Liedern*）。這部搜集了 162 首歐洲各族民歌，主要以英國、蘇格蘭、德國、西班牙和斯拉夫民歌為主的民歌集，是赫爾德文化民族主義思想的結晶。雖然他在其中採用的方法離現代民俗學或人類學的標準相差較遠，但他認為民歌裏蘊含著民眾精神（Volksseele）。正是他的這種對民歌價值的推崇導致德國掀起了民歌復興運動，也為浪漫主義民族文學運動開啟了思想的源頭。❹

在此之後，德國浪漫主義在民間文學的搜集和整理上取得了英法浪漫主義所無法比擬的成就，特別是在童話的搜集和整理上，德國耶拿派和海德堡派成就最大。浪漫主義早期的耶拿派為童話的發展奠定了理論性的基礎，其中理論家弗・施萊格爾（Friedrich von

---

❹　Robert T. Clark, Jr., *Herder: His Life and Thought* (Berkeley: University of California Press, 1969): P260.

Schlegel, 1772-1829）提出文學應該表現幻想，而不是模寫現實，文學式樣可以混合，文學創作可以無限自由等。路德維希·狄克（Ludwig Tieck, 1773-1853）也主張運用童話這一文學體裁來表現浪漫主義所推崇的幻想和夢境。他於 1797 年出版了《民間童話》，其中根據德國古代民間童話改寫的《金髮的艾克貝爾特》取得了巨大的成功。他在借鑑民間童話藝術特色的基礎上，大膽運用浪漫主義文藝思想，將民間童話的藝術價值推向一個高峰。此外，他還成功地創作了三幕童話劇《穿靴子的貓》。浪漫主義後期的海德堡派在民間文學的發掘和整理上用力更勤，在民間童話的搜集和整理上成就更大。其中阿爾尼姆和布倫塔諾在赫爾德民歌思想和浪漫主義文藝思潮的激發下，投身到民間搜集廣泛流傳的德國民歌，他們不僅親自採錄民歌民謠，而且還邀請其他學者朋友幫忙採錄。他們於 1806 年出版了德國民歌集《兒童的奇異號角》（Des Knaben Wunderhorn），為海德堡浪漫主義民間文藝思想的發展奠定了基礎。

　　格林兄弟正是在幫助阿爾尼姆和布倫塔諾搜集民間歌謠時，受他們的啟發開始搜集民間童話和故事的。兄弟倆極其細心和謹慎地對待德意志民族豐富的口頭創作，在搜集和整理民間文藝時不但保留它們的內容特色、情節發展方式和故事的主旨，而且還保留它們獨特的民族和語言形式等。他們搜集整理的《兒童與家庭童話》（Kind-und Hausmaerchen），簡稱「格林童話」，成就最突出，是繼馬丁·路德翻譯《聖經》（Bibel）後德國印刷次數和發行數量最多的出版物，也是世界性經典讀物之一。除《兒童與家庭童話》外，他們還陸續出版了《德國故事》（Deutschen Sagen, 1816-1818）、《德國神話》（Deutschen Mythologie, 1835）和《德國英雄傳說》（Deutschen

Heldsagen, 1829）等作品。

此外，柏林浪漫主義作家雖然稱不上真正意義的浪漫派，但他們與當時的浪漫主義作家過往從密，思想上也受到了浪漫主義影響。其中霍夫曼的童話創作取得的成就最大，他偏好童話創作，曾借鑑民間童話的藝術特色創作了不朽的童話名篇《胡桃夾子和老鼠國王》等。另一位德國浪漫主義作家豪夫的童話作品也深受歡迎，他的童話作品大多取材於民間童話故事，在民間童話藝術的基礎上創作得更富幻想，更生動離奇，他的童話作品《小穆克》是世界童話中倍受歡迎的精品之一。

19 世紀二十年代後浪漫主義已漸趨尾聲，但浪漫主義精神在格林兄弟等人身上繼續得以延續，直至三十年代批判現實主義的興起，浪漫主義民族文化啟蒙運動才落下帷幕。這場歷經半個多世紀的民間文藝運動最後消失在歷史的長河裏，但一代知識分子不懈追求的足跡永遠地留了下來，從他們的著作、文章和評論裏我們可以清晰地發現他們思想的軌跡。那種堅持「真詩在民間」和「眼光向下」的精神依然熠熠生輝。

二、真詩在民間：對文化傳統的反叛與回歸

德國浪漫主義民間文藝運動是特定歷史時期文化思潮影響下的產物，其基本的文化性質必然與這種文化思潮相聯。德國浪漫主義民間文藝運動是在浪漫主義文化大潮中興起的，德國浪漫主義是一場反封建、反理性、反分裂，追求個性解放和民族統一，尊重個人價值，追求情感獨立的思想運動。因而德國浪漫主義民間文藝運動也繼承了這種文化反叛性。但是作為近代民族文化運動，在反叛文

化傳統的同時，也同樣體現出一種對傳統的創造性回歸。

㈠對文化傳統的反叛

自文藝復興以來，思想家們在反教會、反封建思想的指引下，推崇古代亞里斯多德以來文化中的理性文學傳統，發掘整理古代文化經典，宣揚希臘羅馬文藝中深沉的理性主義精神。隨之而來的啟蒙運動和古典主義仍然以理性主義為思想基礎，繼續宣揚理性原則，將理性主義推向文化發展的極端。這種強烈的理性崇拜極大地束縛了思想家的創造力，也嚴重阻礙了新興資產階級文藝的進一步發展。德國浪漫主義在肩負著喚醒民族意識，反對民族分裂和追求民族統一的時代使命的同時，與其他歐洲民族的浪漫主義一樣，反對自文藝復興以來形成的，經啟蒙運動和古典主義推向極端的理性主義精神和教條。

首先，他們反叛的是自啟蒙運動以來形成的理性主義文化傳統。理性主義文化突出理性，強調邏輯思維的嚴密及其推論的嚴謹。而浪漫主義文化突出靈性，強調一種不受理性邏輯之羈的神秘思維和浪漫精神。其次，他們反抗法國古典主義文化霸權。18 世紀的法國熱衷於理性主義和古典主義，隨著法國不斷向外擴張，法國式的理性主義和古典主義形成了一種文化霸權，致使法國文化一度風靡歐洲大陸。在法國文化的入侵中，民族文化尚處於衰弱和分裂狀態中的日爾曼人對法國文化亦步亦趨，盲目模仿，日爾曼民族語言和文化面臨著消亡的危險。所以赫爾德急呼，「目前，一切現存民俗的遺風正以最後的急轉直下的勢頭滾入忘卻的深淵。所謂文化之光如腫瘤一般腐蝕著一切」。再次，他們批判德意志文化長期處於分裂狀態。神聖羅馬帝國瓦解後，整個德意志民族陷入了更深

的長期分裂的深淵。在那些相互獨立的大大小小的公國和自由城市之間，缺乏統一認同的民族文化傳統，而這種思想文化分裂，民族意識薄弱的狀態加劇了德國各邦的分裂。❺

　　德國浪漫主義民間文藝運動是德國浪漫主義文藝思潮的產物，它有力地響應了時代的潮流，將反封建文化、反理性傳統作為自己的思想武器，將思想的眼光投向長期以來被忽略的鄉村民間，從遠離城市和工業化的民間探尋新的文化思想和傳統。

㈡對文化傳統的創造性回歸

　　對文化傳統的反叛是德國浪漫主義民間文藝運動在面對時代思潮和民族危機所做出的文化回應。在這種回應的背後隱藏著一種對文化傳統的創造性回歸。秉承浪漫主義精神的德國民間文藝運動主張從民間文藝中探尋德意志民族文化的淵源和根，重構日爾曼民族精神，反叛理性主義對經院哲學、宗教信仰和古代理性主義文化傳統的尊崇，將眼光轉向理性主義者所不屑一顧的民間文化傳統。而且從搜集研究民歌入手，用天真自然、自由活潑和充滿民族激情的民歌民謠來反對所謂理性、呆板、雕飾的理性主義審美取向。正如赫爾德所指出的，一個越少受理性主義思想滲透的民族，它的民歌也就「越粗野、越生動、越自由、越有質感、越充滿抒情意味！一個民族離人為的、科學的思想方法、語言和構詞方式越遠，這個民族的成熟的詩歌就越不會成為死的雕琢字局的詩章」。❻

---

❺　郭少棠：《德國現代化新論──權利與自由》，香港：商務印書館，1992 年，第 17-18 頁。

❻　赫爾德：《關於莪相和古代民族歌謠的通訊》，文藝理論譯叢，第 1 輯。

　　德國浪漫主義民間文藝思潮是對古希臘和羅馬文化以來民間理念的繼承。德國文化中的民間理念經歷了漫長的發展歷程。由於德國特殊的歷史文化原因，這種理念與民族意識長期交織在一起，相互影響和促進。雖然這種民間傳統因為德意志的分裂而長期被忽略和壓抑，但隨著德意志民族意識的覺醒，這種傳統不斷地被推上歷史文化發展的前臺。中世紀形成的敘事史詩《尼伯龍根之歌》（Nibelungerlied）揭開了德意志民族文學的帷幕，它最早體現騎士文化和日爾曼民族精神。之後，隨著城市階層的興起和古騰堡發明活字印刷術，面向民眾的城市文學逐漸繁榮，出現了以民間故事為題材的作品《浮士德博士》（Doktor Faustus）。在這種歷史文化背景下，馬丁‧路德（Martin Luther）於 1522-1543 年將希伯來文和希臘文的《聖經》譯成了德語，在翻譯過程中他不僅注意廣泛吸收德語日常用語，而且按照一定的模式規範作為民間語言的德語。馬丁‧路德翻譯的德語《聖經》在促進德語作為統一的民族語言的同時，也推動了德意志民族意識的覺醒，成為德意志文化民間理念發展的里程碑。此後，德意志民族文學先驅萊辛 1767 年發表《漢堡劇評》，針對當時德國作家紛紛模仿法國文學，特別是效仿法國古典作家高乃伊（1606-1684）和拉辛（1639-1699）的風格，拋棄德意志民族特色的非民族文化風氣作了嚴厲的批判，鼓勵創作富有德意志民族風格和生活內容的文藝作品，其中就包括提倡發掘豐富的民間題材。萊辛之後的啟蒙哲學家托馬西烏斯和沃爾夫等也以自己的實際行動啟發德國人的民族情感，他們主張放棄拉丁文傳統，用當時上層社會所瞧不起的民間語言德語寫作和講授課程，從而推廣民族語言。

　　德國浪漫主義民間文藝運動不僅繼承了以上德意志民間文化傳

統，而且在民間文藝與民族文化傳統的關係問題上實現了創造性的發展。如果說，在此之前，德國的民間文化傳統是與德國民族意識相互作用和滲透的話，狂飆突進運動的主將赫爾德則將它們徹底融為了一體，使民間文化傳統在民族意識的發展中起到了關鍵性的作用。他從研究民歌入手，指出民歌是一切詩歌創作的源泉，是人民情感的自然流露，是人民的心聲，也是民族情緒的具體表現。他藉此為德意志民族意識的現代性發展開闢了道路。歌德和席勒等經典作家正是在這種新的民族文化傳統理念的基礎上，發現民間創作素材和找到思想靈感，創作出緊扣時代氣息和民族情感的經典作品的。在狂飆突進民族文化思潮的基礎上發展而來的浪漫主義繼承了這種深厚的民間文化傳統，將這種傳統賦予新的民間理念。法國大革命之後，隨著歐洲民族解放運動轟轟烈烈的展開，民族意識和反封建意識空前高漲，浪漫主義文學應運而生。而高漲的民族意識和反封建意識很大程度上促使了浪漫主義作家對古典主義的拋棄和對民間文學的極大興趣。他們歌頌古希臘文化、中世紀文化和德國民間文化。為了喚起民眾的民族意識，他們懷著深厚的民族感情，到民間去發掘古老的民間文學，搜集、整理和改編民歌、民謠、童話、傳說和故事等，並把它們作為作家文學創作的素材。他們根據時代的需要創造性地回歸了這種民間文化傳統。

第二節　赫爾德民歌思想的影響

　　格林童話是德國浪漫主義民間文藝思潮的產物，而赫爾德是這場民間文藝思潮的開拓者，他對民族語言和民間傳統的發現性研究

是德國古典主義向浪漫主義轉變的思想橋樑。所以，在所有浪漫主義文藝思想中，格林兄弟受赫爾德民歌思想的影響應該是最深的，這種影響不僅體現在思想理論上的啟發，而且存在於研究方向和方法上的承繼和發展。❼

一、赫爾德與《各族民歌之聲》

（Volkslieder: Stimme der Voelker in Liedern）

赫爾德於 1744 年 8 月 25 日出身於東普魯士的莫爾根（Mohrungen），1803 年 12 月 18 日逝世於魏瑪。他的父親是名教師，母親是個虔誠的教徒。在當地的拉丁學校畢業後，他從事了一段時間的文書工作。1762 年一個軍醫向他提供了一個可以前往庫尼斯堡（Koenigsberg）學習醫學的機會，前提是他必須將這個軍醫寫的一本書翻譯成拉丁文。然而由於他在第一次的解剖實驗中昏倒，也就失去了這個學醫的機會。但他很快就決定改學神學，從此一生致力於神學研究。正是在庫尼斯堡的學習中，他接受了康德（Immanuel Kant）和哈曼（Johann Georg Hamann）的思想影響，思想上逐漸成熟起來。後來在斯塔斯堡（Strassburg）遇到了歌德，在長達一生的相互關係中他們彼此啟發和激勵。赫爾德分別在黎珈（Riga）、布克堡（Bueckeburg）和魏瑪（Weimar）等地擔任神職人員。

赫爾德出生在一個風雲際會的時代中，其時啟蒙運動正雄心勃勃地宣稱理性之光照亮了歷史的黑暗，人性被推向時代思想的最

---

❼　Christa Kamenetsky, *The Brothers Grimm & Their Critics, Folktales and the Quest for Meaning* (Ohio University Press, 1992): PP55-62.

高點。與此同時，重新喚醒宗教熱情的群眾運動正在西歐國家興起，一個哲學變革的時代正風雨欲來。作為一名反啟蒙理性的思想家，他在哲學、歷史、語言學、社會學、《聖經》研究和民俗研究方面成就斐然。他是政治和社會科學領域歷史哲學和國家研究的奠基人，也是現代語言學語言起源研究的開拓者，他對民俗和民歌的開創性研究改變了人類的文藝審美思想，促進了現代民俗學的產生。

在民俗研究中，他最突出的貢獻是民歌的搜集和研究。雖然早在斯塔斯堡（Strassburg）參與狂飆突進運動時他就開始搜集和整理民歌，但真正意義上的搜集與研究是在他閱讀了博斯（Thomas Percy）的《古代英國詩歌遺留》（*Reliques of ancient English Poetry*）之後。受博斯的啟發，他開始了對民歌研究的興趣，他與當時的文化學者或民俗學者不同❽，並不認為民歌純粹是過去文化的遺留，在他看來，民歌是民眾的獨立創造，它們不僅文學上古雅、奇麗、富有歷史和哲學研究價值，而且最重要的是民歌中蘊涵著民族精神的獨特性。通過對民歌和民族語言的深入研究，赫爾德在創造和保存了原生的民族傳統的民歌中找到了一種希望。1778 年他整理出版了民歌搜集與研究劃時代的作品《各族民歌之聲》。這部搜集了 162 首各族民歌，主要以德國、格陵蘭、拉普蘭、拉脫維亞、希臘、意大利、西西里、西班牙、法國、蘇格蘭、英國、挪威、冰

---

❽　當時大部分學者都認為民歌只是一種過去文化的遺留，甚至是原始文化的遺留，由於主要是由下層人創造和傳承，它們幾乎沒有什麼文學價值，如果說有學術價值也只是體現在它為研究古代生活提供某種線索而已。

島、馬達加斯加、秘魯和斯拉夫等地區為主的民歌集，是赫爾德民間文藝研究思想的結晶。

二、赫爾德民歌思想的內涵

　　赫爾德是現代民間文藝研究的先驅，他很早就將發現民族生命力的目光轉向民間文藝，其中特別是對民歌的發現。正是在他早期進行的民歌搜集和研究的基礎上，赫爾德很快就在研究實踐中發展出自己的民歌思想，以及與此相關的語言、民族和民間文藝理論。赫爾德的民歌思想極其豐富，從民族語言、民眾信仰、民族情感到世界文化，無不成為他民歌思想涉及的領域。研究範圍也極其廣，北至冰島的傳奇故事、凱爾特人（Celtic）的《奧西思》（Ossian），南至荷馬的經典作品。赫爾德認為每個民族都有自己的精神（Volksgeist），這種精神蘊藏在古老的民間文藝之中，特別是在民眾口頭流傳的民歌裏。他的這種思想喚起了人們對挪威神話、印度史詩、波斯詩歌和《聖經》詩歌精神的關注。❾同時，他強調世界各民族和文化的平等，堅持民間文藝的獨特價值。他認為，與荷馬的《伊利亞特》（Iliad）和《奧德賽》（Odyssey）一樣，每個民族的民間文藝作品由於它獨一無二的文化內涵和背景而尤其彌足珍貴。❿總體而言，赫爾德民歌理論的一個基本特徵是通過「民眾精神」，

---

❾　Alexander Gillies, "Herder's Preparation of Romantic Theory", In *Modern Language Review* 39 (1940): PP257-261; Oscar Walzel, *German Romanticism* (New York: Putnam's Sons, 1965): PP3-73.

❿　Johann Gottfried Herder, *Herders Saemmtliche Werke* 17, Bernhard Suphan, ed. (Berlin: Weidmannsche Buchhandlung, 1894): P153.

將民歌、民眾、語言和民族聯繫起來，從中找到四者之間的內在關聯性。

　　首先，他在浪漫主義文藝思想的語境下理解這些概念，並賦予這些概念以新的內涵和意義。他對這些概念的研究可以說都是開創性的，為民歌研究、語言研究和歷史文化研究的學科發展奠定了概念基礎。具體來說，第一，他發現了民間文藝的獨特價值。赫爾德認為民間文藝的最大價值在於，它是民族精神的體現者，不論是原始詩歌（Urpoesie）、自然詩歌（Naturpoesie），還是純粹的寓言詩歌（Reine Fabelpoesie），這些以民族文化為背景的童話、故事、神話和民歌都反映了民族精神。搜集這些民間文藝無疑可以保存古老的民族精神和純真觀念。其中，最重要的是他發現了「民歌」的文化價值和民族意義。⑪第二，他發現了語言的發展特點。他認為每個民族都有自己獨特的語言，而每一種語言都經歷了一個發展過程。他將語言的發展比作一棵樹的生長、開花和最後結出果實的過程。語言發展分三個階段，分別是童年期、青年期和成年期，童年期的語言是最純淨、最有創造力的語言，這一時期的詩歌也是最優美的。隨著理性對語言的逐漸滲透，語言變得越來越抽象，表達也變得無聊乏味，失去了語言的自然美。⑫此外，他還提出了「民眾」的文化概念。在啟蒙主義文化語境下，那些居於鄉村山野，沒有受過良

---

⑪　Johann Gottfried Herder, "Ueber die Fabel", "Maerchen und Romane" in *Herders Werke* 23, Bernhard Suphan, ed., (Berlin: Weidmannsche Buchhandlung, 1894): PP225-239.

⑫　Christa Kamenetsky, *The Brothers Grimm & Their Critics, Folktales and the Quest for Meaning* (Ohio University Press, 1992): PP57-58.

好教育的下層民眾被看作是啟蒙和改造的對象，只有經過啟蒙教育
和理性之光的薰陶才能被現代文明接受。而赫爾德卻從文化的角度
重新理解「民眾」，認為民眾是獨一無二的紮根於歷史傳統的統
一體，那些生活在邊遠山區或農村的民眾，特別是那些農民，是歷
史上那些最接近上帝和自然，擁有簡單思想和純真情懷的先民的象
徵。❸他們遠離現代城市，沒有被現代文明所污染，對民族傳統和
民間文藝有天生的熱情，因而可以被看作民族文化傳統的創造者和
傳承者。應該說，赫爾德的「民眾」不是一個階級或社會階層概
念，而是一個文化概念，它強調的是一種對民間文藝相當敏感的精
神和文化狀態。

其次，他以民族文化為背景研究民歌的民族性。他在民歌裏發
現了蘊含其中的「民眾精神」（Volksseele，Volksgeist）。赫爾德認
為，民歌是人類在最接近上帝和自然的狀態時，情感的一種自發和
純真的表達方式。雖然古老的民歌是匿名的創作和傳承，但是人們
在閱讀這些民歌的時候可以感覺到一個民族古老的心跳旋律。在這
些古老的原始詩歌（Urpoesie）裏，人們可以發現與這些民族相連的
民族情感。而這種蘊涵在民歌中的「民眾精神」是民歌獨一無二的
價值核心，它們是民歌裏蘊涵天籟之音的源泉，也是上帝創造各式
各樣人類的一種象徵。每個民族的民歌都以自己的方式存在，所有
民歌裏「民眾精神」的聲音都是獨特的，但同時它們又是和諧相處
的。所以，赫爾德堅持民間文藝的比較研究必須在民族文化背景之

---

❸ Wilhelm Schoof, *Zur Entstehungsgeschichte der grimmschen Maerchen* (Hamburg: Hauswedell, 1959): PP10-35.

下進行，否則就是對民間文藝價值的簡單化。

　　在赫爾德看來，由於民歌具有很強的民族性特徵和意義，所以與古代文化經典一樣，民歌在人類歷史文化發展過程中佔據了重要的地位。他認為民歌裏蘊含了民族精神，民歌的搜集有利於民族文化的發展，廣泛搜集和整理民歌不僅可以促進民族內部的文化統一，從中吸取凝聚其中的文化力量，而且可以重新發現久違的民族文化傳統和精神。由於德國民族文化傳統長期被忽視，因此，他呼籲廣為搜集德國民歌、故事等各種民間文藝，維護德國文化精神和民族意識。赫爾德的這種民歌思想不僅促進了日爾曼民族文學的發展，而且推動了日爾曼民族精神的發現和建構。

　　再次，他宣導建立在以民歌和語言基礎上的民族和民族文化的獨特性。獨特的民歌是民族文化獨特性的體現，要發展民族文化就必須珍惜和研究民族自身的民歌和其他民間文藝。所以赫爾德鼓勵德國同時代的作家走德國特色的文藝創作之路，堅守德語言的文化陣地，「讓我們繼續我們自己的道路，讓它們或好或壞地表達我們的民族、文學和語言，它們是我們的，它們就是我們自身。」[14]

　　赫爾德認為，語言是一個民族存在的基礎，是構成一個民族整體性的根本性因素，在他看來，拋開語言基礎談民族性是不可能的。由於當時在德國拉丁文和法語非常流行，德語被認為是下層獵人和農夫的粗俗語言而羞於使用。但是他鼓勵同時代的德國作家運

---

[14]　Johann Gottfried Herder, "Ueber die neue deutsche Literatur" in *Herders Saemtliche Werke* 6, 2, Bernhard Suphan, ed., (Berlin: Weidmannsche Buchhandlung, 1894): P161.

用德語創作，雖然德語在表達上不如希臘語簡潔，不如拉丁語準確，不如英語簡單，不如法語生動，不如意大利語形象，但德語作為母語的魅力是無窮的，它為天才作家準確表達自己的思想提供最好的語言。一個作家的創作語言越接近民間語言，就越能表現這個作家獨特的思想和這個民族的文化價值。❶另外，他認為民族語言是由民間語言發展而來的，而普通民眾的需要是語言發展的源泉。世界上的語言沒有優劣之分，任何一種語言都有它獨特的使用價值。由於每個民族都擁有自己獨特的語言和民歌，所以在世界民族文化的大花園裏，任何民族都具有不可代替的價值和意義。

三、赫爾德民歌思想的特徵

赫爾德民歌思想的產生與當時的歷史文化背景分不開。與其他歐洲啟蒙主義思想家不同，赫爾德認為保存著豐富的民族傳統的民間文藝是建構民族特性的重要資源。他是從民間文藝蘊涵著原生的民族特性和精神的角度來理解民間文藝價值的，他之所以要從民間文藝尋找資源建構日爾曼民族特性，主要是由於當時德國和歐洲的政治文化狀態決定的。由於 18 世紀的德國還根本不是一個統一的民族國家，只是一個由古老的羅馬帝國遺留而來的，多達兩千多個、面積大小不一、擁有獨立管理許可權的小公國組成的鬆散聯合而已。後來再經過宗教改革的分化和三十年戰爭（1618-1648）的摧

---

❶ Gene Bluestein, *Poplore: Folk and Pop in American Culture* (Amherst: University of Massachusetts Press, 1994): P34.

殘，使德國徹底處於四分五裂的狀態。**⑯**而且赫爾德生活在一個宣揚理性的啟蒙時代，受理性主義思潮的影響，人們普遍認為只有希臘、羅馬和法國的文化屬於高級文化形態，其他世界各種民族文化要想向前發展，就必須模仿和學習這些文化經典。因而追求民族個性和地區特色的民族主義運動在他們眼裏沒有進步價值。因此那個時代的德國上層文化充斥著法國宮廷的氣氛，他們以讀法國文學和說法語為榮，而地道的德語文化卻沒有發展的空間。**⑰**同時，啟蒙主義者認為，世界歷史的發展正處在進步的鏈條上，科學技術的不斷進步使當時的歐洲達到了發展的最高狀態，所以，文化上必須進一步清除中世紀以來暗無天日的宗教壓迫和愚昧的反科學的民間文化的影響，只有這樣，愚昧落後的社會下層才可以向文明人進化。正是在這種時代背景下，赫爾德希望發現一種可以幫助德國人建立日爾曼民族特性的文化資源。與理性主義者一味追求文化的共同性、普世性特徵相反，他希望找到一種德意志所具有的、獨一無二的、紮根於日爾曼民族土壤的文化特性，然後從這種獨特的日爾曼文化資源出發，在四分五裂的德意志人心中培養共同的民族想像。

但是，赫爾德這種追求民族文化之根的文化民族主義是一種文化現象，而不是一種強迫性的政治現象。與歌德一樣，赫爾德是一個具有世界主義眼光的人。雖然他一直努力從民歌和民間傳統中挖掘資源建構日爾曼民族的獨特性，希望由此發現一個與其他世界各

---

⑯　郭少棠：《德國現代化新論——權利與自由》，香港：商務印書館，1992 年，第 15-20 頁。

⑰　Robert T. Clark, Jr., *Herder: His Life and Thought* (Berkeley: University of California Press, 1969): P249.

種民族一樣獨特的日爾曼民族。但他追尋的民族獨特性並不是一種
民族優劣性，他並不想把日爾曼民族推向種族主義的深淵。如果
說，赫爾德在追求日爾曼民族文化感情和民族意識的時候，將大量
的精力放在了對日爾曼民族之根的追尋上，這不是因為他有民族主
義傾向，也不是因為他被一種權力妄想所驅使，而是他找到了久被
忘記或忽略的日爾曼民族文化的源頭。他是在世界民族文化平等的
基礎上來發現日爾曼民族文化力量的，在他的思想中，民族被建構
成一個民眾共同體，而不是一個種族共同體。所有的民族都是平等
的，世界文化是多元的，每一個民族和每一種文化都是在自己文化
的基礎上參與世界文化。⑱赫爾德是反對現代種族主義思想的中心
概念——種族優越論的。他拒絕超級領袖或超級民族的思想，也拒
絕任何形式的壓迫或統治，不管是一類人壓迫另一類人，還是一個
民族壓迫另一個民族。⑲

　　可以說，赫爾德對民族優越論的排斥和拒絕反映了他的民主與
自由思想。⑳他對民族文化的宣揚不是一種民族自大思想，也不是
一種文化孤立主義，而是對世界所有民族文化的一種寬容和欣賞。
他所期望的目標是所有民族，不論大小，都能真正理解自身和非自
身民族文化。後來納粹分子根據政治需要所宣揚的種族主義理論已

---

⑱　Isaiah Berlin, *Vico and Herder: Two Studies in History of Ideas*, (New York: Vintage, 1976): P176.

⑲　F. M. Barnard, *Herders Social and Political Thought* (Oxford: Clarendon Press, 1965): PP70-71.

⑳　Hans Kohn, *Prelude to Nation-State: French-German Experience 1781-1815* (Princeton: Princeton University Press, 1964): P388.

完全背離了他的這種理念，與赫爾德當初追尋民族文化之根的理想完全背道而馳。❷

第三節　格林兄弟民間文藝思想的呈現

　　格林童話作為德國浪漫主義民間文藝思潮的產物，自然會受到赫爾德民歌思想的影響，如果沒有這種思想上的啟蒙，格林童話的產生也許將是另一種情形。但是，作為一對浪漫主義知識分子歷經近半個世紀搜集、整理而成的代表性成就，也必然蘊含了格林兄弟的研究觀點，無疑也是他們自己民間文藝思想的結晶。

一、格林兄弟與赫爾德的民歌思想

　　格林兄弟正是在赫爾德民歌思想的影響下開始童話搜集和研究工作的。❷赫爾德在民眾和民歌方面的發現性研究有效地將格林兄弟的目光引向了民間文藝，使他們意識到民眾在歷史文化發展中的重要性和民間文藝的文化價值和民族意義。格林兄弟與赫爾德在民間文藝研究上的某些理念是一脈相承的，如在民間文藝的民族意義上，他們都認識到，那些與史詩傳統緊密相聯的民間文藝必然反映

---

❷　Hans Dahmen, *Die Nationale Idee von Herder bis Hitler*, Cologne: Hermann Schaffstein Verlag, 1934.

❷　赫爾德不僅在民歌搜集和研究上對格林兄弟有明顯的影響，此外，與國家歷史研究所合作，他還曾計劃親自搜集德國民間故事和傳說。雖然這項計劃最後沒有成功，但在出版了《各族民歌之聲》後，他又出版了一些主要來自印度的東方故事。這些故事對格林兄弟的影響也是很大的。

一個民族的民族精神，對這種民間文藝的保存和研究，將有利於民族文化生命力的延續；在民間文藝的文化價值上，他們都強調一個民族的文化生命力源於它的傳統，而民間文藝與文化傳統存在內聯性，所以文化傳統的承繼和發展離不開對民間文藝的搜集與研究。㉓

在此基礎上，格林兄弟通過自己的研究實踐在民間文藝的價值判斷、童話故事的社會功能和民間文藝的搜集整理等方面都形成了自己獨特的理論和方法。在民間文藝的價值判斷上，赫爾德和格林兄弟都認識到了民間文藝的獨特性與純真性。赫爾德認為在充分佔有各種民歌的基礎上，通過對民歌的學習和模仿可以重現古老的民間文藝之美。所以他常常以民間文藝作為自己創作的源泉。而格林兄弟對此並不認同，他們認為民間文藝是最古老、最純潔的民眾的聲音，是民族傳統和精神的結晶。任何形式的學習和模仿都不可能使現代文藝達到那種純真的狀態；在童話故事的社會功能上，赫爾德不喜歡法國的的童話傳統，不論是作為一種藝術形式，還是兒童文學樣式，都認為他們的童話太過於複雜，內涵了太多的教育功能。而格林兄弟雖然對法國童話傳統也有保留意見，但在他們的《兒童與家庭童話》中，總體上對法國裴奧特的童話是持肯定態度的。㉔在民間文藝的搜集整理上，赫爾德認識到了民間文藝的獨特

㉓　與赫爾德不同的是，格林兄弟在考察北歐——日爾曼文化淵源時，運用的是印歐語系的比較研究方法，特別是通過語言學和中世紀史詩研究探詢這種文化關係。參見：Jacob Grimm, *Teutonic Mythology* 1 (New York: Dover, 1968): Introduction.

㉔　格林兄弟在評價裴奧特的童話時表現出一分為二的觀點。在《兒童與家庭童

性，但他從來沒有真正走向民間，從民眾的口頭上搜集民歌和故事，而是主要依賴書面的文字資料。雖然格林兄弟也利用書面的文字資料，有時也委託別人去搜集，但為了搜集到真正的民間故事和童話，他們是主張直接從民眾的口頭講述中採錄故事的。也就是說，格林兄弟開始有意識地採用田野作業的民俗學方法搜集童話和故事。

可以說，赫爾德開創了民間文藝研究哲學，完成了民俗研究的思想啟蒙任務，這是一門現代學科形成的基礎。但他的某些觀念和方法顯然並不具備科學性，最明顯的是他缺乏田野作業的意識，沒有從民眾口頭直接採錄民歌和故事。而且他對民間文藝的獨特性和唯一性認識不足，有時甚至分不清是民間文藝，還是他自己的創作。他的這些民間文藝思想通過阿爾尼姆和布倫塔諾的傳承，一直影響到其他浪漫主義知識分子。格林兄弟通過自己的研究實踐，從搜集、研究和整理方法上的突破將赫爾德的民間文藝研究發展成一門現代科學。

二、格林兄弟的民間文藝思想

格林兄弟搜集整理民間童話故事的背後是他們的民間文藝思想。與其他浪漫主義知識分子一樣，格林兄弟也相信一個民族的民

話》的第一版前言中，認為裴奧特的童話並沒有忠於民間傳統，在一定程度上，那些童話是他的一種創造。但在 1822 年出版的第三冊的注釋中，認為裴奧特把握了童話的特點，保持了童話的特色，抓住了童話的兒童特點，風格簡單而自然，而且保留了許多活潑的語言習俗。參見：Jacob und Wilhelm Grimm, *Kinder-und Hausmaerchen* 3 (Berlin: Reimer, 1822): Part II.

俗文化一定反映這個民族的思想和精神，而且深深地紮根於這個民族的史詩傳統中。他們不僅將注意力轉向民族的口頭傳統，而且開創了世界比較故事研究的先河。但是，與其他浪漫主義知識分子不同的是，格林兄弟從自己的研究實踐中發展出了一種民間文藝理論，成為現代民間文藝研究的先驅和童話研究之父。

(一)區別民間文藝與作家文藝（Naturpoesie und Kunstpoesie）

將民間文藝與作家文藝區別開來是格林兄弟民間文藝思想的一個基本特徵。浪漫主義作家認為可以通過對民間文藝的搜集和整理來理解和把握民間文藝精神，從而將它們作為自己文藝創作的源泉，再造民間詩歌之美。與他們不同，格林兄弟認為民間文藝是最純粹的藝術，它屬於特定的時代和民族，是無法模仿和再造的。他們的這種思想不僅與赫爾德不同，而且與他們同時代的浪漫主義作家歌德、阿爾尼姆、布倫塔諾和斯勒格兄弟（August Wilhelm und Friedrich Schlegel）也不一樣。1822 年雅各在一篇題為《民間文藝與作家文藝》（Naturpoesie und Kunstpoesie）的論文中，對這兩個概念進行了釐定。❷他在文章中強調民間文藝是一種與民族史詩相聯的文藝形式，其中蘊涵著豐富的歷史精神。雖然民間文藝是集體的無名創作，但它的感染力是現代作家文藝所無法比擬的。之所以民間文藝能被廣大民眾代代相傳就是因為它裏面蘊涵了民族精神，反映了一個黃金時代的純真狀態。在雅各看來，「不管人們如何去討論和

---

❷ Achim von Arnim und Jacob Grimm, "Ueber Natur-und Kunstpoesie" in *Romantische Wissenschaft*, ed. Paul Kluckhorn (Darmstadt: Wissenschaftlicher Buchvarlag, 1966): PP185-188.

分析，民間文藝與作家文藝的區別是永恆的」。㉖威廉在《兒童與家庭童話》的前言中，對民間文藝的特點做了進一步闡述。他認為民間文藝區別與作家文藝的區別是明顯的。首先，民間文藝的產生是自然形成的。它與花草植物一樣自然地成長，史詩、神話、傳說和故事裏蘊涵一種純真之美，這種美是民眾感情的自然流露和表達，而不是一種人為的創作。其次，民間文藝以一種最純潔和最簡樸的方式講述故事。民間文藝從來不是道德教化的工具，雖然它風格簡樸，但它的表達力量是作家文藝所不能比擬的。民間文藝自然而簡潔，作家文藝精巧而複雜。再次，民間文藝是人類經驗積累的產物，所以它傳承智慧和真理。它不僅語言上富有表現性，將現代世界與古代世界有力地聯繫在一起，而且在內容上與神話和史詩相聯，傳遞一種失落在歷史長河裏的智慧的聲音。這種對真理的追尋不是一種簡單的美和娛樂，而是人類人文精神的一種表達。最後，民間文藝最獨特的魅力是它所體現出來的孩童般的天真和純潔。雖然民間文藝常常表現出簡單和天真的特點，但它裏面所蘊涵的哲理和智慧是最豐富的，它像一個擁有純潔心靈的小牧師是智慧的化身。格林兄弟認為，閱讀童話故事必須有一顆天真純潔的心靈，而不是一種成年人的偏見和虛偽。

正是基於他們對民間文藝獨特性的認識，格林兄弟在第一版前言中強調說，那些傳承於民眾口頭的童話故事是古代文明遺落下來

㉖ Jacob Grimm, "Gedanken wie sich Sagen zur Poesie und Geschichte verhalten" in *Kleine Schriften von Jacob Grimm* 1, Berlin: Ferdinand Duemmler Verlagsbuchhandlung, 1889.

的珍寶，由於它們是純真而美好的黃金時代的遺留，人們必須像在
收割後的麥地裏撿拾麥穗一樣，將那些童話故事好好地搜集整理保
存下來。

(二)區別民間童話與作家童話（Volksmaerchen und Kunstmaerchen）

在區分民間文藝與作家文藝的大框架內，再將民間童話與作家
童話區別開來是格林兄弟民間文藝思想的又一基本特徵。民間童話
（也稱為兒童童話〔Kindermaerchen〕）不同於作家童話（也稱為神奇童話
〔Wundermaerchen〕）的關鍵在於，民間童話與民間傳統緊密相連，
是民間傳統的有機組成部分；而作家童話是一種人為的創作。

早在格林兄弟搜集整理《兒童與家庭童話》之前，歷史上的童
話故事集已經出版了不少。如巴塞爾的 *Pentamerone*，裴奧特的
Conres de mo mere I oye，德奧羅的 *Contes des Fees* 和穆塞斯的
Volksmaerchen der Deutschen 等。所以，當時的浪漫主義知識分子
沒有對民間童話與作家童話進行區別，對民間童話的價值還認識不
足，如赫爾德、斯柯特（Walter Scott）模仿民歌創作自己的詩歌，布
倫塔諾以民間故事的母題和情節為源泉進行小說創作，此外，瓦肯
諾德（Heinrich Wackenroder）和哈登保（Friedrich von Hardenberg）對作家
童話的文藝價值給予高度評價。㉗

格林兄弟一反這種文藝潮流，推崇民間童話的歷史文化價值，
將民間童話理論付諸於《兒童與家庭童話》的搜集整理實踐中。
1815 雅各在一封寫給斯柯特（Walter Scott）的信中，將《兒童與家庭

㉗　Marianne Thalmann, *The Romantic Fairy Tale: Seeds of Surrealism* (Annarbor: University of Michigan Press, 1970): PP4-24.

童話》與穆塞斯（Musaeus）的《德國民間童話》相比較，試圖說明《兒童與家庭童話》的民間童話屬性。他指出穆塞斯童話感人的原因在於童話裏說不清的，與民間傳統相通的某種本質，但是他批評穆塞斯將個人的想像和法國的諷刺傳統強加於民間童話，因此改變了這些童話的民間屬性。而格林兄弟自己的《兒童與家庭童話》是真正的民間童話，它們是在忠於民間傳統的基礎上通過各種方式搜集而成的，它們既保存了民間童話內容上的本色，也保存了語言和形象上的風格。❷

由於不斷出現同樣冠之以童話之名的作家童話的出現，如1797 年迪克（Ludwig Tieck）出版的《騎士的藍鬍鬚》（*Ritter Blaubart*），博辛（Johann Gustav Bueching）出版的《民間故事，童話和傳說》（*Volks-Sagen, Maerchen und Legenden*）以及阿爾伯特·格林（Albert Ludwig Grimm）於 1808 年出版的《兒童童話》（*Kindermaerchen*）❷，《兒童與家庭童話》的民間童話價值很長時間不被其他知識分子所理解。他們的朋友斯勒格兄弟（Brueder Schlegel）就曾表示疑問，為什麼像格林兄弟這麼聰明的知識分子要在兒童故事上消耗這麼多時間，而且態度如此認真？❸

---

❷ H. J. G. Grierson, David Cook and W. M. Parker, eds., *The Letter of Sir Walter Scott 1811-1814*, Vol.3 (London: Constable & Company, 1933): PP285-289.

❷ 格林兄弟與阿爾伯特·格林之間曾因為對童話的不同理解而產生過相互批評。格林兄弟認為阿爾伯特·格林的童話徒有民間童話的虛名，而沒有民間童話的實質。阿爾伯特·格林則批評格林童話過於原始，不適合兒童閱讀。

❸ Joseph Prestel, *Handbuch zur Jugendliteratur. Geschichte der deutschen Jugendschriften* (Freiburg: Herder Verlag, 1933): P258.

㈢提出童話故事與神話史詩之間的聯繫

格林兄弟很早就開始了對神話和史詩的研究興趣。早在馬爾堡求學期間，他們就在薩維尼的指引下大量地閱讀了中世紀原稿。鑑於兄弟倆表現出來的少有的聰慧，薩維尼允許他們到自己的私人圖書館看書，有時還讓他們將書借回家閱讀。正是在這段時間裏，格林兄弟閱讀了大量的中世紀文學作品和神話史詩材料。只是後來由於興趣不同，威廉對中世紀文學和神話史詩的興趣越來越大，而雅各則偏向語言學、古代法律和習俗的研究。儘管如此，神話史詩仍然是雅各進行比較語言學和民俗學的重要研究對象。受赫爾德思想的影響❸，格林兄弟長期從印歐語系研究德國的童話故事與挪威神話史詩的內在關聯性。許多德國童話故事的主題可以追溯到挪威神話史詩，其中特別是好與惡、光明與黑暗的鬥爭故事尤其明顯。

通過對神話史詩的比較研究，格林兄弟認為，作為民間文藝之一種，神話史詩是童話故事的來源之一。由於神話史詩裏滲透了古代民間文化、信仰和習俗，所以童話故事的神話史詩起源不僅影響了它們的意義，而且影響到它們的特徵。童話故事起源於神話史詩表現在多個層面：

首先，童話故事與神話史詩都屬於自然詩歌，都反映人類的純真精神。作為一種古代文化的遺留，神話史詩更具有歷史性和神秘性，童話故事則表現出更多的生活性和真實性。

---

❸　赫爾德比較了古希臘戲劇與莎士比亞作品和挪威神話，認為莎士比亞作品和挪威神話更接近德國民族文化傳統。參見：Johann Gottfried Herder, "Shakespear" in *Herders Werke* 5 (Berlin: Weidmannsche Buchhandlung,1894): P210.

　　其次，童話故事與神話史詩在故事主題和人物形象上存在共通性。神話史詩是童話故事的主題來源之一。如英雄神話常常影響英雄故事，動物史詩也常常影響動物故事。童話故事中的人物與神話史詩中的人物一樣，各式各樣，千變萬化，從凡夫俗子到動物植物，從日月星辰到陽光空氣，他們都會說話，會思考，而且擁有人的靈魂。❷但是，有所不同的是，神話史詩中的人物往往神格化，而童話故事中的人物往往只是具有某種神奇力量的人而已。

　　再次，童話故事和神話史詩都體現人類對正義的信仰。❸正義是神話史詩的思想內核之一，童話故事也是如此。在這些故事中，正義是最後的結局，上帝和超自然的力量在故事的最後往往會來到弱小的、無辜者的身邊。雖然在有些幽默故事中，有時正義並沒有出現，但大部分童話故事都表現正義精神。

㈣形成民俗學的搜集方法與研究理論

　　格林兄弟搜集童話故事的方法不止一種，在不同的時間和不同的場合有不同的搜集方法。其中田野作業是他們所提倡的基本方法。即到民眾中去，到鄉村裏去，從民眾口頭搜集活的民間童話和故事。格林兄弟認為由於在偏遠的鄉村和山區，民間傳統被很好地保存下來，那裏的農民、礦工和牧羊人等未受過教育的下層民眾是

---

❷　Jacob und Wilhelm Grimm, *Kinder-und Hausmaerchen* (Berlin: Reimer, 1812): Introduction.

❸　Wilhelm Grimm, "Ueber das Wesen der Maerchen", in Gustav Hinrichs, ed. *Kleinere Schriften von Wilhelm Grimm*, Vol.1 (Berlin: Ferdinand Duemmlers Verlagsbuchhandlung, 1881): P332.

最佳的搜集對象。**❸**所以，人們應該避開城市的喧囂和都市文明到那些偏遠的地區尋找活的民間文藝。所以 1815 年雅各在一封邀請朋友和熟人幫助搜集民間童話和故事的時候，他寫道：

> 在那些沒有道路通達的，所謂的啟蒙文化還沒有傳播開來的高山區和小村莊，有一種存在於黑暗之中的珍寶：先民們的習俗、傳奇故事和信仰。作為他們的後代，我們經常能夠感覺到它們的存在。但是我們也知道拯救它們的困難。要搜集它們，不僅需要一種天真純潔的心靈，而且需要一種人文知識，以使我們在無意識中能夠理解這種純真。此外，還需要對傳統的忠誠和友善。**❸**

這段文字是格林兄弟田野作業思想的基本體現。他們認為，田野作業除了忠實記錄等基本要求外，更重要的是他們所指出的，民間文藝需要一種天真純潔的心靈狀態。他們繼承了魏克曼（Heinrich Winckelmann）和席勒（Friedrich von Schiller）關於純真詩歌（Naive Poetry）的理論，認為純真的事物只能被純真的心靈所理解，天真純潔的心靈狀態有助於人們更有效地理解和把握民間文藝的純真本性。不僅童話故事講述者需要它，而且它們的搜集者也需要。只有在這種心

---

❸ 應該指出的是格林兄弟本人在搜集整理《兒童與家庭童話》的過程中並沒有嚴格這樣做。其中有一些童話故事來自一些小城市接受過良好教育的家庭女性。

❸ 這段文字由本人翻譯。原文參見：Jacob Grimm, *Circular wegen Aufsammlung der Volkspoesie*, ed., Ludwig Denecke, Kassel: Baerenreiter Verlag, 1968.

靈狀態中，才有可能講述出和搜集到本真的民間童話和故事。**㊱**他們還指出，民間文藝的搜集者必須經受教育，獲得判別民間文藝與非民間文藝的知識，才能圓滿地完成搜集工作。也就是在搜集過程中，必須忠實於民間傳統，特別是必須忠實於民間文藝的純真本性。既不能隨便增刪或更改內容，也不能輕易附加道德內涵。與他們的「農民」不是一種階級概念一樣，格林兄弟的「教育」不是指狹義的學校教育，而是一種文化修養，一種心靈的文化薰陶。

除了田野作業外，格林兄弟的另一個基本方法是請朋友或熟人代為搜集。這種方法又分為兩種，一種是單個地、直接或間接委託他人搜集，另一種是通過民俗調查的方式。這兩種搜集方法較為複雜，一部分由於是在格林兄弟的直接指導下進行的，所搜集到的童話故事具有民間故事的真實性，但另一部分由於缺乏科學方法的指導而魚龍混雜。此外，格林兄弟還從文字材料和歷史上的故事集裏搜集童話故事。

結合他們所處的那個時代和民俗研究發展的歷史背景，應該說他們的某些方法在童話研究學科史上是具有開創性意義的，如田野作業和民俗調查等，特別是在各種方法的背後，是他們對民間傳統和自然詩歌的重視和尊重，這正是現代民俗研究發展的思想源頭之一。

格林兄弟是國際比較故事研究的先驅。早在《兒童與家庭童

㊱　關於對純真詩歌的理解，席勒提出了「第一自然」和「第二自然」的概念，「第一自然」是指無意識的純真狀態，「第二自然」是指現代詩人在接受純真詩歌的影響後，有意重返簡樸和純真的一種狀態。參見：Friedrich von Schiller, *Ueber naïve und sentimentalische Dichtung*, Stuttgart: Reclam, 1966.

話》出版之初，格林兄弟就不惜代價與出版商商量，出版了資料豐富的格林童話第三冊。這一冊全部是前面兩冊童話故事的注釋和對在此之前出版的童話故事集的介紹和評論，裏面含有大量的童話故事的異文，是比較故事研究的重要著作之一。而且有學者指出，格林兄弟之所以借鑑和參考前人的童話故事集和文字書面材料，並不是從中抄錄童話故事，而是為讀者提供故事異文，為比較故事研究積累資料。**❸**格林兄弟進行比較故事研究的重要方法是運用印歐語系理論。**❸**這一理論是由丹麥語言學家拉斯穆斯·拉斯克（Rasmus Christian Rask）根據自己多年對盎格魯撒克遜（Anglo-Saxon）和冰島語法研究的基礎上提出來的歷史語言比較研究理論。這一理論認為那些產生於印度與歐洲之間的各種語言，如安那托利亞語（Anatolian）、波羅的語（Baltic）、凱爾特語（Celtic）、日爾曼語、希臘語、印度－伊朗語（Indo-Iranian）、意大利語、斯拉父語（Slavic）、色雷斯－伊利里亞語（Thraco-Illyrian）、色雷斯－佛里吉亞（Thraco-Phrygian）和吐火羅語（Tokharonian）等語言，在辭彙和語法領域具有某種內在聯繫。格林兄弟的重要貢獻在於，他們將這種理論發展到民俗文化的比較研究領域。他們一方面以不同語言文化中的神話故事為線索，研究不同語言文化之間的關聯性。另一方面以語言為線索，研究神話故事在不同語言文化中傳承與變異的規律。認為語言是民俗文化相同或相異的重要因素，所以搜集民間文藝不

---

❸ Christa Kamenetsky, *The Brothers Grimm & Their Critics, Folktales and the Quest for Meaning* (Ohio University Press, 1992): P138.

❸ Ulrich Wyss, *Die wilde Philologie, Jacob Grimm und der Historismus* (Munich: F. C. H. Becksche Verlagsbuchhandlung, 1979): PP130-135.

僅是保存文化遺留，而且是古代語言和思想進化的證據。雅各是運用印歐語系理論進行比較民俗研究的先驅。他認為由於語言的差異性，容易導致神話故事在不同文化中的變異，而在同語系的語言文化中，容易產生同類型或同主題的神話故事。由於德國與北歐國家在語言習慣和民間信仰上有很大的相似性，這種相似性導致了許多同類型的神話故事，所以探討德國與北歐國家之間民俗文化上的內在聯繫便成為他的一個研究目標。❸同時，雅各也是研究神話故事的變異與中世紀法律、習俗和民間信仰關係的開拓者。他從語言的內在聯繫出發，比較哥特、法蘭克和挪威語言文化中的人名、植物名和星座名，從而比較他們神話、故事和傳說中相似或相同的主題或類型。特別是通過對古高地德語的 Muspilli、古撒克遜語的 Mudspelli 和古冰島語的 Muspell 的比較研究，發現在它們故事變異的背後，存在某種相同的命運和英雄觀念。❹

(五)對童話的內涵和社會功能的理解

　　格林兄弟在研究童話故事內容特色的時候表現出較強的民族文化傾向。他們認為，童話故事作為民間文藝的主要形式，在內容上必然會反映民族文化特色。也就是雅各所指出的，童話故事是民族文化之林裏的遺留物。其中，他們特別注重探尋德國童話故事是如何反映日爾曼純真文化狀態、大眾幽默和自然詩歌的象徵性語言的。為此，他們將童話故事的內容和功能與中世紀神話、史詩和民眾書聯繫起來。

---

❸　Jacob Grimm, *Teutonic Mythology* 1 (New York: Dover, 1966): Preface.

❹　Jacob Grimm, *Teutonic Mythology* 4 (New York: Dover, 1966): P1540.

　　其次，他們認為童話故事可以看成是對中世紀社會生活的反
映。雖然童話故事中的英雄人物往往來自社會底層，但從故事整體
而言，它們既反映國王、王子和公主等社會上層的生活和文化，也
反映農民、漁夫和礦工等社會下層的生活和文化。同時，故事中的
某些生活體驗也體現出對現實生活的觀照。而且童話故事從來都不
是被動地反映現實生活的殘酷，而是一種能動性的關照。童話故事
的結尾往往出現一種獎賞或幸福的場面，從而賦予殘酷的生活以溫
暖和色彩。

　　再次，童話故事讚頌美德和英雄行為。故事中那些遭受貧窮之
苦的小人物往往由於他們捨己為人、大公無私、善良、寬厚的美德
而在故事最後獲得獎賞或回報，從而擺脫生活的艱難困苦。同樣，
故事中的許多小人物富有鬥爭的勇氣和智慧，他們常常不怕艱難，
不畏權貴，堅持鬥爭到底，維護自身和同類的利益。雖然他們沒有
受過什麼教育，但由於他們從生活實踐中吸取經驗和智慧，故事中
他們總能通過自己的努力或神力的幫助取得最後的勝利，為現實生
活中普通民眾的生活帶來希望和勇氣。

　　在社會功能方面，首先，格林兄弟認為，童話故事中反映的現
實生活的艱難和殘酷是具有人文價值的，特別是對處於成長中的兒
童，有利於豐富和發展他們的人文品性。當一個兒童發現，童話故
事中的小人物經歷了太多的生活磨難後，在他或者她的內心深處必
然會形成一種巨大的同情心，而且他們會把這種同情心移向現實生
活，同情那些經歷過痛苦生活的人，特別是那些可憐的孤兒和流浪
兒。威廉通過對一個德國故事的分析，認為童話故事是對兒童進行
人文情懷培養的最好途徑。在那個關於後媽的故事裏，三色紫羅蘭

的花和葉分別被用來表示兒童命運的差別，黃色和紫色的花代表她親生的兒子，綠色的葉子代表非親生的兒子，他們的生活是完全兩個不同的世界。威廉認為這個故事將引起孩子們對後母惡行的憎恨和對孤兒的同情。❹

其次，格林兄弟認為童話故事具有慰藉功能。在各種類型的童話故事裏，都存在黑暗與邪惡的對立面，希望、光明、友愛和同情心永遠伴隨在那些擁有純潔心靈的小人物身邊。故事中常常強調宗教的作用，當故事中的小人物陷入困境，四面無助的時候，他們會向上帝祈禱，從而驅除心中的恐懼，在困境中堅持與惡勢力或惡劣環境鬥爭，最後往往在這種精神力量的幫助下走出困境。故事中有的人物因為失去了內心的純真和正義而遭受某種懲罰，失去本身應有的某種力量，也是童話故事慰藉功能的反面表達。

再次，格林兄弟認為童話故事使人類對自身有更清楚的認識和理解。人們在閱讀童話故事的時候，被故事情節所吸引，童話故事中不同人物的不同命運和結局使我們有機會面對自己，將喚起埋藏在我們內心深處的善良、友愛、寬容和正義感，從而豐富我們的內心世界，強化我們的精神力量。

不過，格林兄弟反對賦予童話故事太多的道德教育功能。他們認為將童話故事中提供的生活經驗與道德教育相提並論是危險的，它將削弱童話故事的文藝和審美價值。這既是對童話故事的錯誤理

---

❹　Dieter Hennig und Berhard Lauer, eds. *Die Brueder Grimm: Dokumente ihres Lebens und Wirkens* (Kassel: Verlag Weber & Weidemeyer, 1986): PP334-335.

解，也是對道德教育的濫用。㊷

小　結

　　本章詳細探討了格林童話所承載的歷史文化內涵。浪漫主義民間文藝思潮開啟的真詩在民間的新民族文化思維，赫爾德發起的廣泛搜集日爾曼民歌的運動，格林兄弟獨特的民間文藝思想，都是影響和推動格林童話形成的重要因素。正是在這種歷史文化背景下，格林兄弟搜集民間童話故事的熱情被喚醒，民間童話的民族文化意義被放大，個人的藝術審美意識被重視，最後歷史地形成了後人閱讀的格林童話。格林童話產生後，不僅成為後人的研究對象，而且又不斷地被新的歷史文化所涵化，成為新的社會歷史文本，對此的進一步分析將在下一章展開。

㊷　Dieter Hennig und Berhard Lauer, eds. *Die Brueder Grimm: Dokumente ihres Lebens und Wirkens* (Kassel: Verlag Weber & Weidemeyer, 1986): PP336-337.

第四章　社會歷史視角中的
格林童話（下）

　　格林童話的產生不僅為兒童帶來一種經典讀物，也為後世的研究者留下了很大的空間，更為後來的歷史文化思潮提供了資源。長期以來，格林童話在西方社會歷史進程中的文化生命力沒有止息，總是被各種文化思潮所利用，或推崇，或批判。本章將從長期以來研究者對格林童話的誤讀入手，打破格林童話留在人們腦海裏的文化假象，呈現它真實而複雜的文化狀態。然後，具體結合西方歷史上的幾種文化和政治思潮，考察格林童話及其文化內涵是如何被這些後世思潮所闡釋和利用的。

第一節　傳統研究對格林童話的誤讀

　　由格林兄弟於 1807 年開始搜集整理❶，1812-1858 年陸續出版

---

❶　也有學者認為，格林兄弟是 1806 年在幫助浪漫主義文學大師布倫塔諾和阿爾尼姆搜集民歌集《兒童的奇異號角》時就已開始搜集民間童話。

的《兒童與家庭童話》在漫長的歷史發展過程中❷，以經久不衰的
藝術和文化魅力吸引著一代又一代世界各地的讀者。這些由格林兄
弟在 19 世紀初搜集整理的童話故事，不僅保存了一種文化傳統，
確立了一種文學類型，而且也推動了一門現代學科。雖然格林兄弟
並不是第一個搜集和整理民間童話和故事的人，格林童話更不是首
次出版的童話故事集，在他們之前也有許多優秀的童話被搜集、整
理和出版❸，但格林童話具有的學科、歷史和文化意義是其他同類
作品所無法比擬的。他們在搜集童話故事時所提倡的忠實記錄的田
野作業方法，在整理童話故事時所遵循的忠於傳統的編輯理念，在
研究童話故事時所採用的比較分析的研究理論，奠定了現代童話研
究方法和理論上的基礎。但是，也應該看到格林兄弟在搜集整理格
林童話的過程中，並不是一種純粹的民俗研究，其中也表現出複雜
的文化現象。

---

❷　《兒童與家庭童話》從 1812-1858 年被格林兄弟不斷補充和整理，分別於
　　1812、1819、1837、1840、1843、1850 和 1857 年出版了 7 個全本，於
　　1825、1833、1836、1839、1841、1844、1847、1850、1853 和 1858 年出版
　　了 10 個選本。
❸　例如法國著名作家和童話詩人裴奧特（Charles Perrault, 1628-1703）早格林兄
　　弟一百多年就已開始搜集和創作民間童話，成為童話研究史上的第一座高
　　峰。他在 1697 年出版的童話集 *Les Histoires ou contes du temps passe* 在 18 世
　　紀流傳了整個歐洲，分別於 1729、1745、1747、1752 和 1768 年翻譯成英
　　語、德語、荷蘭語、意大利語和俄語。它不僅奠定了法國和國際古典童話傳
　　統，而且也深刻影響了德國的浪漫主義文藝運動。實際上，後來格林童話中
　　的許多童話故事其實就可以在那裏找到源頭。此外，同時代的德國浪漫主義
　　大師狄克（Ludwig Tieck, 1773-1853）也早於格林兄弟搜集、整理和出版民間
　　童話。

一、並非都是民間故事

在通常的理解中，格林童話來源於德國下層民眾的口頭敘述，屬於民間童話故事範疇。❹格林兄弟在他們的注釋和前言中也常常給人一種感覺，他們的故事是從沒有受過教育的農民的親口講述中採錄下來的。在他們看來，這些來自民眾口頭的童話故事才真正代表一種民間傳統和民族力量。應該承認，部分格林童話確實是來源於農民的口頭敘述，為了搜集這些故事，格林兄弟也確實做過田野作業，但也必須指出，格林童話的來源並不像我們以前想像的那樣簡單，也不像格林兄弟所聲稱的那樣純粹，它的複雜性幾乎可以顛覆對格林童話的定性。可以說，格林童話既不是完全來自於沒有受過教育的農民，也不是完全來自於農村，更不是所謂純粹的民間故事。

首先，格林童話主要來源於受過一定教育的市民階層。這一點從故事的講述者和搜集者的社會和教育背景便可窺見一斑。格林兄弟本人就是受過良好教育的德國知識分子，他們出生於一個律師家庭，而不是農民家庭。他們搜集整理的童話故事自然地會反映出一個中產階級知識分子的審美和趣味。而其他主要故事提供者的社會、家庭和教育背景也並不簡單。格林童話主要來源於以下成員：魏枚琳女士（Frau Viehmaennin），卡特林娜·維爾德（Catherine Wild）和她的女兒們，卡特林娜·維爾德家庭的女僕人老瑪麗亞（Old

---

❹ 這一認識可能開始於泰勒（Edgar Taylor）首次將格林童話翻譯成英語。他在翻譯前言中指出，他翻譯的這些故事大部分是格林兄弟從德國農民口頭上直接採錄的。

Marie），恩爾哈特家族（Engelhard），哈森福路克家族（Hassenpflug），哈克森豪瑟家族（Haxthausen），布倫塔諾的妹妹魯多維珂·鞠帝斯（Ludovica Jordis），一位退休的守夜人弗雷德利希·克勞瑟（Friedrich Krause），一位部長的女兒弗雷德里克·曼勒（Friederike Mannel）和費帝嵐特·瑟伯特（Ferdinand Siebert）。❺可以看出，除了那位退休的守夜人弗雷德利希·克勞瑟，其他大部分成員都來自不一般的家族，大都屬於受過良好教育的市民階層。

以魏枚琳女士為例，她是一個來自茨威恩（Zwehrn）的婦女，第一版的《兒童與家庭童話》中有三分之一的故事是由她講述的，由於她富有冷靜與天真的氣質，天生具備傳承民間詩歌的素質，因而被威廉稱讚為一個理想的故事講述者。但這樣一位理想的講述者其實並不是農民。她實際上是一個生活一般的寡婦，丈夫是個裁縫，父親是個小店主，她每週兩次到卡塞爾城裏出售她的農產品。格林兄弟也並不是親自到她所居住的地方茨威恩搜集她的故事，而是等她來到卡塞爾的時候在自己的住所裏採錄她講述的故事，有時報酬是一杯熱咖啡而已。❻而其他講述者或搜集者也大都屬於受教育的市民階層。如卡特林娜·維爾德和她的女兒們，寶俄忒〔Dorothee（Dortchen）〕、瑪格麗特〔Margarete（Gretchen）〕、伊莉莎白〔Elizabeth（Lisette）〕和米爾（Mie），是格林兄弟在卡塞爾時的鄰

---

❺　Wilhelm Schoof, *Zur Entstehungsgeschichte der Grimmschen Maerchen* (Hamburg: Hauswedell, 1959): Chapter 1.

❻　Heinz Roelleke, ed., *"Wo das Wuenschen noch geholfen hat", Gesammelte Aufsaetze zu den "Kinder- Hausmaerchen" der Brueder Grimm* (Bonn: Bouvier Verlag, 1985): PP163-165.

居，也是《兒童與家庭童話》的熱心推動者，竇俄忒後來還成了威廉的妻子。維爾德先生是瑞士人，是一個陽光藥店（Sonnenapotheke）的主人，他的女兒們都受過良好的教育。

那麼，那些受過良好教育、居住於小城市的女市民是否屬於民間故事所指涉的民眾呢？他們講述的故事又是否屬於民間故事呢？從當時浪漫主義時代語境來考慮，答案是否定的。浪漫主義文化語境下的民眾主要是指農民，特別是指那些居住於偏遠鄉村或山野的農民、礦工、牧羊人和漁夫等下層民眾。他們大都沒有受過教育，啟蒙文化還沒有滲透他們的生活和心靈，他們對民間傳統有特殊的親緣，是民族傳統的創造者和傳承者。如果說，城市裏的下層民眾尚且還屬於民眾範疇，那麼城市裏的市民階層是顯然不能歸入浪漫主義民間文藝思潮中的民眾範疇的，因而他們講述的故事也不可能屬於民間故事。

二、並非全部來自口頭

格林童話產生後的很長一段時間裏，人們有一種錯誤的想像，認為格林童話裏的故事都是格林兄弟直接從民眾的口頭上採錄而來的。認為格林兄弟為了搜集這些口頭故事，時刻帶著紙和筆，深入鄉村山野，田間地頭，整日與農民為伍，經常與牧羊人為伴，一邊聽他們講述故事，一邊如實記錄。事實上，現代研究發現並非如此。結合格林兄弟所處的那個時代和民俗研究發展的歷史背景，應該說他們的某些方法在童話研究學科史上是具有開創性意義的。但是，採用田野作業的方法，直接從民眾口頭搜錄故事只是格林兄弟搜集童話的基本方法之一，但絕不是唯一的方法，他們在搜集格林

童話的過程中實際上採用了各種各樣的方法。他們既直接從民眾口頭搜集民間故事，又委託朋友或熟人代為搜集記錄，同時還從各種書面材料中尋找來源。

1812 年第一版《兒童與家庭童話》收錄了 86 個童話故事，其中有 12 個是格林兄弟從書面材料中整理出來的。1857 年第十七版收錄了 211 個童話故事，其中有 49 個故事也是這樣產生的。格林兄弟精通多種語言，可以直接閱讀各種語言的童話故事，而且他們早年在幾個圖書館中的工作經歷使他們有機會大量接觸各種民間童話和故事書籍。加之他們長期研究中世紀文學、習俗和史詩，在民間詩歌上積累了豐富的材料和知識。在格林童話的各種書面來源中，首先是德國各種民眾書（Volksbuecher）、中世紀文學原稿和各種方言文學。其中有約瑟夫·戈爾斯（Joseph Goerres）搜集出版的「民眾書」，裏面許多從民間搜集的故事後來被格林兄弟收錄進《兒童與家庭童話》和《德意志傳說》裏；喬治·維克朗（Georg Wickram）出版的《小叢書》（*Rollwagenbuechlein*, 1555）和雅各·福萊（Jakob Frey）整理的《花園社會》（*Gartengesellschaft*）不僅在故事題材上，而且在故事的整理上給格林兄弟以啟發；馬丁·門塔羅斯（Martin Montanus）編寫的《捷路人》（*Der Wegkuerzer*, 1557）為格林兄弟提供了故事「勇敢的裁縫」；約翰·菲謝德的《哨兵》（*Schildwacht*, 1560）不僅包含這豐富的傳說與故事，而且還收錄了大量的民歌和諺語；漢斯·薩克斯（Hans Sachs）於 16 世紀前半期創作的大量戲劇文學和作品包含了豐富的傳說、寓言和民間故事。有 4 個格林童話可能就來源於這裏，它們分別是「黃昏的女兒們」，「七個斯瓦比人」，「魔鬼和上帝的動物」和「復活的小男人」。

此外，是國外古代早已流傳的各種童話故事集。如法國裴奧特的
《鵝媽媽的故事》有 6 個故事與格林童話相似，分別是「小紅
帽」、「睡美人」、「灰姑娘」、「蛤蟆與鑽石」、「小拇指」和
「靴子裏的姑娘」。因此有批評家指出，格林兄弟在一定程度上抄
錄了裴奧特的故事；意大利巴塞爾的 *Pentamerone* 也是格林兄弟的
故事資源，特別是其中語言的靈活與生動，在故事傳承上完整、生
動和有力的敘述風格使他們在故事整理中受益匪淺。此外，意大利
斯特帕俄拉（Straparola）的 *Nights* 也是格林兄弟可能的故事資源，
他們曾在 1819 年第二版第三冊裏對它進行了詳細的分析和介紹。

　　雖然也有學者指出，格林兄弟引用書面材料，從文字資料中整
理民間故事是有選擇的，主要是從那些被認為是從民間口頭搜集而
來的童話故事集中尋找資源。而且他們這樣做主要是為了三個目
的：一是搜集故事異文，二是證明搜集到的民間故事的本真性，三
是便於查閱更詳細的故事資料。❼但是，由於這種方法與格林兄弟
所宣揚的直接從民眾口頭搜集民間故事的理念有所出入，特別是與
現代民間文藝學者的田野作業要求背道而馳。

三、並非純粹的德國故事

　　人們很容易認為，格林兄弟在德國中部地區搜集到的民間童話
和故事應該都是地道的德國故事。泰勒（Edgar Taylor）在首次將它們
翻譯成英語時，就將標題翻譯成《德國大眾故事》，並在前言中指

---

❼　Christa Kamenetsky, *The Brothers Grimm & Their Critics, Folktales and the Quest
　for Meaning* (Ohio University Press, 1992): PP137-147.

出，他所翻譯的這些故事是地道的德國故事，是格林兄弟從德國農民口頭上採錄而來的。❽從此之後，格林童話一度成為德國民間文藝的代表，甚至到二十世紀三十年代，它更成為法西斯種族主義的意識形態工具，成為純粹的日爾曼民間文化的象徵和符號。格林童話真的全部是德國風格和德國內容的童話故事嗎？

　　首先，格林童話不是德國文化的專有產物，而是歐洲童話傳統的結晶。從格林兄弟的童話知識分析，格林童話並不是格林兄弟一時興起的創造性發現，而是整個歐洲古代童話傳統發展的自然結果。格林兄弟非常熟悉歐洲的童話傳統，特別是意大利、法國、英國和北歐的童話知識。其中意大利斯達帕厄拉的 *Le piacevoli notti*（1550-1553）、巴塞爾的 *The Pentamerone*（1634-1636）和法國裴奧特的 *Contes de mo mere I'Oye*（1697）等是格林兄弟最熟悉、也是最喜歡的童話故事集。它們自然會對格林兄弟童話知識的形成產生影響。格林兄弟早在哈瑙時就對裴奧特的童話非常熟悉，很小的時候就開始閱讀它們。後來他們在搜集和整理格林童話的時候，也曾以裴奧特的童話作為參照，發展自己的童話思想。他們在批評裴奧特的童話缺乏口頭性的同時，對他童話的風格非常欣賞。因此，可以在格林童話和裴奧特童話之間找到類似的童話故事，如《小紅帽》、《睡美人》和《灰姑娘》等。巴塞爾的 *The Pentamerone* 也是格林兄弟非常欣賞的故事集，威廉曾一度很想將它翻譯成德語，計劃把它作為《兒童與家庭童話》第二冊的一部分介紹給德國讀者，但後來由於搜集到的童話故事突然增多，只好取消翻譯它的計

---

❽　Edgar Taylor, *German Popular Stories* (London: Murray, 1823): Preface.

畫。由於巴塞爾童話裏方言表達輕鬆活潑，而且故事內容很少被添加個人想像成份，格林兄弟非常欣賞。斯達帕厄拉的 *The Nights* 也是格林兄弟非常欣賞的故事集，早在 1791 年就有人將它翻譯成德語，1817 年斯密特（Friedrich Wilhelm Valentin Schmidt）再次將它翻譯成德語《童話世界》（*Maerchensaal*），導致這些故事在當時的德國相當流行。除此之外，格林兄弟還研究和借鑑了世界各地的童話故事集，其中包括英國、愛爾蘭、丹麥、希臘、俄國、波蘭和北歐等地的童話故事。格林兄弟對以上那些童話故事集如此熟悉和欣賞自然也就難逃它們的影響。可以說沒有這些故事集的影響，也就不會有格林童話的出現。

其次，從那些故事搜集者或講述者的家族背景分析，格林童話不完全是地道的德國農民的故事，至少它們在某種程度上接受了潛在法國童話傳統的影響。❾格林兄弟本人也講流利的法語，他們很小就開始學習法語，早在入學之前他們就已閱讀了法國裴奧特的《鵝媽媽的故事》。雅各還曾幾次前往巴黎學習和研究，拿破崙佔領卡塞爾後，他還曾在當時新國王的圖書館工作並擔任過法律顧問。應該說法國文化傳統對他們的影響是潛在的。而格林童話的許多講述者和搜集者也都是法國雨格諾教徒（Huguenot）的後代，如卡

---

❾ 對此也有學者持相反的觀點。例如克麗絲特·克門勒斯柯（Christa Kamenetsky）認為這種觀點過於片面。她從這些講述者和搜集者的雙語背景和所受的德語教育，以及他們當中某些人與格林兄弟的通信，論證他們所搜集和講述的故事不會受法國童話傳統的影響。參見：Christa Kamenetsky, *The Brothers Grimm & Their Critics, Folktales and the Quest for Meaning* (Ohio University Press, 1992): PP118-122.

特林娜·維爾德家庭的女僕人老瑪麗亞，哈森福路克家族
（Hassenpflug）和哈克森豪瑟家族（Haxthausen），都是法國雨格諾教
徒的後代。❿魏枚琳女士（Frau Viehmaennin）的老祖父曾經是雨格諾
教徒在修勒堡（Schoeneberg）定居點的第一任市長。⓫很難說，他們
不會接受法國童話傳統的影響，特別是她們當中有些人在日常生活
中都是以法語交流，很早就看過法國裴奧特出版的童話故事集《鵝
媽媽的故事》。雖然在整個《兒童與家庭童話》中只有 6 個故事與
裴奧特的故事相似或相近，而且這些相似或相近的故事在開頭或結
尾都與裴奧特的故事不同，但不可否認這種影響的可能性。⓬

四、並非完全忠於傳統

　　忠於傳統是格林兄弟整理童話故事的一個基本思想。他們對童
話故事的搜集和整理是有選擇性的，從來都不是來者不拒。他們對
一篇童話故事是否屬於民間傳統的判斷標準是以經驗為基礎的。他

---

❿　他們並不是完全的雨格諾教徒後代，大部分都是雨格諾教徒與德國新教徒聯
　　姻的後代。

⓫　也有學者指出，她老祖父是荷蘭血統，早在格林兄弟搜集故事的 128 年前從
　　荷蘭移居德國黑森。參見：Walter Scherf, "Jacob and Wilhelm Grimm: A Few
　　Small Correction to a Commonly Held Image" in *The Brothers Grimm and
　　Folktale*, James MacGlathery, et al. (Urbana: The University Press, 1988): PP178-
　　192.

⓬　長期以來，學者們對格林兄弟並未如實說明故事講述者的家族背景給予了批
　　評，甚至有學者批評格林兄弟是故意欺騙他們的讀者。參見：John Ellis, *One
　　Fairy Story Too Many: The Brothers Grimm and their Tales* (Chicago: University
　　of Chicago Press, 1983): P103.

們有搜集民歌的經驗，也有研究中世紀文學手稿、民間風俗和史詩的知識積累，因而培養了一雙對民間詩歌非常敏感的耳朵。當然除了經驗外，也還有一些他們求助的方法，如從語言內容的表達和風格來判斷，但經驗是最重要的。所以雅各認為一個人要想順利完成民間文藝的搜集和整理任務，首先必須熱愛民間文藝，其次必須接受「培訓」，而這種「培訓」並不是指某些訪問或記錄技巧，而是一種對民間詩歌的敏感。❸應該說，格林兄弟在童話故事的搜集和整理過程中形成這種理念和方法從整體上體現了他們對民間詩歌的獨特性把握。他們重視保存民間童話故事的本質性特徵，在此基礎上，只是對童話故事的語言和修辭等外在形式進行編輯修改。❹

　　但是，忠於傳統只是他們的一個基本思想，而不是全部思想。在對格林童話進行實際整理過程中，他們既堅持在忠實記錄的基礎上保持故事的原始風貌，又不斷地根據各種故事異文加以編輯修改，有時還對童話故事進行大的調整、合併或重組。特別是從第二版開始，威廉逐漸加大了對格林童話的編輯力度。主要表現在兩個方面，首先是他們不斷地對單個童話故事進行編輯。隨著搜集範圍的不斷擴大，搜集到的異文不斷增多，威廉不斷地進行童話故事的修改，其中特別是語言和修辭上的編輯最明顯。他依據自己在民歌

---

❸　Reinhold Steig, *Clemens Brentano und die Brueder Grimm* (Stuttgart: Cotta, 1914): PP164-171.

❹　Christa Kamenetsky, "Wilhelm and Jacob Grimm (1785-1863 and 1786-1859)" in Jane Bingham, ed., *Writers for Children: Critical Studies of Major Authors Since the seventeenth Century* (New York: Charles Scribers Sons, 1987): PP379-383.

搜集、史詩和中世紀文學研究經驗的基礎上，對童話故事的語言和
修辭進行純淨化，在一定程度上可以說是一種文字檢查。❶比如他
在第二版的前言中提到，曾對故事中不適宜青少年的部分作了修
改。其次，他們有時將兩個或兩個以上的童話故事整理成一個故
事。在他們搜集到的異文中，如果從內容主題、人物性格和情節發
展上判斷兩個屬於同類型的故事，他們就將兩者合併為一個故事。
雖然他們在合併是堅持同類型的原則，堅持內容、人物和情節上的
高度一致。但主觀判斷上的陷阱是不可避免的。❶

　　這些方法上的矛盾性體現了一種思想上的複雜，也打破了曾經
流行一時的，認為格林童話是原汁原味、自然天成的德意志民間童
話的觀念。所以，更有學者認為，格林童話是格林兄弟「生產」出
來的。

第二節　格林童話傳播的社會歷史分析

　　格林童話的產生不僅保存了一種文學類型，開啟了一門現代學
科，而且推動了西方文明化進程，甚至成為特定時期文化的工具。
與其他文學經典如《聖經》、古希臘和羅馬文學一樣，格林童話的
傳播和影響是西方文明化過程中重要的一步。不僅閱讀格林童話已
成為西方文化生活的傳統，而且那些蘊涵在格林童話中的審美追求

---

❶　Jacob und Wilhelm Grimm, *Kinder-und Hausmaerchen* (Berlin: Reimer, 1819):
　　Introduction.

❶　Jacob und Wilhelm Grimm, *Kinder-und Hausmaerchen* (Berlin: Reimer, 1819):
　　Introduction.

和道德規範，以及那些通過童話傳承的生活經驗和智慧積澱了西方文明化的基礎。**⓱**特別是在某些特定歷史時期，格林童話曾被納入意識形態領域，成為歷史上某種特定文化和政治思潮的工具。下面將分別以德國、英國和美國等西方主要國家對格林童話的發現和利用為考察對象，探討格林童話的社會文化意義。

一、格林童話與兒童教育

縱觀格林童話產生後在西方主要國家的傳播歷程，可以發現人們對其教育價值的判斷經歷了一個複雜的過程：首先是對格林童話教育價值的否定，認為她不適合用來教育兒童。然後是走向另一個極端，對其教育價值大加肯定，認為是兒童教育的最佳讀本。最後是回歸自然，還原格林童話作為普通兒童和家庭讀物的角色。如此曲折和反覆的價值判斷的背後，是格林童話本身文化內涵的複雜性，更體現出社會歷史的發展變化。

㈠格林童話在德國的傳播

在德國，從十九世紀下半期開始，格林童話就曾被納入一系列的文化政治思潮之中。首先是對它的激烈批判，其中包括教育改革者對格林童話社會價值的批判和工人運動對格林童話思想意義的批判。然後是對它的發現和利用，其中包括社會學者對格林童話所內涵的道德價值的發現和民族主義者對格林童話所蘊含的民族意義的

⓱　Jack Zipes, *The Brothers Grimm-From Enchanted Forests to the Modern World* (New York: Routledge, 1988); Jack Zipes, *Rotkaeppchens Lust und Leid* (Koeln: Diedrichs, 1982): ii.

利用。最後是將格林童話與道德教育分離開來，肯定格林童話本來的藝術價值。

十九世紀下半期德國的部分教育改革者激烈反對運用格林童話進行兒童教育。他們認為格林童話缺乏對兒童進行社會價值教育的基礎，特別是這些童話故事沒有真實地反映社會生活中實際存在的殘忍和不公平。同時，童話故事中的人物過於簡單化，不是醜就是美，不是善就是惡，這種黑白截然相反的人物描述將誤導少年兒童思想的成長。而且，童話故事體現的思維判斷也過於片面，美總是和善聯為一體，醜總是與惡結為同盟。童話故事中的這種思維片面性將削弱學校的現實主義教育的力量。

隨著十九世紀八十年代工人運動的興起，這種對格林童話教育價值的批判達到新的高度。工人運動中的知識分子認為，格林童話的思想觀念與工業社會普遍流行的價值觀念相衝突的，童話故事總是期待奇跡的出現，而這種奇跡對工業社會中的工人子弟來說，與其說是一種幻想，不如說是一種海市蜃樓，它絲毫改變不了工人子弟的生活狀況。他們宣稱，不能用格林童話教育工人子弟，因為童話故事中蘊含的思想價值對兒童的正常成長毫無益處。他們認為，與格林童話強調奇跡相反，兒童教育應該體現現實主義精神，要讓孩子們懂得，美好的生活應該靠自己的艱辛勞動，而不是什麼奇跡和魔幻。⑱

然而，國王威廉二世當政的時候，對格林童話的批判發生轉

---

⑱　Joseph Presrel, "Das Maerchen", in *Handbuch der Jugendliteratur. Geschichte der deutschen Jugendschriften* (Freiburg: Herder Verlag, 1933): PP165-168.

向，一種新的思維隨之而起，那就是充分挖掘格林童話的道德意義和愛國主義的教育價值。首先，從道德意義上，針對長期以來人們對格林童話教育價值的否定，開始強調格林童話所蘊含的家庭道德內容，希望通過格林童話的閱讀培養兒童家庭道德觀念。那時的故事編輯者常常在故事的結尾處加上道德說教內容，諸如「順從是孩子的美德」，「惡有惡報」之類。其次，從國民教育的視角，發掘格林童話所具有的愛國主義內容。當時的德國正面對社會主義和共產主義思想的興起，為了防止它們進一步的蔓延，威廉二世決定在德國的學校推行愛國主義教育，重點培養德國人對德意志民俗文化和歷史的感情。此時的格林童話一改受批判的地位，一躍成為主流意識形態的工具。為此，威廉二世在所謂的「民眾教育運動」（Volkserziehungsprogramm）的框架內鼓勵教育家們進一步探索。其中喬治·赫爾伯特（Georg Herbart）和圖斯克·斯勒爾（Tuiscon Ziller）用力最勤。他們認為，從維持國家和社會秩序而言，格林童話是最好的兒童教育資源。同時，主張通過對格林童話所蘊含的基督教思想和日常道德的重視，最終實現愛國精神教育。❶在利用格林童話進行愛國精神教育的具體過程中，他們要求學校和教師首先發掘那些體現基督教思想和日常道德的情節和人物，然後是那些真正體現日爾曼民族傳統的情節和人物。而那些不適合進行愛國精神教育的故事文字和內容將被忽略或刪除。以童話《灰姑娘》（Aschenbruder）

---

❶　Tuiscon Ziller, "Die Bremer Stadtmusikanten; ethisch-psychologische Zergliederung", in *Ethisches Lesebuch* (Leipzig: Duerrsche Buchhandlung, 1897): PP182-184.

為例，他們要求教師通過這個故事向孩子宣揚忍耐、寬容和博愛的宗教美德，堅定孩子對上帝的信仰。而童話《不來梅樂隊》（The Bremen Town Musicians）經過他們的分析，成了教育兒童要老實本分，認識自己的特性，瞭解自己的長短處，安心做好自己能做的事的道德說教故事。**⑳**

㈡格林童話在英國的傳播

二次世界大戰之後，美英盟軍佔領了西部德國領土。鑑於納粹分子對格林童話的極力推崇和利用，盟軍一度禁止格林童話繼續在德國出版和流通。盟軍的這種文化檢查政策，特別是對格林童話的禁止令引發了德國知識分子對格林童話政治和道德教育意義的思考。1947 年在格林兄弟曾經就學的馬爾堡召開了一次童話故事的國際研究會議。迫於當時意識形態上的壓力，與會的童話故事研究者避開了從社會歷史和民族文化的視角探討童話故事的教育功能，而是將童話故事與現實生活分離開來，將格林童話與思想教育分別對待，認為童話故事遠離社會生活和現實世界，與政治的關係相當遙遠，幾乎不具備道德教育的功能。**㉑**童話故事提供給人們的是一個遙遠的世界，正因為它遙遠，可以是每一個人思想的家園。它建立在原始純真的思維之上，善與美統一，惡與醜相同。因此，童話故事的價值更多地體現在思想和藝術上，而不是政治文化和道德教

---

⑳ Karl-Heinrich Hiemesch, *Der Gesinnungsunterricht* (Leipzig: Duerrsche Buchhandlung, 1925): P14.

㉑ Will Erich Peuckert, *Wiedergeburt. Gespraeche in Hoersaelen und unterwegs*, Frankfurt am Main: Weidmannsche Verlagsanstalt, 1949.

育上。❷

在英國，格林童話的教育價值經歷了從否定到肯定，再到還原自然狀態的過程。格林童話早在 1826 年就由俄德伽·泰勒（Edgar Taylor）翻譯成英語。受十九世紀早期宗教教育思想的影響，格林童話與其他的童話故事一樣其教育價值長期遭到否定和批判。那是一個主張用宗教和道德規範培養兒童心靈，開啟他們心智的時代。所有的童話故事或幻想文學由於缺乏道德和宗教寓意而遭到否定，認為那些純粹以娛樂為目的的幻想故事不僅影響兒童對社會現實的認知，而且很容易導致兒童道德墮落。❸那個時代人們常常以法國童話故事 *Contes des Fees* 和裴奧特的 *Contes de mo mere I'Oye*，以及邁德默·德奧爾紐（Madame d'Aulnoy）的故事為對象展開批判。他們批判 *Contes des Fees* 中的幻想風格和諷刺主題和 *Contes de mo mere I'Oye* 中的反諷風格和道德缺失，反對童話故事中的極度幻想、精巧結構和對想像世界的奢華描寫，認為它們只是通過神奇的人物故事和情節吸引孩子的好奇心，最終會傷害兒童的心靈，帶來惡夢。而童話故事中的奢華描寫會把兒童引向追求享受的人生觀念。❹所以，當格林童話在 1826 年被譯介到英國的時候，雖然其學術價值

---

❷　更多對童話故事思想和藝術價值的理解可以參考：Andre Jolles, *Einfache Formen*, Darmstadt: Wissenschaftliche Verlagsanstalt, 1958; Hermann Bausinger, "Gut und Boese", in *Enzyklopaedie des Maerchens* 5 (1989): PP316-324.

❸　Humphrey Carpenter and Mari Prichard, eds., *The Oxford Companion to Children's Literature* (New York: Oxford University Press, 1985): P231.

❹　Harvey Darton, *Children's Books in England* (Cambridge: Cambridge University Press, 1982): P111.

很快就被發現，從而掀起了英國童話故事搜集的新浪潮❷，但它的教育價值是一直被否定的，更談不上發現和利用。

　　由於越來越多的世界童話故事經典被介紹到英國，也由於英國兒童教育思想的變遷，曾經一度被完全否定教育價值的童話故事逐漸以改頭換面的形式出現，從而獲得道德教育家們的承認，獲得兒童讀物的合法身份。❷格林童話也體現了這種傳播特徵。雖然泰勒最初在翻譯格林童話的時候是希望擺脫道德教育思想的影響而自由翻譯的，他用英語口語進行翻譯，整體風格簡單而直接，突顯童話故事豐富的想像力。但是終究還是無法逃脫道德教育的壓力，從1829 年的第二版開始，泰勒對格林童話作了一些體現道德教育內涵的改編，對童話標題和故事內容作了修改，特別是重新整合和改寫了部分格林童話故事。如他在改寫 Hansel und Grethel 的時候，整合了三個故事 Hansel und Grethel、Little Brother and Sister 和 Roland 的相關情節，通過這種改寫，他迴避了懲罰殘忍的後母的故事情節。在改編過的童話《青蛙王子》（The Frog Prince）中，他也刪去了公主將青蛙甩向牆壁的惡劣情節。在童話《藍色的光》

---

❷　Katherine M. Briggs, "The Influence of the Brother Grimm in England", in *Brueder Grimm Gedenken*, Ludwig Denecke, ed., Vol.1 (Marburg: Elwert Verlag, 1963): PP511-525.

❷　例如，當時曾有如下標題出版的童話故事：《新童話故事集──包含許多有用的教訓、道德修養、奇聞軼事和快樂冒險的童話故事》（*A New Collection of Fairy Tales -- Containing many Useful Lessons, Moral Sentiments, Surprising Incidents, and Amusing Adventures*）。參見：Christa Kamenetsky, *The Brother Grimms & Their Critics, Folktales and the Quest for Meaning* (Ohio University Press, 1992): P222.

（The Blue Light）中，他改善了那個婦女辛苦的命運。在童話《灰姑娘》（Ashputtel）中，他省去了對後母和兩個姐姐的懲罰情節。❷❼這種修改體現了泰勒對當時流行的道德教育思潮的認同，他不希望童話故事中的野蠻和殘忍影響兒童的道德成長。

到十九世紀中期以後，這種傳統的道德教育思想影響力逐漸衰弱，新的兒童教育思想開始萌芽，對童話故事教育價值的判斷也逐漸發生轉向。一種新的注重童話故事對兒童的娛樂價值的思想逐漸流行起來。例如從 1843 年開始亨利・克勒（Henry Cole）陸續出版了他的《家中之寶》（Home Treasury）系列叢書。他公開宣稱這些書有利於培養孩子的情感、品位、想像力和好奇心。他在前言中否定了道德書籍作為兒童讀物的價值，而強調童話故事是發展兒童天性的理想讀物。❷❽正是在這種思潮中，格林童話從道德教育的窠臼中解放出來。人們開始賦予格林童話以本來的兒童讀物性質，例如在新的格林童話《小紅帽》故事中，編者在末尾附錄了不同的故事情節，而不像以前只有一個統一而不可改變的故事結局。而他們之所以提供兒童不同的故事情節和結局，並不是對故事異文有研究興趣，而是希望給兒童帶來閱讀快樂。

---

❷❼　M. M. Grimm (sic.), *German Popular Stories and Fairy Tales as Told by Gammer Grethel*, Edgar Taylor, rev. trans. (London: George Bell & Sons, 1874): P266, 214, 195, 51.

❷❽　Henry Cole, *Home Treasury of Books, Toys, etc. purposed to cultivate the Affection, Fancy, Imagination, and Taste of Children*, London: Joseph Cundall, 1843-1847. 參見：Christa Kamenetsky, *The Brother Grimms & Their Critics, Folktales and the Quest for Meaning* (Ohio University Press, 1992): P225.

(三)格林童話在美國的傳播

在美國，格林童話的教育價值也經歷了從否定到肯定，再到還原自然狀態的過程。格林童話早在 1826 年就被譯介到美國。但它當時並沒有產生較大的影響。當十九世紀中期的美國學者們在佩服格林兄弟，特別是雅各在語言學上所取得的成就時，幾乎不曾將注意力集中到《兒童與家庭童話》上來。這一點與格林兄弟本人類似，他們生前在介紹自己的學術成就時也很少將《兒童與家庭童話》列入其中。

十九世紀中葉的美國籠罩在傳統的道德教育觀念裏，兒童讀物被賦予提升兒童思想道德和行為智慧的任務，要將兒童朝舉止斯文、行為得體和思想純真的方向引導。當時的一份雜誌就曾這樣宣稱：「如果你沒有變得聰明，在某種程度上，是因為你的閱讀使然。也就是說，如果你只是純粹的娛樂，而沒有從你的閱讀中獲得教益，你就失去了閱讀時間的大部分價值。」❷在這種教育思想下，美國人更喜歡用純道德教育書籍、人物傳記、地理和歷史等書刊作為兒童的教育讀物。他們希望孩子們閱讀那些有實際內容和教育價值的書籍，而不是那些純屬幻想的童話故事，因為他們認為童話故事不僅毫無實際價值和教育意義，而且可能導致兒童道德墮落。

所以，當格林童話在 1826 年被翻譯和介紹到美國的時候，雖然在發行量上取得了不小的成功，但是人們在很長一段時間裏並沒有把它看作兒童讀物。1885 年一位美國學者曾撰文反對把格林童

---

❷　"On Reading; Editorial", in *Sergents School Monthly* (January 1858): P3.

話列入兒童讀物，他認為：「格林童話逼真地反映了中世紀的價值觀念和文化，以及與那個黑暗時代相聯的偏見、原始和殘忍」。他還具體舉例道，童話裏有太多的殘忍描述，「一對邪惡的兄弟會被捆進麻袋扔進海裏，壞心眼的王后會窒息在浴室的澡盆裏，巫婆的女兒會被扔向野外的動物，後媽會被要求穿上燒紅的鐵鞋跳舞，直至倒下死亡」。因此，所有「這些缺乏人文道德基礎的童話故事」不僅不能培養孩子們基本的人文情懷，而且也影響他們對社會現實的認知。**❸⓪**

　　這種傳統謹慎的教育思想在很長的一段時間裏影響著格林童話在美國的傳播命運。格林童話和其他世界童話故事一樣只是零星地出現，而且大多經過改編或改寫，成為一種道德教育材料。例如1863 年一位教師曾對《小紅帽》故事進行改編，新故事中的小紅帽成為兒童道德模範，她道德上的完美不僅表現在定期探望生病的外婆，而且表現在她帶給外婆自己從森林裏採摘到的野漿果和蜂蜜。同時，與裴奧特版本中帶去奶油蛋羹和黃油不同，也與格林兄弟版本中帶去蛋糕和葡萄酒不同，新故事中她帶去的是柴薪和黃油。作者之所以讓小紅帽帶給外婆自己採摘的野漿果和蜂蜜是為了突出她的自立精神，而背著一捆柴薪給外婆，是為了突出她的愛心更不一般，而葡萄酒的消失則是受當時兒童禁酒令的影響。**❸①**特別是故事結尾，與裴奧特版本中外婆和小紅帽都失去了生命不同，格

❸⓪　Wayland D. Hand,"Die Maerchen der Brueder Grimm in den Vereinigten Staaten", in *Brueder Grimm Gedenken*, Vol.1, Ludwig Denecke, ed. (Marburg: Elwert, 1963): P542.

❸①　Lydia Very, *Red Riding Hood*, Washington: Library of Congress, 1985.

林童話和新版本中外婆和小紅帽都沒有失去生命。但與格林童話中外婆、小紅帽和獵人在戰勝野狼後，完全沉浸在勝利的喜悅之中而淡薄道德教育色彩不同，新版本強調對兒童的道德教育，它讓外婆在野狼到來之前離開屋子，然後在野狼正準備吃小紅帽的時候，打柴人衝進來擊斃了它。讓外婆和小紅帽瀕臨死亡的邊緣是為了從道德上警醒兒童。❸❷

　　與德國人一樣，美國人也曾運用兒童讀物培養民族意識。但是不同的是，美國人很少從民間童話故事挖掘資源，而是主要運用民族英雄人物傳說，如林肯（Abe Lincoln）、華盛頓（George Washington）等，以此加強兒童對民族精神的認同，因此，體現德國文化傳統的格林童話自然不被重視。但是，隨著二十世紀初教育理念的變遷，新的教育思想強調對兒童想像力的培養。那些曾經不被重視的童話故事開始慢慢回到學校的閱讀材料裏。格林童話與其他世界童話一起回到美國兒童的世界。二十世紀初童話故事在美國兒童中非常受歡迎，其中當然也包括格林童話。那時侯在紐約（New York）、芝加哥（Chicago）和匹茨堡（Pittsburgh）等美國大城市流行講故事的風潮。據一位當年曾在紐約市立圖書館工作過的兒童讀物管理員回憶，那時光在紐約公共圖書館就有多達 36 個部門定期舉行故事講述會，主要為那些家裏沒有故事藏書或父母很忙沒時間閱讀故事的孩子們設立。她回憶起那時「孩子們的心靈和頭腦如他們的胃一樣處於饑餓狀態」，他們如饑似渴地閱讀各種兒童童話故事，其中格

❸❷　Hans Ritz, *Die Geschichte von Rotkaeppchen: Urspruenge, Analysen und Parodien eines Maerchens*, Emstal: Muri Verlag, 1981.

林童話是最受歡迎的讀物之一。❸這一點從格林童話在美國的出版發行資料可見一斑。1876-1910 年的 30 多年裏，每 5 年只有 7-14 種新的格林童話版本出版。而 1902 年一年裏卻出版了 45 種新版格林童話，到 1928 年的時候，年出版種數達到 90 種。❸

二、格林童話與民族意識

格林童話的民族意義在德國的民族歷史發展過程起到一定的作用。從產生一開始，德國的知識分子就不斷地將它與民族文化捆綁在一起，賦予它一般童話故事所無法承擔的民族意義。

早在 1894 年，卡爾・弗蘭克（Carl Franke）在他出版的《格林兄弟：他們的生活和作品》（*Die Brueder Grimm: Ihr Leben und Werk*）一書中就將格林童話與日爾曼民族文化相提並論，指出格林兄弟「使我們認識到，我們日爾曼人擁有提升和實現古老文明光輝的資格和能力，我們是肩負著神聖歷史使命的優秀民族之一。」❸

1895 年 3 月 15 日恩斯特・隋克（Ernst Siecke）在柏林作的一場題為「格林童話的民族意義」（Ueber die Bedeutung der Grimmschen Maerchen fuer unser Volksthum）的演講成為發掘格林童話民族意義的開

---

❸　Sarah Comstock, "The Story Corner", in *St. Nicholas* 41, 4 (February 1914): PP308-313.

❸　Wayland D. Hand,"Die Maerchen der Brueder Grimm in den Vereinigten Staaten", in *Brueder Grimm Gedenken*, Vol.1, Ludwig Denecke, ed. (Marburg: Elwert, 1963): P532.

❸　Carl Franke, *Die Brueder Grimm: Ihr Leben und Werk* (Leipzig: Weidmannsche Buchhandlung, 1894): Introduction.

創性文獻。他的這次演講是由一個成立於 1894 年的日爾曼學會資助的，這個學會成立的目標是弘揚日爾曼文化，培養德國各地民眾在種族和文化上的認同，推動日爾曼民族意識覺醒，促進德意志國家統一。❸❻恩斯特‧隋克的演講不是去發現格林童話的藝術價值，而是去發掘格林童話對德意志民族歷史和未來的意義。他認為格林童話是古代日爾曼先民古老思想的遺留。這種思想就像古老的信仰一樣不應該被改變，而應該世世代代傳承下去，作為未來日爾曼民族文化建構和認同的基礎。雖然他也承認格林童話只是眾多流傳於日爾曼民眾之間童話故事的一部分，但他聲稱格林童話是最能體現日爾曼民族精神的文化結晶。由於格林童話再現了德國民間文化的自然和純真性，賦予德意志民族歷史以尊嚴和活力，所以它們是屬於整個日爾曼民族的寶貴遺產。雖然他也承認格林童話中有許多外來故事母題和情節，但他認為這些外來故事情節和母題已經被德意志文化所吸收，被徹底融入日爾曼風格之中。所以，他宣稱那些滲透了日爾曼民族特性的格林童話不僅可以推動民族意識的覺醒，而且可以促進處於分裂狀態的德國民眾的大融合。❸❼

　　恩斯特‧隋克的這些思想具有較大的影響力。1897 年的「德

---

❸❻　Ernst Siecke, Ueber die Bedeutung der Grimmschen Maerchen fuer unser Volksthum, in *Sammlung gemeinverstaendlicher wissenschaftlicher Vortraege* (Hamburg: Koenigliche Hofverlagshandlung, 1896): PP2-3.

❸❼　Ernst Siecke, Ueber die Bedeutung der Grimmschen Maerchen fuer unser Volksthum, in *Sammlung gemeinverstaendlicher wissenschaftlicher Vortraege* (Hamburg: Koenigliche Hofverlagshandlung, 1896): P35.

國青年運動」（German Youth Movement）❸和 1899 年的「候鳥運動」
（Wandervogel）❹在一定程度上發展了這種思想，這些運動的發起者
都希望通過改編神話、傳說和童話故事，其中包括格林童話來尋求
德國人與日爾曼歷史文化之間的聯繫。1914 年塞爾文·余忒格
（Severin Ruettger）出版了《小學教育中的德國文學》（*Deutsche Dichtung
in der Volksschule*），強調學校應當增加日爾曼民族文化遺產教育，喚
醒學生對民族文化之根的興趣，從而促進日爾曼精神復興。❹到
1921 年普魯士學校改革運動時，政府甚至通過頒發政令的方法，
強調童話、故事、傳說和歷史在學校教科書中的重要性。❹

　　儘管十九世紀末格林童話的教育價值和民族意義被不斷地宣
揚，但是在這些偏激的文化社會思潮中也不乏理性的聲音。如屬於
「藝術教育運動」（Kunsterziehungsbewegung）❹成員的海因克·沃格
斯特（Heinrich Wolgast）就曾主張將包括格林童話在內的兒童文學從

---

❸　Walter Z. Lacqueur, *Young Germany: A History of the German Youth Movement*
　　(New York: Basic Books, 1962).

❹　Werner Klose, *Lebensformen deutscher Jugend. Vom Wandervogel zur
　　Popgeneration*, Munich: Guenter Olzog Verlag, 1970.

❹　Severin Ruettger, *Deutsche Dichtung in der Volksschule,* Leipzig: Duerrsche
　　Buchhandlung, 1914.

❹　Reichministerium des Innern, eds., *Die Reichsschulkonferenz 1920. Ihre
　　Vorgeschichte und Vorbereitung und ihre Verhandlungen. Amtlicher Bericht*
　　(Leipzig: Duerrsche Buchhandlung, 1921): P698.

❹　這是形成於十九世紀末，由阿爾弗雷德·利希特瓦爾克（Alfred Lichtwark）
　　和菲帝蘭德·阿文尤斯（Ferdinand Avenarius）領導的一種文化運動。這種運
　　動反對文化大同主義，堅持在藝術、道德和民族主義之間建立某種內在關
　　係。並認為藝術和民俗文化是拯救日益庸俗淺薄的日爾曼民族文化的良藥。

各種教育功能中解放出來，從藝術、文學和美的角度推動兒童文學的開放性發展。❸它的這種思想主張得到了當時許多教育學者的支援，其中特別是兒童文學雜誌 *Die Jugendschriften-warte* 和「兒童文學運動」（Jugendschriftenbewegung）的響應。這種兒童文學思想的理性化傾向到魏瑪共和國時期產生了較大的影響，致使二十世紀初的德國兒童文學思想，包括對格林童話的認識呈現出多樣化的狀態，而不是單一的強調教育價值和民族意義。

三、格林童話與納粹政治

1933 年納粹分子登上政治舞臺後所推行的新民俗文化政策是國家社會主義意識形態的組成部分。他們打著繼承赫爾德民族精神的旗號推行新的民俗文化政策。一方面在全國範圍內進行學校教材改革，在各種教育層次加強德意志民俗文化內容，另一方面出版大量面向兒童和成人的德意志民俗讀物。同時，還面向教師和青年領袖組織各種研討會和訓練營，幫助他們提高執行國家社會主義民俗政策的能力。他們在圖書館、學校和書店裏大量宣揚民眾文學和英雄文學，其中特別是對體現德意志民族精神的神話、故事和傳說進行發掘和利用。❹在他們看來，民間童話故事的全部意義在於提供民族文化之根和民族精神之源。他們對民間童話故事的重視不是出於謳歌歷史的浪漫主義文化理想，而是發展國家社會主義意識形態

---

❸　Heinrich Wolgast, *Das Elend in unserer Jugendliteratur; Beitraege zur kuenstlerischen Erziehung unserer Jugend* (Hamburg: Selbstverlag, 1950): PP12-14.

❹　Christa Kamenetsky, *Childrens Literature in Hitlers Germany*: PP236-244.

的需要。也就是說，民間童話故事要成為國家社會主義文化思想和價值觀念的載體和工具。在這種思想指導下，他們一方面拒絕和排斥世界其他民族童話故事的出版和閱讀，另一方面強化對德國童話故事的日爾曼精神和種族主義解讀。所以，常常在出版的老童話故事集前面增加一篇宣揚納粹文化意識形態的前言。

　　正是在這種政治文化背景下，格林童話被納入國家社會主義意識形態之中，成為納粹德國宣揚種族主義的文化工具。在 1938 年由國家社會主義黨中央出版社（Zentralverlag der N.S.D.A.P.）出版的一份民俗研究文獻的資料中，格林童話處於重要的位置。這本書被認為是全體日爾曼人的文化禮物和全民族的家庭藏書。書裏高度評價格林兄弟用創造性的科學方法保存和研究日爾曼民族傳統文化。作為全民族的文化遺產，格林童話對推動民族覺醒和民族融合意義很大。所以，納粹分子不僅把格林童話宣傳成集日爾曼民族精神之大成的民族遺產，將它歪曲成納粹種族主義思想的文化來源之一，而且運用種族主義理論和納粹思想重新改編和解讀格林童話，將它曲解成國家社會主義意識形態教育工具。

　　首先，納粹黨人把格林兄弟看作納粹種族主義思想的先驅。在他們看來，格林兄弟是一對狂熱的日爾曼學者和民族主義者，他們積極搜集德國民間童話和故事的真正原因在於他們已意識到了民眾社會的即將到來。所以，他們稱頌格林兄弟對民眾思想的貢獻和對日爾曼民族精神的執著，把格林兄弟宣傳成他們思想的前驅者。正是由於有了格林童話這座文化的橋樑，浪漫主義、格林童話和第三

帝國之間建立起了淵源聯繫。❹為了達到這種宣傳目的，他們在出版格林童話時不僅刪除了全部的注釋和前言，而且去掉了許多世界性故事母題，其中包括基督教傳說和《聖經》故事等。而且常常在童話故事裏加入諸如「強者贏」之類的種族主義教育思想。❹

其次，格林童話被認為蘊含了日爾曼民族特性。這種民族特性不僅體現在故事的人物性格上，而且體現在故事的思想內容上。童話故事裏的德國人像順從於家中父親一樣順從於獨裁者，他們把家庭看成是由男性管治的統一體，他們之間分工明確，階層意識很強，農民、商人、軍人和貴族等各司其職，他們遵紀守法，墨守原則，服從權威，崇尚英勇。納粹分子在這些童話故事的基礎上，教育青年追隨他們所宣揚的民族性格，信仰強權，推崇戰爭，崇尚勇往無前的軍國主義精神。他們甚至宣揚格林童話蘊含了日爾曼民族性格原型。他們從歪曲榮格（C. G. Jung）的原型理論入手，解讀格林童話裏的民族原型內容，宣稱他們在完成格林兄弟未完成的事業，即建構和發展日爾曼民族的獨特性，從而為自己意識形態目標的合法性尋找資源。❹納粹分子正是通過對格林童話精神的如此解讀，為他們藉民族文化復興的旗幟煽動德意志民族的瘋狂和殘酷打

---

❹ Christa Kamenetsky, "Folktale and Ideology in the Third Reich", in *Journal of American Folklore* (90, 365, 1977): PP169-178.

❹ Ernst Dobers und Kurt Higelke, eds., *Rassenpolitische Unterrichtsgestaltung der Volksschulfaecher*, Leipzig: Klinckhardt, 1940.

❹ 榮格的原型理論原本是指獨一無二的個體通過原型的發現找到屬於自己的創造性潛力，實現內心世界無限豐富和釋放的過程，並不是民族主義和種族主義的工具。

開了方便之門。在這種思想指導下閱讀格林童話的德國青年，成為納粹文化鬥爭的工具和力量。❹

在這種思想指導下，納粹分子開始從民族主義和種族主義的視角研究格林童話的民族特性。如馬特斯·隋格勒（Matthes Ziegler）在他的著作《童話中的女性》（*Die Frau im Maerchen*）❹中對格林童話作了種族主義分析，他將童話故事中的女性與日爾曼民俗文化中的女性作了比較，認為童話故事中的女性體現了日爾曼民族性格。同樣，瑪麗·福爾（Maria Fuehrer）也從民族和種族主義視角分析格林童話，她將格林童話分成「奇仙異境」、「日爾曼神靈」和「生命之水」等類型，強調童話故事的日爾曼民族特性。❺為了加強對格林童話民族特性的研究，1936 年烏力克·哈克（Ulrich Haacke）提出兩種研究方法：其一是研究童話故事是怎樣再現日爾曼人生活和思想的；其二是研究童話故事是如何反應古老的德國神話故事紮根於日爾曼傳統的。❺

再次，運用納粹種族主義思想重新解讀格林童話，把它變為國家社會主義意識形態的教育工具。納粹分子一方面挖掘格林童話中

❹ Louis L. Snyder, *Roots of German Nationalism* (Bloomington: Indiana University Press, 1978): PP47-50.

❹ Matthes Ziegler, *Die Frau im Maerchen*, Leipzig: Koehler und Amelang, 1937.

❺ Maria Fuehrer, *Nordgermanische Goetterueberlieferung und deutsches Volkstum. 80 Maerchen der Gebrueder Grimm vom Mythus her beleuchtet*, Munich: Neuer Filser Verlag, 1938.

❺ Ulrich Haacke, "Germanisch-deutsche Wiltanschauung in Maerchen und Mythen im Deutschunterricht", in *Zeitschrift fuer deutsche Bildung* 12 (Dezember, 1936): PP608-612.

符合納粹意識形態需要的內容和特色，將它們與納粹思想相結合，
賦予它們新的文化政治生命。他們把格林童話看作是最好的日爾曼
民族童話，通過閱讀這些童話故事可以向德國人傳遞日爾曼的民眾
美德，如男性要忠誠、穩重、忍耐和具有無畏的勇敢精神，女性要
擁有奉獻、謙卑和憐憫的品性。然而，他們在此強調的這些美德與
傳統概念相比已發生了質的改變。他們強調的是意識形態背景下的
政治美德，也就是忠於民族和國家，尊崇領袖的意志，勇於作無畏
的奉獻和犧牲。❷其中他們特別強調格林童話中的英雄故事。他們
希望通過英雄人物的戰鬥精神武裝德國民眾，特別是兒童的思想，
藉此培養他們民族自豪感的同時，也賦予他們民族責任意識，從而
將德國民眾的思想力量集中到納粹種族主義思想上。為此，迪特
克·克拉各斯（Dietrich Klagges）曾引用了一對父女間的對話來說
明，格林童話是實現第三帝國價值觀念的最佳教育材料。一個四歲
大的小女孩在聽完一個格林童話後問她的父親：「爸爸，誰是世界
上最勇敢的人？」她的父親回答說：「我不知道，但是也許你自己
知道答案的。」小女孩立刻回答說：「是你和阿道夫·希特勒
（Adolf Hitler）。」為了更好地達到這種教育效果，克拉各斯甚至提
出了四種方法：一是選擇合適的童話故事供人們閱讀，二是添加新
的小標題，三是強調英雄的戰鬥精神，四是最後將故事的思想意義
點撥出來。❸

---

❷　Joseph Prestel, *Handbuch der Jugendliteratur. Geschichte der deutschen
　　Jugendschriften* (Freiburg: Herder Verlag, 1933): PP165-169.

❸　Dietrich Klagges, "Die Maerchenstunde als Vorstufe des Geschichtsunterrichts", in
　　Jugendschriften-Warte (July/August 1940): PP49-51.

　　而另一方面，對那些不符合納粹意識形態的故事內容往往採取改編或刪除的策略。如那些關於愚蠢農民的故事常常被排除在童話故事之外，因為它們與納粹意識形態中以農民為民族基礎的種族主義思想不協調。所以有納粹傾向的學者曾建議刪除格林童話故事中有關愚人的故事內容，因為他們智商低、行動遲緩、毫無英雄氣概，所以不能把他們的故事作為教育兒童的材料。而且，由於他們太容易向困難妥協，所以不是真正的日爾曼民族的後代。❺❹

　　客觀而言，納粹德國對格林童話意識形態價值的發掘和利用是十九世紀末至二十世紀初泛日爾曼主義和種族思想影響的產物。只是它已不是一種簡單的文化或社會思潮，而是一種被極端政權所推動的大規模的思想文化政策。它也不是一種簡單的宣揚特定群體、階層或宗教價值觀念的教育運動，而是一種根據納粹意識形態的需要挖掘民族力量，為納粹軍國主義目標服務的文化政治運動。

　　應該說，納粹分子歪曲了格林童話的本來面目，曲解了格林童話的真實內涵。雖然格林兄弟的當初搜集和整理民間童話故事的思想部分地與納粹分子宣揚的意識形態有一定的相似性，但它們之間是有本質區別的。❺❺格林兄弟並不是一對狂熱的民族主義者，更不是種族主義者。他們是國際比較故事學研究的先驅，在搜集整理格林童話時不僅參考了大量的世界各民族童話故事，而且在出版格林童話時收錄了許多同母題故事異文以供讀者參考。同時，他們還是

---

❺❹　Ernst Dobers und Kurt Higelke, eds., *Rassenpolitische Unterrichtsgestaltung der Volksschulfaecher* (Leipzig: Klinckhardt, 1940): PP43-44.

❺❺　Richard Dorson, "The Eclipse of Solar Mythology", in *Journal of American Folklore* 68 (1955): PP393-416.

外國童話故事的熱心翻譯者和研究者，許多意大利、英國和丹麥的
民間文藝就是由他們翻譯介紹到德國的。而且他們在自己的人生經
歷中體現出鮮明的民主精神，如在「哥廷根七君子」事件中他們憑
著一腔熱血反抗專制強權，宣揚民主和自由的理念。但是，納粹黨
人無視歷史事實，憑藉盲目的政治狂熱，肆意將格林兄弟和格林童
話納入國家社會主義意識形態，把他們變成納粹文化政治宣傳教育
的工具，無疑損害了格林兄弟和格林童話在世界文化史中的地位，
也加劇了這場政治運動的悲劇性。❺❻

小　結

　　本章通過對格林童話的故事來源、搜集方式、民族色彩和傳統
底蘊等四個方面的分析，揭開了長期以來童話研究界對格林童話的
誤讀和誤解，真實地呈現格林童話複雜的文化真相。即它並非完全
來自民眾口頭，也並非完全忠於傳統的民族故事，而是特定社會歷
史形態影響下的產物。正是在這種複雜的文化內涵的基礎上，西方
兒童教育思想、民族意識的宣傳者和納粹政治都從格林童話裏尋找
文化資源，按照自己的需要闡釋和利用格林童話，從而為特定的文
化思潮和意識形態服務。

---

❺❻　Christa Kamenetsky, The brothers Grimm & Their Critics. Folktale and the Quest for Meaning (Ohio University Press, 1992): P247.

第二部分
從社會歷史視角
看近代西方童話中譯

　　第一部分從社會歷史的視角對西方童話傳統作出較詳細的梳理，特別是通過個案研究，對格林童話的產生和社會文化內涵做了深入的分析，通過這種努力，進一步明晰童話背後的社會歷史脈絡，即西方童話傳統的形成和演變具有很強的社會歷史特徵，它是在不同歷史時代背景下演化成形的。值得思考的是，西方童話承載的這種社會歷史特徵在跨文化傳播中會有怎樣的表現呢？會不會有一脈相承的特點呢？論文的第二部分將從社會歷史視角，對西方童話的近代中譯歷程做詳細的考察。下面將分為五章，分別從童話傳入的歷史動力、西方童話近代中譯歷程、童話的新民價值、童話的啟蒙效用等方面展開研究。

第五章　童話傳入的歷史動力

　　從社會歷史的視角而言，近代中國的童話翻譯與傳播不是一種
簡單的中西文藝交流和外來文化的影響，而是一種相當複雜的歷史
文化現象。如果將這段童話翻譯現象置於當時社會歷史的大框架之
中，就會有助於從更深的層面發現近代童話翻譯風潮形成的根源和
動力。其中有兩方面的因素最為重要：一是思想意識方面的，一是
社會結構方面的，這兩方面的因素相互作用和滲透，推動了近代童
話翻譯的繁榮。

第一節　清末民初的思想推動

　　從思想層面而言，近代中國社會歷史運動中的種種思潮，如文
化維新思潮、新民思潮、新文化思潮、兒童文學思潮、民間文藝思
潮和新文學思潮等，是推動近代西方童話中譯的重要動力來源。

　　西方童話作為文化維新和新民運動的重要文化資源，是近代中
國知識階層從歷史屈辱中一點點地認識到的，為此他們經歷了漫長
而複雜的思想歷程。鴉片戰爭失敗後，部分先行的中國知識分子開
始「睜眼看世界」，發現古老的中國已遠遠落後於世界潮流，於是
西學翻譯作為一種強邦固本的手段成為當時的一種進步潮流。但

是，當時的知識階層對中國傳統文化還抱有不切實際的想像，認為中國積貧積弱的根本原因是器不如人，而非文化差距，因此，當時的西學翻譯主要集中在「聲光電化」等器物層面，特別是格致科學和軍事技術等方面。後來，甲午戰爭的慘敗，以及之後遭遇的一系列挫折，最終使中國知識分子徹底從晚清帝國的殘夢中驚醒，意識到中西之間的差距不止是器物層面的，更是文化根源上的。晚清帝國要想擺脫任人宰割的命運和實現富國強兵之夢，不僅要引進西方先進的科學技術，更要引入西方進步的思想文化。因此，西學翻譯的浪潮開始轉向精神文化層面。於是，從官府到民間，從傳教士到知識分子，各類主體紛紛加入其中，或編譯外文資訊，或成立翻譯社所，或組織譯書公會，或開辦譯印機構❶，盡其所能推動西方特質文化在中國的傳播，形成了中國翻譯文化史上一個新高潮。❷正

---

❶ 當時官、商、仕、民各階層都紛紛投入西學翻譯的大潮。受洋務運動的影響和推動，各地紛紛設立翻譯機構，翻譯出版西學著作。其中官府創辦的有北京的同文館（1861），上海的廣方言館（1863）和上海的江南製造局翻譯館（1868）等。由教會和傳教士創辦的有墨海書館（1843），美華書館（1860），益智書會（1877）和廣學會（1894）等。民辦的翻譯出版機構有譯書交通公會（1897），商務印書館（1897），南洋公學譯書院（1898），廣智書局（1901），中華書局（1912）和世界書局（1921）等。

❷ 中國翻譯文化史大致可分為三個發展階段：民族文化翻譯、佛典翻譯和西學翻譯。在漫長的翻譯文化發展歷程中，經歷了四次翻譯高潮，分別是漢魏時期的佛經翻譯，明末清初傳教士的基督教文化和科學知識翻譯，維新變法時期的應用科學和技術翻譯和近代大量譯介西方社會制度和思想文藝。近代西學翻譯是清末民初的知識分子面對民族危亡而掀起的一種全國性潮流，各地方各階層都被捲入其中，其參與的人數之多，牽涉的地方之廣，產生的影響之深是前三次翻譯高潮所無法比擬的。

是在這場蔚為壯觀的譯介西方文化的風潮中，文化維新和新民運動的思潮隨之而起。在這兩種思潮的洪流中，那些希望通過社會改良達到救國救民目標的資產階級知識分子，認識到了中國貧弱不堪的文化根源和國民性因素，主張引入西方文化改造中國文化，引入西方思想改造中國國民性。其中，他們特別重視文藝的社會改良效用，認為那些富有特色的西方文藝是傳播西方思想文化的重要載體。因此，他們積極投身於西方文藝的翻譯事業，將那些最能蘊涵西方思想特質的文藝形式如小說、戲劇等譯入中國，成為他們「開民智、新民德、鼓民力」的重要文化資源。

　　童話就是在這樣的社會歷史背景中被譯介過來的，與其他被引介的西方文藝類型如政治小說、科學小說、冒險小說和偵探小說等一樣，它也是近代知識分子致力於救國救民運動的一種文化選擇。通過對西方童話有選擇性的引入和富有創造性的翻譯，那些被引介的西方童話一度成為當時進步的知識分子革新文學形式、改良國民素質、發現民族文藝形式和引進童話理論的重要載體，成為他們在新的歷史條件下建構新的民族國家想像和公共空間領域的新型話語。❸

第二節　市民社會的文化需求

　　從社會層面而言，近代中國社會結構的變遷為童話翻譯提供了

---

❸　有關晚清民族國家想像和公共空間的論述，請參見李歐梵的《中國現代文學與現代性十講》，復旦大學出版社，2002 年，第 2-17 頁。

所需的現實資源。特別是近代中國城市發展所形成的市民文化空間
的變化極大地刺激了童話的翻譯力度。換句話說，近代童話譯介風
潮之所以會興起，一個決定性或重要性的因素是近代中國市民社會
文化空間的萌芽。在這裏，我們以上海為例，探討新興的市民社會
文化空間是如何推動近代童話翻譯風潮的。

　　上海是近代西學中譯的重鎮❹，更是近代中國譯介西方童話的
中心，特別是在清末民初時期，上海在中國譯介西方童話的熱潮中
處於核心地位。那裏雲集了一批童話翻譯出版機構，如商務印書
館、中華書局、開明書店和兒童書局等；聚集了一批童話翻譯人
才，如周桂笙、孫毓修、周作人、茅盾、鄭振鐸、趙景深等；創辦
了一些登載童話和童話評論的期刊雜誌，如《東方雜誌》、《小說
月報》、《少年雜誌》、《婦女雜誌》、《學生雜誌》、《兒童世
界》和《小朋友》等，開闢了一些登載童話和童話評論的報紙副
刊，如《時事新報》的《學燈》和《民國日報》的《覺悟》等；產

---

❹　上海是近代西學翻譯的中心，西學知識正是通過上海的譯介才大量傳入中國
　　內地的。上海不僅積聚了大量的翻譯人才，擁有近代最先進的印刷技術，而
　　且擁有最發達的傳播網路等。據統計，到民國初期，歷史上的西學翻譯作品
　　數量已超過 3100 多種，其中有半數以上是由上海譯介的。據徐維則的《東西
　　學書目》、顧燮光的《增版東西學書目》和《譯書經眼錄》等統計資料，19
　　世紀中期至民國初年，譯印的西學著作達 1942 種，其中大部分都是由上海出
　　版的。民國時期，隨著翻譯出版機構的繁榮，上海的西學翻譯更是興盛。據
　　統計，1912-1935 年全國出版西學著作 13300 多種，僅上海的商務印書館一家
　　就譯印了 3350 多種，占 25.5%，還不包括上海其他的翻譯出版機構。此外，
　　除了譯印西學著作外，上海還有大量譯介西學知識的報刊雜誌，它們所刊發
　　的西學翻譯文章更是浩如煙海，無從統計。

生了參與童話翻譯和研究的文藝團體，如「文學研究會」。當時上海出版的童話是全國最多的，其中格林童話、安徒生童話、王爾德童話、豪夫童話、裴奧特童話、托爾斯泰童話、愛羅先珂童話，以及其他兒童故事《伊索寓言》、《一千零一夜》、萊辛寓言等大都首先在上海的出版物中被部分翻譯出來，然後又在上海被結集出版。❺

　　上海，這個曾經並不顯要的濱海縣城，在經歷短短幾十年的開埠建設後，一躍成為近代西學翻譯的重鎮和近代童話譯介的中心。❻那裏不僅翻譯出版了大量的西方童話故事，掀起了近代中國童話翻譯的風潮，而且最先將童話作為一種啟蒙話語引入中國，給中國近代文化發展帶來了重要影響。這種上海式的文化發展模式背後存在著複雜的歷史成因，有歷史機緣的巧合，有地理環境的便利，有

---

❺　例如，1903 年周桂笙在清華書局首譯的「格林童話」、「一千零一夜故事」、「豪夫童話」，1910 年包天笑首譯的「愛的教育」，1914 年劉半農在《中華小說界》首譯的「安徒生童話」，1915 年孫毓修在商務印書館首譯的「伊索寓言」，1925 年鄭振鐸在商務印書館首譯的「萊辛寓言」，1928 年戴望舒在開明書店首譯的《鵝媽媽的故事》，1928 年徐調孚在開明書店首譯的《木偶奇遇記》等。

❻　由於農耕技術和地理環境的影響，中國古代文化史上的中心城市大都形成於內陸地區，如西安、洛陽、北京、南京等。它們在中國文化史上曾經一度領風氣之先、發文化發展之先聲，成為當時最具影響力的文化中心。到了近代，由於海洋技術的發展和西方勢力的滲透，文化優勢開始向東南沿海轉移，在那些地區出現了一批新興的沿海文化城市，它們在中國近代歷史上發揮了獨特的作用。其中，特別是位於戰略要衝的上海，在近代風雲變幻的歷史激流中逐漸發展成中國近代文化發展的前沿之地，成為中國近代西學中譯的重鎮。

商業貿易的推動，也有文化活力的滲透。其中，一個根本性的因素是近代上海城市發展所帶來的社會文化空間的變化。也就是說，近代童話譯介熱潮之所以會在上海興起，上海之所以能在近代童話譯印熱潮中佔據核心地位，一個決定性的因素是近代上海市民社會文化空間的興起，它的迅速發展有力地推動了上海在近代西學翻譯大潮中成為近代童話譯介的中心。

1843 年開埠後，上海的發展進入新的格局，它不再是封建帝國閉關自守下的小縣城，而是聯通東西方兩個世界的新橋樑。一方面它地處長江三角洲的要津，背倚富庶的江浙，內通廣袤的中國腹地，在起伏的歷史潮流中積聚了長江三角洲，特別是江浙一代的資金、技術和文化優勢。另一方面由於租界的開關，西方的商人、傳教士、政客、文化人和探險家等紛至沓來，將西方的科技、制度和文化大量地傳入，使上海成為中西文化碰撞和交流的前沿之地。正是這些得天獨厚的文化資源、地理優勢和歷史機遇，使上海迅速發展成為一個現代都市，成為西方世界進入中國的橋頭堡，也成為中國現代化夢想的發源地。隨著上海城市的急劇發展，在近代工商文明和中西文化交融的前沿地帶，發展出一種獨特的社會文化空間，一種契合近代城市化、商業化和市民化浪潮的社會文化空間。它不同於以農耕技術為基礎的中國封建文化，它的重要特徵是市民階層的興起所帶來的市民文化的萌芽和市民社會公共文化領域的形成。而童話作為一種新的文化類型正適應和推動了這種城市文化發展的需要。❼

---

❼　關於此段時期上海市民社會文化空間的形成和特點，可參見李歐梵的部分論

　　首先，上海市民階層的閱讀需求是童話譯介的主要推動力。近代城市的形成與近代市民文化的興起是同步的。隨著上海對外貿易和工商業的飛速發展，在上海急劇城市化的過程中，一個新興的市民階層逐漸形成。他們當中有些人可能來自農村或小城鎮，雖然沒有受過正規的文化教育，但整體上比農村人文化水準高，多數人能識字，且相當一部分人具有一定的閱讀能力。雖然他們在上海從事的是一般技術性工作，但工作固定，有穩定的收入來源，在緊張的工作之餘也需要休息和娛樂。但是，生活在城市的這群人由於遠離農村，古代農耕社會裏那種靠口頭傳承的文娛形式，如一群人圍坐一起講故事的形式已離他們遠去，他們生活在城市的空間裏，很難再回到農耕社會的狀態中去。而那些傳播封建正統思想的文化讀物已越來越脫離新的時代，已不能滿足新興市民階層的閱讀需求，也不是他們能夠閱讀和喜歡閱讀的。這樣上海的城市文化市場上就出現一種有待滿足的閱讀需求。這是一個新舊文化交替的時代，新的市民文化日益興起，帶來一個新興的閱讀市場，而舊的封建文化日趨衰落，留下一個巨大的文化真空。如何為市民提供消遣、娛樂、有趣的大眾讀物，不僅關係到出版商的文化取向，而且關係到出版物的銷路和出版機構的生存問題。上海的早期書商們很快就意識到了這種文化需求，應勢翻譯出版了一系列市民通俗讀物，其中，翻譯出版童話故事便是其中一種。當時有不少報紙副刊的文藝園地陸續刊登童話故事，如《申報·瀛寰瑣記》、《時事新報·學燈》、

述，如《上海摩登》中的「都市文化的背景」部分、〈「批評空間」的開創——從《申報》「自由談」談起〉、〈晚清文化、文學與現代性〉等文章。

《民國日報·覺悟》等。有不少文化刊物大量刊登童話故事，如《少年雜誌》、《婦女雜誌》、《教育雜誌》、《東方雜誌》、《學生雜誌》、《小說月報》、《文學週報》、《禮拜六》等。也有不少出版機構印行童話故事單行本，如商務印書館的《童話叢書》、中華書局的「文學叢書」、泰東圖書局的「世界兒童文學選集」、開明書店的「世界少年文學叢刊」等。

其次，上海新興的傳播媒介加速了童話的翻譯和傳播。隨著上海社會文化生活的急劇變化，一批新型的文化傳播媒介開始興起，其中最具有時代特徵的是近代報刊的創辦。❽報紙類既有嚴肅的綜合性大報，也有商業氣息濃厚的消閒小報；刊物類既有面向特定群體發行的專業雜誌，也有登載大量通俗讀物的文藝刊物。❾這些新

---

❽ 中國出現的第一份華文報紙最早可以追溯到 1815 年 8 月 5 日由倫敦會傳教士 W. Wilne（1785-1822）在麻六甲創辦的《察世俗每月統計傳》。此後相繼有 1833 年的《東西洋考每月統計傳》，1838 年的《各國消息》，1857 年的《六合叢談》等。其中對傳播西學和中國知識界影響最大、出版時間最長的要數 1868 年 9 月 5 日在上海創刊的《中國教會新報》（後改名《教會新報》、《萬國公報》）。上海是中國近代報紙的集中地，據李提摩太的統計，至 1894 年中國先後創辦了 70 種報刊，其中上海一地就占 32 種之多。1896-1911 年上海創辦的報刊達 78 種之多。參見楊光輝編，《中國近代報刊發展概況》，新華出版社，1986 年，第 1 頁。

❾ 其中嚴肅的綜合性大報有《申報》（1872）、《彙報》（1874）、《新報》（1876）、《新聞報》（1893）、《時務報》（1896）、《清議報》（1898）、《新民叢報》（1902）等，具有濃厚商業氣息的消閒小報有《遊戲報》（1897）、《采風報》（1898）、《世界繁華報》（1901）、《寓言報》（1901）、《笑林報》（1901）等。面向特定群體發行的專業雜誌有《東方雜誌》（1904）、《教育雜誌》（1909）、《婦女雜誌》（1915）、《新青年》（1915）等，大量登載通俗讀物的文藝刊物有《新小說》

興的傳播媒介是上海城市文化發展的必然要求，雖然在此之前，也有為封建統治服務的《邸報》和為朝廷抄錄新聞的報表，但與它們不同，近代報刊雜誌是面向社會各階層，以全體市民為對象的資訊載體，也是反映社會生活，表達市民觀念的公共領域。❿因此，它們需要刊載大量普通民眾喜歡閱讀、也能夠理解的大眾讀物。童話作為一種通俗讀物，在當時的新興媒介頗受歡迎。如經常刊載童話故事的報紙副刊有《時事新報·學燈》、《民國日報·覺悟》等，喜歡刊登童話故事的專業雜誌有《婦女雜誌》、《教育雜誌》、《學生雜誌》、《新青年》、《東方雜誌》等，熱衷翻譯童話作品的文藝刊物有《小說月報》、《文學週報》、《中華小說界》、《民眾文藝週刊》、《禮拜六》等。特別是隨著市民社會兒童教育觀念的萌芽，大批兒童刊物應運而生。這些宣揚科學培育觀念的兒童刊物在大量刊登各種兒童文藝，如兒歌、寓言、兒童小說和科幻小說的同時，也紛紛登載西方翻譯過來的童話故事。如經常刊登童話故事的《小孩月報》、《蒙學報》、《童子世界》、《少年雜誌》、《兒童世界》、《小朋友》等。

　　再次，近代上海出版業的繁榮促進了童話的翻譯出版。19 世

（1902）、《繡像小說》（1903）、《月月小說》（1906）、《小說林》（1907）、《小說月報》（1910）、《中華小說界》（1914）、《禮拜六》（1914）等。

❿　新報與《邸報》的區別在於，《邸報》只錄朝廷政事，而新報顧及閭里瑣聞；《邸報》只為士大夫所好，新報則農工商賈人人喜讀；《邸報》之作於上，新報之作於下。如 1872 年 4 月 30 日《申報》在創刊號的「本館告白」中指出，《申報》「求其記述當今時事，文則質而不俚，事則簡而能詳，上而學士大夫，下及農工商賈皆能通曉者，則莫如新聞紙之善矣。」

紀中葉以前，蘇州是江南出版業的中心。上海開埠後，陸續有書商
遷來滬上，特別是太平天國運動促使大批書商富賈攜帶大量的資金
和技術來到上海。同時，為了更好地為宣傳西方宗教文化和科技知
識服務，西方傳教士也紛紛在上海成立出版機構，或將設在外地的
出版機構遷來上海，從而促進了上海出版業的飛速發展。到 19 世
紀末，上海已成為全國出版業的中心，其中一個巨大的推動力是民
營出版機構的崛起。如 1897 年夏瑞芳等人創建的商務印書館，
1902 年夏頌萊等人創建的開明書店，1912 年陸費逵等人創建的中
華書局等。❶這些民營出版機構正是近代上海童話譯介的核心力
量，也是全國童話翻譯出版的主要機構。

　　在此之前，教會設立的出版機構主要目的是為了傳教，官方設
立的出版機構是為了鞏固皇朝統治，民間社會的閱讀需求自然難被
重視。而民營出版機構在上海的崛起改變了這種狀態，與那些由教
會和官方設立的出版機構相比，這些民營或小社團經營的出版機構
在出版物的選擇上有了更大的自由，他們與圖書市場的關係更加緊
密，他們緊隨讀者的閱讀需求，緊貼讀者的閱讀興趣，出版面向市
場，面向讀者的熱銷讀物。童話故事作為適應市民閱讀需求的通俗
讀物自然首先進入出版商的視野。如商務印書館出版過「說部叢
書」和「童話叢書」，廣智書局出版過「科幻小說」系列，小說林

---

❶　此外還有 1901 年梁啟超等人創建的廣智書局，1904 年曾樸主持的小說林
　　社，1907 年陳子沛等人創建的群益書社，1914 年趙南公等人創建的泰東圖書
　　局，1917 年沈知方等人創建的世界書局，1918 年樊春林等人創建的新文化書
　　社，1920 年陳獨秀等人主持的新青年社，以及創造社出版部、崇文書局、開
　　明書店、北新書局、文學週報社、亞細亞書局、兒童書局等。

社出版過「翻譯小說」系列，中華書局出版過「文學叢書」，商務
印書館創辦的《小說月報》出版過「安徒生專號」，泰東圖書局出
版過「世界兒童文學選集」，開明書店出版過「世界少年文學叢
刊」，世界書局出版過「通俗小說」系列。隨著出版市場日趨成
熟，出版機構之間更出現過激烈的競爭，這種競爭也促進了上海童
話出版的繁榮和童話版本的多元化。以商務印書館和中華書局為
例，兩者在童話譯介上既相互競爭，又相互制衡。商務印書館於
1923 年出版了魏壽鏞、周侯予編的《兒童文學概論》，中華書局
也隨即於 1924 年 10 月出版了朱鼎元著的《兒童文學概論》。1921
年商務印書館出版了嚴既澄主編的「兒童文學叢書」，中華書局也
出版了徐傅霖主編的《新出世界童話》和陸費逵、楊喆主編的《中
華童話》。商務印書館有刊登童話寓言的《小說月報》，中華書局
有發表童話小說的《中華小說界》，商務印書館有刊載童話故事的
《兒童世界》，中華書局有連載童話小說的《小朋友》。雖然這種
商業競爭避免不了惡性循環，但在一定程度上推動了上海童話的翻
譯進程，也導致商務印書館和中華書局成為近代中國童話翻譯出版
的重要據點。

　　還有，翻譯出版機制的變化也推動了童話翻譯在上海的繁榮。
早期進入上海的知識分子大多數屬於非正途出身的文人，由於在科
舉場上屢試不第，或只有較低的功名，往往經濟上大都依賴教會和
政府團體，翻譯上也由於口譯筆述的關係，很難有翻譯上的自由，
因此他們的翻譯大都局限於宗教和科技領域，很少有人去翻譯西方
的文藝小說，更別說童話故事了。如王韜、李善蘭、徐壽、華衡
芳、徐建寅、李鳳苞等就是如此。但是，到了清末民初的時期，這

種情況發生了改變，由於民營出版機構和新興文化傳媒的湧現，特別是新的翻譯出版機制的出現，如稿酬制的推行❷，致使大量新的知識分子聚集上海，他們有的在新式學堂研習過外語，有的是從國外留學回來的，大都自己精通外語，在翻譯上有很大的選擇自由。如徐念慈、曾樸、周桂笙、包天笑、孫毓修、沈雁冰、鄭振鐸、劉半農、周作人、魯迅、郭沫若、張聞天、伍光建、趙景深、顧均正、徐調孚、嚴既澄、周瘦鵑、夏丏尊等。這批新的知識分子走在了時代變革的前沿，較早地脫離了傳統的束縛，擺脫了經濟上對官府和教會的依賴，成為相對獨立和自由的翻譯創作者。通過翻譯面向市民階層的通俗讀物和文藝小說，不僅可以掙得稿酬，滿足他們經濟上的需求，而且可以被廣泛閱讀，在公共文化領域產生影響力。童話作為市民階層能夠閱讀和喜歡閱讀的文藝形式，自然進入了翻譯家和作家的視線。因此周桂笙、孫毓修、趙景深等人翻譯格林童話，魯迅翻譯愛羅先珂童話，劉半農、周作人、周瘦鵑等人翻譯安徒生童話，鄭振鐸翻譯裴奧特童話，張聞天翻譯王爾德童話等等。

　　此外，上海兒童教育觀念的改變為童話譯介開拓了空間。中國

---

❷　中國古代的文人大多是官員或有錢的士大夫，他們的經濟來源主要靠俸祿或家庭收入。雖然古代也有「作文受謝」和「潤筆」的說法，但它與近代稿酬制度有根本的區別。稿酬制是近代商業文化滲透的產物，是近代職業作家和翻譯家出現的前提條件。當時翻譯小說的稿酬標準大致是每千字一元二角至二元五角之間。以林紓為例，他當時每月的稿酬收入約四百八十元，相當於一個中學校長月收入的十倍。相關資料參見郭延禮、武潤婷的《中國文學精神·近代卷》，山東教育出版社，2003年，第233頁。

傳統的兒童教育發展到近代已基本處於停滯狀態，兒童讀物除了幾本經典的古代文人編寫的《三字經》、《千字文》、《百家姓》、《神童詩》、《聖諭廣訓》等充滿聖賢大道理的啟蒙讀物外，沒有更好的選擇。這些讀物作為封建文化傳承的基礎，主要是為將來的科舉考試做準備的，它們不是遠離兒童的生活世界，就是生搬硬套前人的訓誡，不僅枯燥無味，而且無益於兒童的身心健康。童話作為西方兒童教育的讀物之一，自然受到上海市民階層的注意，他們像模仿西方人賽馬、賽船、雜技、舞會和戲劇一樣，將童話引入兒童的學校教育中。特別是當時的許多教會創辦的學校，他們把童話故事作為兒童的課堂和課外讀物，對兒童進行文字教育和道德啟蒙，導致中國人辦的學校也開始模仿，他們在改革中小學課程和教材的過程中，也重視童話等兒童課內外讀物的編撰。與此同時，作為一種兒童普及讀物，童話故事也開始進入上海市民家庭。這樣，當童話作為學校的閱讀教材和家庭讀本後，對它的需求也就越來越大，特別是那些英漢對照的童話故事讀本最受歡迎。

小　結

　　本章從思想意識和社會結構兩個層面，分析了近代西方童話中譯的歷史動力。從思想層面而言，近代中國社會歷史運動中的種種思潮是推動近代西方童話中譯的重要動力來源。童話與其他被引介的西方文藝類型一樣，是近代知識分子致力於救國救民運動的一種文化選擇，也成為他們在新的歷史條件下建構新的民族國家想像和公共空間領域的新型話語。從社會結構層面而言，近代中國社會結構的變遷為童話翻譯提供了所需的現實資源。特別是近代中國城市

發展所形成的市民文化空間的變化極大地刺激了童話的翻譯力度。
新興市民階層的閱讀需求、新興傳播媒介的出現、近代出版業的繁
榮、新的翻譯出版機制，以及新兒童教育觀念的出現都有力地推動
了近代西方童話的中譯歷程。

第六章
西方童話傳入中國（上）

前一章從社會歷史視角分析了近代西方童話中譯的推動力量。本章將深入近代童話譯介風潮之中，考察這些力量推動下的西方童話譯介是如何具體展開的。通過對幾種主要的西方童話中譯資料的搜集和整理，分析近代西方童話中譯的歷史文化特徵。

第一節　近代西方童話的中譯

雖然周作人先生曾認為，中國古代早就存在童話故事，他在《古童話釋義》中指出，「中國雖古無童話之名，然實固有成文之童話，見晉唐小說，特多歸諸志怪之中」。就此，他還特意整理出了幾個經典的中國古代童話，如「吳洞」、「女雀」等。但他也不得不承認，「童話」這一名稱確實是從日本傳過來的。❶雖然現在

---

❶ 他在 1922 年 1 月 21 日寫給趙景深的信中說強調說，「童話這個名詞，據我知道，是從日本來的。中國唐朝的《諾皋記》裏雖然記錄著很好的童話，卻沒有什麼特別的名稱。十八世紀中日本小說家山東京傳在《骨董集》裏使用童話這兩個字。曲亭馬琴在《燕石雜誌》及《玄同放言》中又發表許多童話

仍有學者對此持不同意見，但依據現有的資料可以作出一種判斷，童話和童話理論作為一種現代文化形態是從歐洲傳過來的，而中文名詞「童話」也應該是從日本翻譯過來的。❷為了更清楚地瞭解近代西方童話中譯特徵，本章將詳細地梳理近代中國童話翻譯歷程，整理其中的譯介特徵，並以格林童話和安徒生童話為個案，展示近代中國童話譯介風潮的特點。

一、近代中國童話翻譯

　　童話有廣義和狹義之分，廣義的童話包括所有富有幻想色彩的童話、故事、寓言和笑話等，而狹義的童話並不包含那些故事、寓言和笑話在內。❸就廣義上的中國童話翻譯最早可以追溯到明末。早在 1625 年傳教士金尼閣為了達到更好的傳教效果，曾口述翻譯了 22 則「伊索寓言」，結集為《況義》出版。1840 年《廣東報》也刊發過羅伯特・湯姆譯的伊索寓言，冠名為《意拾喻言》。但以上的翻譯只是零星的，大規模地翻譯到十九世紀後期才出現。1875年《小孩月報》開始陸續刊載各類西方寓言和童話故事，其中有伊索寓言、拉封丹寓言、萊辛寓言等。❹ 1888 年張亦山在天津時報

　　的考證，於是這名稱可說以完全確立了。」

❷　關於「童話」一詞來源的不同意見，請參見朱自強的論文〈「童話」詞源考——中日兒童文學早年關係側證〉，載《東北師大學報》，1994 年，第 2 期，第 30 頁。

❸　童話的狹義和廣義概念及特徵請參見 *Enzyklopaedie des Maerchens. Handwoerterbuch zur historischen und vergleichenden Erzaehlforschung.* ed. K. Ranke und R. W. Brednich, Berlin/New York 1977. S. 890.

❹　《小孩月報》是 1875 年由清心書院的英國人傅蘭漢（G. M. Franham）主

館出版了譯自「伊索寓言」的《海國妙喻》。1899-1900 年，林樂知和伍廷旭在《萬國公報》第 131-136 冊上翻譯過克雷洛夫寓言。❺1903 年商務印書館出版了嚴培南與嚴璩口譯、林紓筆述的《伊索寓言》等。

　　然而，狹義上的中國童話翻譯最早只能追溯到二十世紀初。它的標誌是 1903 年周桂笙（1862-1926）在上海清華書局翻譯出版了西方童話集《新庵諧譯》。這是兩卷本的童話故事翻譯文集，主要以阿拉伯故事集《一千零一夜》、德國豪夫（Wilhelm Hauff, 1802-1827）童話和格林童話為主。1909 年孫毓修（1862?-1920?）編輯出版了系列叢書《童話》，這套多達 102 種的童話故事集來源之一便是譯述西方童話故事，如「希臘神話」、「一千零一夜」、「格林童話」、「裴奧特（Perrault）童話」和「安徒生童話」等。這是「童話」作為一個新的辭彙第一次在中國出現。這套叢書是由商務印書館出版發行的，可以說也是中國第一套童話叢書。孫毓修也因此被茅盾稱為「中國有童話的開山祖師」。❻

　　為了對近代中國童話翻譯有更直觀的瞭解，下面將 1900-1930 年代童話翻譯作品以表格形式列出（表一）：

　　辦，是一本以宣傳宗教教義為主要目的的兒童刊物。其中刊登過伊索、拉封丹、萊辛等類型的寓言故事，如《獅熊爭食》、《鼠蛙相爭》等。

❺　載《萬國公報》第 131-136 冊的《俄國政俗通考》，其中有《狗友篇》、《猴魚篇》、《狐鼠篇》等。

❻　茅盾：《我走過的道路》，香港：讀書、生活、新知三聯書店，1992 年，第116 頁。

表一　近代中國童話翻譯作品一覽表（1900-1934）

出版年月	作品名	編譯者	出版機構或雜誌	備註
1903	《新庵諧譯》	周桂笙	上海：清華書局	其中主要收錄阿拉伯故事集《一千零一夜》、德國豪夫童話和格林童話等。
1909	《童話》	孫毓修	上海：商務印書館	其中收錄了「希臘神話」、「一千零一夜」、「格林童話」、「裴奧特童話」和「安徒生童話」等。
1909.2/6	《域外小說集》（2冊）	魯迅、周作人	日本：神田印刷所	其中有英國王爾德的童話《安樂王子》。
1909-1910	《時諧》		上海：《東方雜誌》（1909年7-8，10-12期，1910年1、3、7期）	它分19次連載了56個童話故事。其中有許多來源於西方童話故事。
1914.7.1	《洋迷小影》	(劉)半農	載於《中華小說界》第7期，1914年7月1日	
1916.12	《歐美小說叢談》	孫毓修	上海：商務印書館	
1917	《歐美名家短篇小說叢刊》	周瘦鵑	上海：中華書局	其中收錄了安徒生、高爾基等人的童話。
1918.1	《十之九》	陳家麟、陳大鐙	上海：中華書局	第一次較大規模地編譯安徒生童話，其中有《飛箱》、《大小克勞勢》、《國王之新服》、《翰思之良

				伴》、《火絨篋》、《牧童》。
1919.1.15	《賣火柴的女兒》	周作人	載於《新青年》第6卷1號，1919年	
1922	《阿麗思漫遊奇境記》	趙元任	上海：商務印書館	
1922	《愛羅先珂童話集》	魯迅		
1922	《王爾德童話》	穆木天	上海：泰東圖書局	其中收錄王爾德童話「漁夫和他的魂」、「鶯兒與玫瑰」、「幸福王子」、「利己的巨人」、「星孩子」等。
1923	《桃色的雲》	魯迅	北京：新潮社	
1923.8	《無畫的畫貼》	趙景深	上海：新文化書社	
1924	《紡輪的故事》	CF女士	上海：北新書局	該書在 1927 年再版時還在書末收錄了周作人的《讀紡輪的故事》等評論文章。
1924	《俄國童話集》（六卷本）	唐小圃	上海：商務印書館	
1924.6	《安徒生童話集》	趙景深	新文化書社	其中收錄有 14 篇安徒生童話。
1924	《蜜蜂》	穆木天	上海：泰東圖書局	法朗士（A. France）的童話故事
1924	《枯葉雜記及其它》		上海：商務印書館	其中收錄胡愈之譯的「枯葉雜記」和夏丏尊譯的「恩寵的濫費」、「幸福的船」等

				童話。
1924	《世界的火災》	魯迅	上海：商務印書館	其中收錄愛羅先珂的「世界的火災」、「紅的花」、「時光老人」等童話。
1925	《天鵝》	鄭振鐸 高君箴	上海：商務印書館	其中收錄有王爾德童話「安樂王子」、「少年皇帝」、「自私的巨人」，克雷洛夫寓言「驢子與夜鶯」、「天鵝梭魚與螃蟹」、「箱子」和梭羅古勃寓言「獨立之葉子」等。
1925	安徒生專號		《小說月報》第16卷 8、9 期	其中收錄有 21 篇安徒生童話。
1925	《格爾木童話集》	王少明	開封：教育廳編譯處	
1926	《愛的教育》	夏丏尊	上海：開明書店	在開明書店出版單行本之前，這本書經歷了漫長的翻譯歷程。1910 年包天笑將它譯為《馨兒就學記》，1921 年張晉在《文學週報》上譯為《仁善的孩子》，1923 年夏丏尊在《東方雜誌》上譯為《愛的教育》。
1927	《風先生和雨太	顧均正	上海：開明書店	

	太》		
1927	《東方寓言集》	胡愈之	上海：開明書店	
1927	《給海蘭的童話》	魯彥	狂飆社	
	《俄國的童話文學》	夏丏尊	《小說月報》第12卷號外《俄國文學研究》	其中收錄普希金的「漁夫與金色魚底故事」、「薩爾騰王底故事」，托爾斯泰的「兩個農夫」、「盲人與象」，契珂夫的「渴睡的頭」、「煙草」等童話。
1927	《木偶的奇遇》	徐調孚	《小說月報》	1928 年由上海開明書店結集出版。
1928	《鵝媽媽的故事》	戴望舒	上海：開明書店	
1928.5	《德國童話集》	劉海蓬	北京：文化學社編輯所	內收 9 篇格林童話。
1929	《鏡中世界》	程鶴西	上海：北新書局	《阿麗思漫遊奇境記》的姊妹篇。
1932	《王爾德童話集》	寶龍	上海：世界書局	
1934.8	格林童話全集	魏以新	上海：商務印書館	2 冊。

表一資料來源分為三類，分別是目錄、論著和期刊雜誌。目錄來源有：《中文期刊目錄》（六十年代香港出版）；阿英的《晚清戲曲小說目》（北京：人民文學出版社，1980 年）；《民國時期總書目·外國文學》（北京：書目文獻出版社，1987 年）；唐沅編的《中國現代文學期刊目錄彙編》（天津：天津人民出版社，1988 年）；《中華民國兒童期刊目錄》（臺北：中華民國兒童文學學會，1989 年）；魯深編的《晚清以來文學期刊目錄簡編》（見《中國現代出版史料丁編》）；平心編的《全國總書目》（上海：上海書店，1991 年）；《中國現代文學總書目》（福州：福建教育出版社，1993 年）；樽本照雄編的《新編增補清末

民初小說目錄》（濟南：齊魯書社，2002 年）等。

論著來源有：趙景深的《童話家之王爾德》（載《晨報副刊》，1922 年 7 月 15-16 日），《童話家格林弟兄傳略》和《安徒生評傳》（見《童話論評》，上海新文化書社，1924 年），《孫毓修童話的來源》（見《民間故事研究》，上海尚志書局，1928 年）；鄭振鐸的《安徒生童話在中國》（載《小說月報》，1925 年 8 月 10 日）；阿英的《晚清小說史》（人民文學出版社，1980 年）；胡從經的《晚清兒童文學鉤沉》（上海少年兒童出版社，1982 年）；Yea-Jen Liang, Kinder-und Hausmaerchen der Brueder Grimm in China (Wiesbaden: Harrassowitz 1986)；李紅葉的《安徒生童話在「五四」時期》（載《湖南師範大學社會科學學報》，2002 年 5 月，第 108 頁）；秦弓的《「五四」時期的安徒生童話翻譯》（載《涪陵師範學院學報》，2004 年 7 月，第 1 頁），《五四時期的兒童文學翻譯》（載《徐州師範大學學報》，2004 年 9 月，第 42 頁）。

期刊雜誌來源有：文學期刊有《新小說》（1902-1910），《繡像小說》（1903-1906），《月月小說》（1906-1908），《小說林》（1907-1908）等。文化雜誌有《東方雜誌》（1904），《小說月報》（1910），《少年雜誌》（1911），《學生雜誌》（1914），《婦女雜誌》（1915），《歌謠週刊》（臺北：東方文化書局），《兒童世界》（1922），《小朋友》（1922）等。報紙副刊有《時事新報·學燈》，《民國日報·覺悟》，《晨報·副刊》等。

　　此外，在積極翻譯西方童話故事的同時，這一時期的知識分子也開始進行童話研究，特別是對童話作家的介紹和童話藝術的評論。例如，介紹和批評格林童話的有王少明的《格林兄弟小史》，趙景深的《童話家格林弟兄傳略》❼；介紹和批評安徒生童話的有周作人的《丹麥詩人安兒爾然傳》，周瘦鵑的《亨司特遜 1805-1875 小傳》，趙景深的《安徒生的人生觀》、《安徒生評傳》，和載於《文學週報》和《小說月報》上的《安徒生傳》、《安徒生

---

❼　以上文章分別載於王少明的《格爾木童話集》（開封：河南教育廳編譯處，1925 年），趙景深的《童話論集》（開明書店，1927 年）。

童話的來源和系統》、《安徒生年譜》等❽；介紹和批評王爾德童話的有沈澤民的《王爾德評傳》，張聞天、汪馥泉的《王爾德介紹》，周作人的《王爾德童話》，趙景深的《童話家之王爾德》等。❾

二、近代中國童話翻譯的特徵

　　通過對近代中國童話翻譯歷程的整理，我們大致可以梳理出其中一些基本文化特徵。簡而言之，它的發展軌跡整體上是與近代中國思想文化發展脈絡相呼應的。受近代史上各種歷史文化運動如文化維新思潮、新民思潮、新文化思潮、兒童文學思潮、民間文藝思潮等系列思想的影響，近代中國的童話翻譯經歷了從文言到白話，意譯到直譯的現代性演變過程。❿

---

❽　以上文章分別載於《甬社叢刊》（1913 年 12 月），《斷垠殘碣》（上海：中華書局，1917 年），《文學週報》（1925 年 8 月 16 日），《小說月報》（第 16 卷 8、9 期，1925 年）。

❾　以上文章分別載於《小說月報》（第 12 卷第 5 號，1921 年 5 月 10 日），《民國日報・覺悟》（1922 年 4 月 3、4、6、7、8、10、11、13、14、16、17、18 日），《晨報副刊》（1922 年 4 月 2 日），《晨報副刊》（1922 年 7 月 15、16 日）。

❿　晚清時期的小說翻譯在語言風格和翻譯手法上獨具特性，在當時的文化背景下，用文言或文白參半的語言和意譯的手法翻譯外來小說很流行，而所謂的「直譯」作品在當時並沒有市場，那時「直譯」的名聲不佳，它往往和「率爾操瓢」、「詰曲聱牙」聯繫在一起，實際上有後來人們所批評的一字一詞「硬譯」、「死譯」的嫌疑。對此，陳平原作過詳細分析，請參見，陳平原：《20 世紀中國小說史・第一卷》，北京大學出版社，1989 年，第 32-40 頁。

　　受晚清「文化維新」思想的影響，童話作為一種外來文化形式，必須在「中體西用」思想的指導下才能進入中國文化系統，成為改良中國文化的一種工具。因此，早期的童話翻譯主要以文言進行，翻譯方法以意譯為主，而且譯文常常隨譯者的思想和態度而改變，任意增刪改編的情況很普遍，有時甚至改頭換面，加入譯者自己的創作。例如周桂笙在《新庵諧譯》中翻譯的西方童話故事就是這種時代背景下，受這種童話翻譯思想影響的代表性成果。

　　當然，在一定程度上，意譯有它合理的成分，我們並不能完全否定這種翻譯方法的歷史意義和學術價值。正如周作人在與趙景深有關童話討論的通信中，強調在童話翻譯上應追求「信而兼達的直譯」：

　　　　我本來是贊成直譯的，因為覺得以前林畏廬先生派的意譯實在太「隨意言之，隨意書之」了。但是直譯也有條件，便是必須達意，盡中國語的能力所及的範圍以內，保存原文的風格，表現原語的意義，換一句話就是信與達。現在不免有人誤會了直譯的意思，以為只要一字一字的把原文換為漢字，就是直譯，譬如英文的 Lying on his back 一句，不譯作「仰臥著」而譯作「臥著在他的背上」，那就是欲求信而反不達了。據我的意見，「仰臥著」是直譯，將他刪去不譯或譯作「坦腹高臥」以至「臥北窗下自以為羲皇上人」是意譯，「臥著在他的背上」這一派乃是字譯了。……童話的翻譯或者比直譯還可以自由一點，因為兒童雖然一面很好新奇，一

面卻也有點守舊的。⓫

　　隨著晚清文化勢力的衰落，以資產階級改良派為代表的知識分子開始意識到國民性改造的緊迫性。他們投身於西方童話的翻譯事業，把童話作為一種西方進步文化類型，希望藉此「開民智、新民德」，達到「新民」的效果，從而刺激中國人覺醒和中國傳統文化的更生。這時期的童話翻譯開始向文白參半的語言風格轉變，直譯的童話作品開始出現，強調童話的教化功能。例如孫毓修在《童話》叢書中編譯的西方童話故事便呈現出了這些特點。

　　這些被選譯的童話偏重教育性和現實性，在每冊童話故事之前或之後都有一段嚴肅的總結或教訓文字。作品還是只署編譯者，不署原作者名，白話中夾雜著文言，意述中又有直譯。⓬因此，曾經參與過《童話》叢書編譯工作的茅盾後來回憶說：「翻譯的時候不免稍稍改頭換面，因為我們那時很記得應該『中學為體』的」。⓭

　　但是，隨著民族文化危機日益加深，新文化運動的潮流日漸高漲，發端於「文化維新」和「新民」思潮的童話譯介之風逐漸與新文化運動的大潮合流，近代童話翻譯不再局限於政治啟蒙領域，而是進入更深更廣的文化和知識傳播範疇。特別是五四時期白話文的興盛和「兒童本位」思想的傳入，童話的思想和藝術價值被充分肯

⓫　趙景深編：《童話評論》，新文化書社，1928 年，第 176-177 頁。

⓬　孫毓修在《童話》叢書的前言中具體說明了他編譯童話故事的思想和方法，請參見他的《童話》序。參見王泉根編：《中國現代兒童文學文論選》，廣西人民出版社，1989 年，第 17 頁。

⓭　茅盾：〈關於「兒童文學」〉，載《文學》，1935，4（2）。

定，童話翻譯開始回到外國文學和兒童文學發展的軌道，步入白話
文的世界，注重直譯效果。這一時期的代表性成果是 1919 年 1 月
15 日周作人在《新青年》上翻譯的安徒生童話《賣火柴的女
兒》。他首開童話直譯的先河，以清新流暢的白話文準確地傳達出
了原作中淒美的想像與溫馨的人道主義氛圍，以及作品的兒童視角
與詩性文筆，確定了新文化運動後童話翻譯的主要模式。

　　當然，近代童話翻譯的上述特徵在發展過程中並不是截然分明
的。例如在新文化運動前夕，白話文運動正如火如荼地展開，但陳
家麟和陳大鐙在他們翻譯的安徒生童話集《十之九》中，仍然採用
文言文，因此遭到周作人的嚴肅批評，說他們用文言翻譯的那些安
徒生童話，全都變成了「用古文來講大道理」的「斑馬文章，孔孟
道德」。❹與此相反，許多現代性的童話翻譯思想和方法很早就開
始萌芽了。例如，在童話翻譯中採用直譯的方法並不是新文化運動
之後才出現的，早在 1909 年魯迅和周作人就在合譯的《域外小說
集》中運用直譯的方法，翻譯了王爾德童話《安樂王子》。只是他
們的這種努力在當時並沒有產生很大的影響。❺而孫毓修從 1909
年開始編譯的那些童話故事雖然文言參半，意譯與直譯相間，但正
是在那些色彩斑斕的童話故事翻譯中萌芽了現代兒童文學思想。他
將兒童分為兩個不同的發展時期，然後根據不同階段兒童的心理特
點編輯兒童讀物。同時，他注重兒童的意見，尊重他們的閱讀習

---

❹　周作人：〈讀十之九〉。見趙景深編的《童話評論》，新文化書社，1928
　　年，第 220 頁。

❺　關於《域外小說集》的現代性翻譯特點，請參見時萌的《中國近代文學論
　　稿》，上海古籍出版社，1986 年，第 209-218 頁。

慣，選擇與此相適應的圖片、內容、字數和表達方式。❻可以說，近代中國的童話翻譯整體上呈現出一種發展方向，但具體到某一段時期或某一部作品又難以截然分明的。

第二節　格林童話和安徒生童話的中譯歷程

綜觀近代中國童話翻譯歷程，格林童話❼和安徒生童話❽是翻

---

❻　關於孫毓修編譯童話故事的原則和思想，請參見孫毓修的《童話》序。見王泉根編，《中國現代兒童文學文論選》，廣西人民出版社，1989 年，第 17 頁。

❼　格林童話是指由格林兄弟——雅各·格林（Jacob Grimm, 1785-1863）和威廉·格林（Wilhelm Grimm, 1786-1859）於 1806-1807 年間開始搜集整理，1812-1858 年陸續出版的童話故事集《兒童與家庭童話》（*Kind-und Hausmaerchen*），其中共收錄童話故事 210 篇，至 1858 年共出版了 7 個全本、10 個選本。格林童話流傳於世界各地，至今已被翻譯成一百多種語言，其中有些童話如《灰姑娘》、《青蛙王子》、《小紅帽》、《白雪公主》和《睡美人》等已成為世界文藝經典。雖然這些由格林兄弟通過各種途徑搜集、採錄、整理和改寫而成的童話故事並不是嚴格意義上的民間童話，它並非全部都是民間故事，也並不是完全來自民眾口頭，但是，由於格林童話的產生掀起了民間童話的搜集風潮，開創了科學整理和研究民間童話的時代，格林童話通常被認為是民間童話中的經典。

❽　安徒生童話是指由丹麥作家安徒生（Hans Christian Anderson, 1805-1875）創作的童話故事。安徒生創作頗豐，一生共創作了 170 多篇童話，此外還有 14 部小說，800 多首詩歌，3 部自傳和大量遊記、書簡和日記等。他的童話主要收集在《講給孩子們聽的故事》（1835-1842）、《新童話》（1843-1848）、《故事》（1852-1855）、《新童話和新故事》（1868-1872）等作品集裏。他的部分童話來源於民間故事，但更多的是他個人的天才性創作。他的童話生動幽默、膾炙人口，被譽為童心和詩才的結晶。特別是其中某些

譯較早、影響較大的兩種西方童話，而且它們分別代表兩種不同類型的童話，即格林童話通常被認為是民間童話中的經典，而安徒生童話被認為是作家童話中的經典，下面就分別以它們為個案，展示近代中國童話翻譯風潮的特點。

從目前資料看，格林童話最早的中譯可以追溯到 1903 年周桂笙的《新庵諧譯》。在這兩卷本的翻譯文集中，第二卷至少收錄了六個格林童話，即《三個小矮人》、《狼兄弟》、《狼與小羊》、《熊皮》、《狼羊復仇》和《樂師》等。1909-1920 年由孫毓修、茅盾和鄭振鐸編輯出版的系列叢書《童話》中，翻譯了至少 8 篇格林童話。❶孫毓修從 1909-1916 年共編撰了 77 種童話，其中包含了五篇格林童話，即《大拇指》、《三王子》、《姊弟捉妖》、《皮匠奇遇》和《三姊妹》等。茅盾從 1918-1920 年曾協助孫毓修編撰了 17 種童話，其中包含了三篇格林童話，即《驢大哥》、《蛙公主》和《海斯交運》。幾乎就在孫毓修開始編撰童話叢書的同時，上海出版的《東方雜誌》於 1909-1910 年連載了一個童話故事系列《時諧》，它分 19 次連載了 56 個童話故事。雖然並不知道這些童話是由誰翻譯的，而且也沒有明確注明故事來源，但是 57

童話，如《美人魚》、《賣火柴的小女孩》、《皇帝的新衣》、《醜小鴨》
　　等已成為世界文化經典。

❶　這套多達 102 種的童話叢書，來源主要有三個：其一是譯述西方童話故事，
　　如「希臘神話」、「一千零一夜」、「格林童話」、「裴奧特（Perrault）童
　　話」和「安徒生童話」等。其二是整理中國傳統故事。其三是作家個人創
　　作。

個童話中有 50 個可能來源於格林童話。**⑳**此後，格林童話的翻譯逐漸增多，各種刊物不斷地刊發不同翻譯風格的童話譯文。1934年上海商務印書館出版了魏以新在一名德國教授歐特默爾（Wilhelm Othmer）**㉑**的幫助下翻譯的《格林童話全集》**㉒**，這也是中國第一本格林童話全集。

下面將 1903-1937 年翻譯出版的格林童話版本統計如下（表二）：

表二　格林童話翻譯版本統計表（1903-1937）

出版年月	作品名	編譯者	出版機構或雜誌	備註
1903	新庵諧譯	周桂笙	上海：清華書局	其中收錄《三個小矮人》、《狼兄弟》、《狼與小羊》、《熊皮》、《狼羊復仇》、《樂師》等。
1909	童話	孫毓修	上海：商務印書館	其中收錄《大拇指》、《三王子》、《姊弟捉妖》、《皮匠奇遇》、《三姊妹》等。
1909-1910	時諧		上海：《東方雜誌》（1909 年 7-8，10-	

---

⑳　趙景深：〈評《印歐民間故事形式表》〉，載《民間故事研究》，上海，1928 年，第 14 頁。

㉑　歐特默爾於二十世紀三十年代在中國的同濟大學任教，當時同濟大學還在遼寧的撫順。他作為頗有成就的中德比較語言學者，給魏以新在翻譯格林童話全集時許多指導和幫助。

㉒　魏以新譯：《格林童話全集》，上海：商務印書館，1934 年。

			12 期，1910 年 1、3、7 期）	
1915	玫瑰女	江東老蚪	上海：《空中語》	
1915	萬能醫生	小草	上海：《禮拜六》（第 44 期）	
1916	白雪公主與七矮人		上海：《婦女日報》（第 19 期）	
1917	紅帽兒	孫毓修	上海：商務印書館	
1918	童話	沈德鴻	上海：商務印書館	其中收錄《蛙公主》、《海斯交運》和《驢大哥》等。
1922	童話集	黃潔	上海：崇文書局	其中收錄《補鞋匠和侏儒》、《西雪里魔術的奏琴童子》、《童子和巨人》、《十二個跳舞的公主》、《勒姆不爾司跌而脫司鏗》、《巨人的三根金髮》等。
1923.1- 1929.12	貓鼠朋友	安愚	上海：《小說世界》副刊《民眾文學》（第 9 期）	
1923.8.27	小妖和鞋匠	幹之	《晨報》副刊 221 號	
1923.11.22	狐狸的尾巴	C.F.	《晨報》副刊 297 號	
1923.11.29	十二兄弟	C.F.	《晨報》副刊 303 號	
1924.6.26	聖母瑪麗的孩子	芳信	《晨報》副刊 146 號	
1924.7.18	狼與七匹小羊	芳信	《晨報》副刊 167 號	
1925.8	格爾木童話集	王少明	開封：河南教育廳編譯處	其中收錄《六個僕人》等格林童話，並在書前附有《格林兄弟小史》一文。

1928.5	德國童話集	劉海蓬	北京：文化學社編輯所	內收 9 篇格林童話。
1932.10	跛老人	陳駿	上海：開明書店	內收 10 篇格林童話，卷首附顧均正的《格林故事集序》。
1933.10	白蛇	趙景深	上海：北新書局	內收 12 篇童話故事。
1933.10	格林姆童話	李宗法	上海：商務印書館	4 冊。
1934.8	格林童話全集	魏以新	上海：商務印書館	2 冊。
1936.9	三根小雞毛	王少明	南京：正中書局	內收 13 篇童話故事。
1936.9	小紅帽	王少明	南京：正中書局	內收 9 篇童話故事。
1936.9	草驢	王少明	南京：正中書局	內收 11 篇童話故事。
1936.11.21-12.19/1937.3.20-3.23	格林童話	于道源	歌謠週刊	第 21,15,16,20,26,31,50,45,53,34,44,46,51,60,136 號童話。

表二資料來源同表一。

　　再看作為作家童話經典的安徒生童話。根據目前所搜集到的資料，最早介紹安徒生的應該是周作人。早在 1913 年 12 月創刊的《叒社叢刊》的「史傳」欄裏，他撰寫了一篇《丹麥詩人安兌爾然傳》，簡要地介紹了安徒生的生平和創作，以及他的童話特色。❷❸但首先翻譯安徒生童話作品的應該是劉半農（1891-1934），1914 年 7 月 1 日他在上海出版的《中華小說界》上發表了《洋迷小影》，

---

❷❸　《叒社叢刊》是紹興「叒社」（前身為「同志研究社」）於 1913 年 12 月創辦的機關刊物。當時魯迅、周作人和周建人等都加入了這個以「敦重友誼，研究學識」為宗旨的社團。周作人在文中對安徒生童話非常欣賞，贊其童話「取民間傳說，加以融鑄，皆溫雅美妙，為世稀有」。

這是根據安徒生童話《皇帝的新衣》譯述而成的。之後，有關安徒生的介紹逐漸增多，上海出版的《上海》、《中華童子界》、《禮拜六》等刊物開始刊發安徒生童話和他的銅像。其中，孫毓修是譯介主力之一，他在 1916 年 12 月上海商務印書館出版的《歐美小說叢談》中的「神怪小說之著者及其傑作」章節裏更詳細地介紹了安徒生的生平和創作。1917 年他在上海商務印書館出版的《童話》叢書中編譯了兩篇安徒生童話《海公主》和《小鉛兵》。此外，1917 年 3 月周瘦鵑在上海中華書局出版的《歐美名家短篇小說叢刊》中編譯了安徒生童話《斷墳殘碣》，並附錄了「亨司特遜 1805-1875 小傳」和安徒生的肖像。而第一次較大規模地譯介安徒生童話的人要數陳家麟和陳大鐙，他們在 1918 年 1 月由上海中華書局出版的《十之九》中編譯了 6 篇安徒生童話，即《飛箱》、《大小克勞勢》、《國王之新服》、《翰思之良伴》、《火絨篋》和《牧童》。從此，安徒生童話逐漸被中國讀者所熟悉和喜愛，不斷有出自名家譯筆的翻譯作品出現。其中有 1919 年 1 月周作人在《新青年》上編譯的《賣火柴的女兒》，1921 年上海群益書社出版的《域外小說集》中的《皇帝之新衣》等。五四運動後，安徒生童話的翻譯更加普及化。1924 年 6 月趙景深翻譯了《安徒生童話集》，這本由新文化書社出版的童話集是五四運動後安徒生童話的第一個單行本。其中收錄了十四篇安徒生童話和《安徒生的人生觀》、《安徒生評傳》等文章。1924 年 10 月，林蘭和 C.F.合作翻譯出版了《旅伴》，這套由新潮社出版的安徒生童話集分上下卷，上卷收錄了 5 個安徒生童話，下卷收錄了 6 個。1925 年上海的《小說月報》第 16 卷 8-9 期刊發了「安徒生專號」，其中翻譯了

21 個安徒生童話和《安徒生傳》、《安徒生評傳》、《我作童話的來源與經過》、《安徒生的童年》、《安徒生童話的藝術》、《安徒生年譜》等文章。1928 年 6 月和 9 月，趙景深分別在上海新文化書社和亞細亞書局翻譯出版了《安徒生童話集》和《安徒生童話新集》。1930 年 9 月至 1931 年 10 月，徐培仁在上海兒童書局分三次翻譯出版了《安徒生童話全集》。至此安徒生童話的翻譯已達到成熟階段。

現將 1913-1937 年翻譯出版的安徒生童話版本情況統計如下（表三）：

表三　安徒生童話翻譯版本統計表（1913-1934）

出版年月	作品名	編譯者	出版機構或雜誌	備註
1913.12	丹麥詩人安兌爾然傳	周作人	叒社叢刊	
1914.7.1	洋迷小影	半農	載於《中華小說界》第 7 期，1914 年 7 月 1 日	
1915.1	野薔	陸澹庵	載於《上海》（又名消遣的雜誌）1 期，1915 年	
1915.6	丹麥童話大家安特生之銅像		《中華童子界》第 12 期	
1915.8.21	噫	瘦鵑	載於《禮拜六》第 64 期	其中有《噫！祖母》。
1915.9.18	斷墳殘碣	瘦鵑	載於《禮拜六》第 68 期	

1916.12	歐美小說叢談	孫毓修	上海：商務印書館	載於「神怪小說」一章。
1917.2	斷墳殘碣	周瘦鵑	上海：中華書局	收錄於《歐美名家短篇小說叢刊》。刊有《亨司特遜1805-1875小傳》，並刊發了安徒生的肖像。
1917.6	海公主	孫毓修	上海：商務印書館	
1909-1920	童話叢書	孫毓修、茅盾、鄭振鐸等	上海：商務印書館	其中有《小鉛兵》、《海公主》等。
1918.1	十之九	陳家麟、陳大鐙	上海：中華書局	第一次較大規模地編譯安徒生童話，其中有《飛箱》、《大小克勞勢》、《國王之新服》、《翰思之良伴》、《火絨篋》、《牧童》。
1918.1	安德森童話二篇	陳家麟、陳大鐙	上海：中華書局	選自《十之九》。
1919.1	小說話	解弢	上海：中華書局	其中「小說提要」中有「十之九」的書評。
1919.1.15	賣火柴的女兒	周作人	載於《新青年》第6卷1號，1919年	
1921.1	玫瑰花妖、頑童	學勤	《婦女雜誌》第7卷1、3期	
1921	母親的故事	紅霞	《婦女雜誌》第7卷5期	
1921	苧麻小傳、鸛、一莢五	趙景深	《婦女雜誌》第7卷6、8、11、12	

	顆豆、惡魔和商人、安祺兒、祖母、老屋、柳下		期，第 8 卷 2、12 期，第 9 卷 3 期，第 10 卷 1 期	
1921.7	老街燈	伯懇	《婦女雜誌》第 7 卷 7 期	
1921	皇帝之新衣	周作人	上海：群益書社	收錄於《域外小說集》。
	蕎麥	嚴既澄	《兒童故事》	
	醜小鴨	嚴既澄	《兒童世界》第 3 卷 1 號	
1921.9	公主和豌豆	胡天月	《時事新報·學燈》	
	襯衫頸圈	顧均正	《時事新報·學燈》	
	雪人、梨花	士元	《民國日報·覺悟》	
1921.10	一滴水	石麟	《婦女雜誌》第 8 卷 3 期	
1921.10	她不是好人	仲持	《婦女雜誌》第 8 卷 3 期	
	一對戀人	天賜生	《婦女雜誌》第 10 卷 11 期	
	大克勞斯和小克勞斯、夜鶯	顧均正	《婦女雜誌》第 11 卷 1、4 期	
	飛塵老人	汪延高	《婦女雜誌》第 11 卷 4 期	
1922.12.31	雛菊	C.F.	《晨報副刊》	
1923.5	縫針	高君箴	《小說月報》第 14 卷 5 期	

1923.8	無畫的畫貼	趙景深	上海：新文化書社	
1923.8	拇指林挪	C.F.	《小說月報》第14卷8期	
	蝴蝶	徐名驥、顧均正	《小說月報》第14卷11期	
1923	近代的丹麥文學	沈澤民	《小說月報》第14卷18期	
	兇惡的國王	顧均正	《小說月報》第15卷7期	
	天鵝	高君箴	《小說月報》第15卷10期	
	蝸牛與薔薇叢	桂裕	《小說月報》第16卷1期	
	飛箱	顧均正	《小說月報》第16卷4期	
	無畫的畫帖	余祥森	《文學週報》第76、77號	
1924.1.14	女人魚	徐名驥、顧均正	《文學週報》第105-108號	
	快樂的家庭	岑麟祥	《文學週報》第120號	
1924.6	安徒生童話集	趙景深	新文化書社	五四運動後的第一個單行本。其中有《豌豆上的公主》、《堅定的錫兵》、《白鴿》等十四篇童話。另附有短序、《安徒生的人生觀》、《安徒生評傳》等文章。

1924.8.18	雛菊	徐調孚	《文學週報》第135、136 號	
	荷馬墓裏的一朵玫瑰花	顧均正	《文學週報》第188 號	
1924.10	旅伴	林蘭、C.F.	新潮社	上卷由林蘭編譯，其中有《旅伴》、《醜小鴨》、《牧豕郎》、《小人魚》、《打火匣》。下卷由 C.F. 編譯，其中有《幸福家庭》、《縫針》、《小尼雪》、《雛菊》、《拇指林娜》、《真公主》。
1924.12	小鳥之歌	雋靈	《學生雜誌》第 11 卷 12 期	
1925.1	頑童	徐調孚	《民鐸》第 6 卷 1 期	
1925.3.3	王的新衣	荊有麟	《民眾文藝週刊》	
1925.4	夜鷹	顧均正	《婦女雜誌》第 11 卷 4 期	
1925.8.16			《文學週報》	其中有徐調孚的《哥哥，安徒生是誰？》，顧均正的《安徒生的戀愛故事》，趙景深的《安徒生童話裏的思想》，徐調孚的《安徒生的處女作》和沈雁冰的《文藝的新生命》，以及關於

				安徒生的7幅插圖。
1925	安徒生專號		《小說月報》第16卷8期	其中有《火絨箱》、《牧豕人》、《豌豆上的公主》、《幸福的套鞋》、《牧羊女郎與打掃煙窗者》、《鎖眼阿來》、《燭》、《孩子們的閒談》、《小綠豆》、《老人做的總不錯》、《安徒生的作品及關於安徒生的參考書籍》和改編的童話劇《天鵝》等。此外還有《安徒生逸事》、《安徒生傳》、《安徒生評傳》和《我作童話的來源與經過》等文章。
1925	安徒生專號		《小說月報》第16卷9期	其中有《踐踏在麵包上的女孩子》、《樂園》、《七曜日》、《一個大悲哀》、《撲滿》、《千年之後》、《鳳鳥》、《雪人》、《紅鞋》、《妖山》和《茶壺》等。此外還有《安徒生及其出生地奧頓瑟》、《安徒生的童年》

				、《我的一生的童話》、《安徒生童話的藝術》、《「即興詩人」》、《安徒生童話的來源和系統》和《安徒生年譜》等文章。
	安徒生童話介紹	徐調孚	《小說月報》第18卷6期	收錄於《童話全集》。
1925.10	旅伴及其它	林蘭	上海：北新書局	
1925.10	影子	佩斯	《學生雜誌》第12卷10期	
1928.6	安徒生童話集	趙景深	上海：新文化書社	其中收錄有《小伊達之花》、《豌豆上的公主》、《柳花》、《堅定的錫兵》、《松樹》、《世界上最可愛的玫瑰》、《自滿的蘋果樹枝》、《鋼筆和墨水瓶》、《跳的比賽》、《雛菊》、《陀螺和皮球》、《火絨匣》、《國王的新衣》和《白鵠》等，以及《安徒生的人生觀》和《安徒生評傳》等文章。
1928.9	安徒生童話新集	趙景深	上海：亞細亞書局	其中收錄有《牧羊女和打掃煙窗者》、《鎖眼阿來》、《豌豆

				上的公主》、《燭》、《惡魔和商人》、《一莢五顆豆》、《苧麻小傳》和《鸛》等童話。
1929.6	月的話	趙景深	上海：開明書店	
1929.7	夜鶯	顧均正	上海：開明書店	其中收錄《夜鶯》、《領圈》、《玫瑰花妖》、《小克勞斯和大克勞斯》、《情人》、《拇指林娜》和《飛箱》等童話。
1930.5	雪後	謝頌義	上海：開明書店	
1930.8	小杉樹	顧均正	上海：開明書店	
1930.8	皇帝的新衣	趙景深	上海：開明書店	
1930.8	母親的故事	徐調孚	上海：開明書店	
1930.9, 1931.7, 1931.10	安徒生童話全集	徐培仁	上海：兒童書局	
1931.8	柳下	趙景深	上海：開明書店	
1932.5	水蓮花	顧均正	上海：開明書店	
1933	安徒生童話集	席滌塵	上海：世界書局	
1933.5	小杉樹	過昆源	上海：世界書局	
1933.5	牧豬奴	江曼如	上海：世界書局	
1933.6	雪人	過昆源	上海：世界書局	
1934	安徒生童話	甘棠	上海：商務印書館	

表三資料來源同表一。

小　結

　　本章詳細地梳理近代中國童話翻譯歷程，搜集了幾種主要的西方童話中譯的資料，並從翻譯手法和風格出發，分析近代中國童話翻譯的基本特徵。從文言到白話，從意譯到直譯，近代中國童話翻譯隨社會歷史的變化而不斷變化。本章還以格林童話和安徒生童話為個案，揭示了近代中國童話譯介風潮的特點。至於在近代中國童話翻譯風潮中起重要作用的譯介先驅、出版陣地和研究先驅的詳細的介紹，將在下一章展開論述。

第七章
西方童話傳入中國（下）

　　前一章從整體上梳理和分析了近代中國童話翻譯的歷程和文化特徵。接下來需要進一步探討推動這一歷程發展的主要力量或因素。本章將深入近代童話譯介風潮，分別從譯介先驅、出版陣地和研究先驅的層面，詳細分析這些力量或因素是如何推動近代童話譯介風潮興盛起來的。

第一節　近代童話譯介先驅

　　在中國近代童話翻譯史上，有一批文化人走在時代前列，較早地投入到西方童話的翻譯工作中。其中有周桂笙（1862-1926）、孫毓修（1862?-1920?）、茅盾（1896-1981）、鄭振鐸（1898-1958）、周作人（1885-1968）、魯迅（1881-1936）等。

　　周桂笙，號新庵、樹奎，於 1862 年出生於上海，是清代有名的兒童文藝作家和翻譯家。他早年就讀中法學堂，學習英語和法語。作為當時進步文學社團南社的成員，周桂笙具有進步的社會民主思想。一生致力於外國文藝作品的翻譯和編輯，曾先後參與了

《月月小說》、《天鋒報》的編輯工作，並創立了「譯書交通公會」。

在周桂笙首開近代童話翻譯之風後，不久在中國童話歷史上出現了一位童話翻譯和研究巨星，那就是主持編撰《童話》叢書的孫毓修。

孫毓修，字星如，又名留庵，別署東吳舊生，江蘇無錫人，出生於清同治年間（1862-1865），早年在家鄉南菁書院攻讀八股制藝，具有較深的國學功底。後隨外國牧師學習英文，後來又在繆荃孫的指導下研習圖書版本學。進商務印書館後成為印書館編譯所高級館員，在版本編輯方面頗有造詣。在商務印書館期間，先後編撰有《圖書館》，主編過《童話》、《少年雜誌》、《少年叢書》等，是我國較早譯介外國童話和兒童文學的學者。

受商務印書館注重對兒童和青少年進行新知識教育的影響下，孫毓修於 1909 年 3 月開始編撰出版兒童叢書《童話》。這是我國第一次出現童話這個詞。這套叢書沒有固定的出版週期，從 1909 年 3 月一直到 1921 年止，共出版了三集，102 冊。其中孫毓修本人編撰了 77 冊，沈德鴻編撰了 17 冊，鄭振鐸編撰了 4 冊，另外還有 4 冊為其他未留名的人編撰。《童話》第一集通常規定每冊書五千字左右，主要滿足七、八歲兒童的閱讀需求。第二、三集字數略有增加，一般一萬字左右，主要滿足十、十一歲兒童的閱讀需求。

孫毓修是我國西方童話翻譯的先行者之一。從 1909 年至 1919 年的十年時間裏，他編撰出版了《童話》叢書的初集和二集的部分內容，其中他本人編撰了 77 冊。這 77 冊童話書內容的主要來源有兩個：其一是從中國古籍、史書、話本、傳奇、小說、戲曲、筆記

等傳統文獻資料中搜羅材料，再加以編撰和改寫。例如，描寫程嬰救孤的〈秘密兒〉，伍子胥報仇的〈蘆中人〉，荊軻刺秦王的〈銅柱劫〉，田單破燕的〈火牛陣〉，藺相如完璧歸趙的〈夜光璧〉，西門豹除迷信的〈河伯娶婦〉，岳飛精忠報國的〈風波亭〉，木蘭從軍的〈女軍人〉，描寫王羲之的〈蘭亭會〉，描繪紅拂的〈扶餘王〉，伯牙摔琴的〈伯牙琴〉，等等。

其二是翻譯或改編當時所能獲得的國外、特別是歐美流行的童話和兒童文學故事。例如，拉斯別的〈傻男爵遊記〉，安徒生的〈海的女兒〉、〈小鉛兵〉，裴奧特的〈睡美人〉、〈母鵝〉，格林兄弟的〈玻璃鞋〉、〈大拇指〉，斯維夫特的〈大人國〉、〈小人國〉等。此外，還有《伊索寓言》、《天方夜談》、《泰西軼事》等書中的故事，以及列夫·托爾斯泰、王爾德等童話作家的作品。

由於那些根據中國古籍文史資料編寫而成的故事，並不能算是真正意義上的童話，應該說屬於歷史故事或傳奇故事而已。而那些翻譯和改編過來的西方童話故事，可以說是真正意義上的中國現代童話文體的萌芽。孫毓修編撰出版的《童話》叢書系統地翻譯和介紹了西方童話名著，將西方現代童話知識引介到中國。這些富有幻想的、經典的兒童故事帶給中國知識分子很大的啟發，特別是揭開了中國近代童話的自覺之路。

孫毓修對西方童話的翻譯和介紹，以及編撰《童話》叢書，對中國童話文體的形成和理論的發展作出了重要貢獻。對此，金燕玉在《中國童話史》中有一段中肯的評價：

童話的獨立以 1909 年商務印書館出版孫毓修主編的《童
話》叢書為標誌。它在三方面宣佈了童話的獨立：一、確立
了童話這種形式的名稱；二、確立了童話為兒童所用；三、
確立了童話體裁的基本特徵，從而結束了童話寄生於寓言、
小說的時代，結束了兒童無權享受文學的時代。❶

　　緊隨孫毓修之後，投身於童話翻譯和研究領域的是茅盾和鄭振
鐸。

　　茅盾，原名沈德鴻，字雁冰，1896 年生於浙江桐鄉，係現代
著名作家。其文學生涯開始於編譯兒童文學中的科學小說，早年編
譯過〈三百年後孵化之卵〉、〈二十世紀後之南極〉等。在協助編
撰《童話》叢書時，不僅編譯過西方童話，而且也創作過部分童話
故事。在主編《小說月報》時重視兒童文學，譯介過不少包括童話
在內的兒童文學作品。

　　1916 年沈德鴻從北京大學預科畢業，由於家境並不富裕的原
因，不能繼續學業，他母親請遠房親戚幫忙介紹，進入上海商務印
書館編譯所工作。起初他從事的是遠端英語教輔工作，後來，被安
排與孫毓修合作，共同編譯外文書籍，其中一個項目就是協助孫毓
修編譯《童話》叢書，他前後編寫了 17 冊《童話》，共 28 篇童話
故事。由此，沈德鴻也成為我國現代童話翻譯的先驅之一。

　　從 1917 年至 1921 年，沈德鴻以自己獨特的藝術才能編譯西方

---

❶　金燕玉：《中國童話史》，南京：江蘇少年兒童出版社，1992 年，第 163
　　頁。

童話，不僅豐富了童話翻譯內容，更推動了我國現代童話創作的發展。他在童話發展浪潮中的巨大貢獻是自己創作某種類型的童話，成為中國童話創作的開拓者之一。例如，他於 1918 年創作的〈尋快樂〉是我國最早的文學童話範本之一，說得上是我國第一篇作家自己創作的童話。不管是童話翻譯還是童話創作，沈德鴻都重視童話的思想意義和教化功能，他希望閱讀他童話的兒童，能養成良好的道德品質，學習科學知識成為一個身心健康的少年或兒童。可以說，沈德鴻在童話教育方面，注重用「愛國主義思想、有進步意義的民主主義思想、和我國民族的傳統美德去教育少年、兒童」。❷

與孫毓修編譯西方童話相比，沈德鴻對西方童話的翻譯更注重創造性和思想性。他不像別人那樣一味嚴謹地翻譯童話故事或情節，而是將自己創作的主動性充分地融入到童話的翻譯之中。特別是為了適合當時中國兒童的趣味和需求，不惜對西方童話進行大的加工和改造。

鄭振鐸，又名西諦，1898 年出生於浙江永嘉，係中國現代著名作家和學者。1917 年入北京鐵路管理學校學習，後入商務印書館工作，他先後參與創辦和主編過《文學週報》、《兒童世界》、《小說月報》等。在他主編《小說月報》期間重視兒童文學，開闢了「兒童文學專欄」，刊發過「安徒生專號」等，還翻譯過《天鵝》童話集。

五四運動時期，鄭振鐸是當時進步的學生代表，曾參與編輯進

---

❷　林文寶：《試論我國近代童話觀念的演變——兼論豐子愷的童話》，臺北：萬卷樓圖書有限公司，2000 年，第 49 頁。

步文化刊物《新社會》、《人道》等，是才華初顯的文學青年。
1921 年 5 月，鄭振鐸辭去鐵道部門的工作，進入商務印書館編譯
部，後來在文物考古、圖書版本、文學創作和研究等方面取得了巨
大的成就。1922 年，由沈德鴻推薦，鄭振鐸接手編譯第三集《童
話》叢書。先後編輯出版了沈德鴻、耿濟之、趙景深和他本人翻譯
的童話故事 4 冊，分別是《鳥獸賽球》、《白鬚小兒》、《長鼻的
矮子》和《猴兒的故事》。

　　經過孫毓修、沈德鴻、鄭振鐸等人的努力，中國最早的西方童
話翻譯作品集《童話》在出版了三集，共 102 冊之後停止出版。這
套童話作品集的文化意義，不僅在於開拓了中國現代童話發展的源
頭、發掘了中國傳統童話資源，更在於將西方現代童話引入中國，
為中國現代童話發展提供了有益的借鑑。正如金燕玉所指出的：

　　　　在葉聖陶的劃時代的現代童話創作出現之前，從辛亥革命到
　　　「五四運動」這一段歷史時期內，一百零二冊的《童話》幾
　　　乎就是中國兒童文學的全部了，它填補了這段歷史時期的兒
　　　童文學的空白，成為當時兒童的主要精神食糧，被譽為「中
　　　國兒童的唯一恩物和好伴侶」。《童話》在移植外國優秀的
　　　兒童文學作品和發掘中國古籍中可供兒童閱讀的材料方面，
　　　很有成效，為現代兒童文學創作提供了有價值的借鑑。從中
　　　國兒童文學史的角度來看，《童話》的出現，極為必要，起
　　　到了由晚清勃起的近代兒童文學過渡到以《稻草人》為標誌
　　　的現代兒童文學的橋樑作用，是中國兒童文學發展過程中有
　　　機的重要一環。從童話史的角度來看，《童話》的出現，是

童話獨立的開始，是童話理論和童話創作的前導。同時，《童話》也開了一種編譯改寫的風氣，把外國文學作品和中國古代作品編寫成適合少年兒童閱讀的故事，從此以後成為出版界的傳統，類似《童話》的讀物一直不斷出現。❸

此外，投入現代童話翻譯的先行者還有很多。例如，魯迅和周作人等也是現代童話翻譯的主力。

魯迅，原名周樟壽、周樹人，字豫才，1881 年生於浙江紹興。係現代著名思想家、作家和學者，是中國現代兒童研究和兒童文學建設的先驅者。魯迅非常重視童話的翻譯、研究和創作問題，他不僅曾撰寫過〈我們現在怎樣做父親〉等重要文章，深入分析兒童心理，傳播現代兒童觀念，為童話翻譯和創作奠定思想基礎，而且身體力行翻譯了許多優秀的外國童話作品。他曾先後翻譯出版過愛羅先珂的童話作品《桃色的雲》和《愛羅先珂童話集》（其中收錄童話 13 篇）、至爾·妙倫的童話集《小彼得》（其中收錄童話 6 篇）、望·藹覃的《小約翰》、班苔萊耶夫的《表》、高爾基的《俄羅斯的童話》（其中收錄童話 16 篇）等。

周作人，字仲密、啟明，1885 年生於浙江紹興。係現代著名作家和學者，是中國現代兒童文學發展的開拓者，也是童話翻譯和研究的先行者，曾為中國現代童話和兒童文學發展奠定過思想基礎。他先後著有〈童話研究〉、〈童話略論〉、〈兒童的文學〉、

---

❸　金燕玉：《中國童話史》，南京：江蘇少年兒童出版社，1992 年，第 180-181 頁。

〈古童話釋義〉等重要論文，而且翻譯過《賣火柴的女兒》、《王爾德童話》、《皇帝之新衣》等著名童話。

第二節　近代童話出版陣地

近代西方童話的中譯經歷了一個逐漸興盛的過程。其中早期部分知識分子的推動作用非常重要。他們一方面親自翻譯西方童話，另一方面創辦出版西方童話的期刊和雜誌。其中有代表性的刊物很多，例如《小孩月報》是 1875 年由清心書院的英國人 G. M. Franham 主辦，是一本以宣傳宗教教義為主要目的的兒童刊物。其中刊登過伊索、拉封丹、萊辛等類型的寓言故事，如《獅熊爭食》、《鼠蛙相爭》等。

《蒙學報》是 1897 年曾廣銓組織的蒙學公會主辦的兒童刊物。全報分上下編，內容分文學、史事、智學等。「文學類」中刊登過適於兒童閱讀的童話、寓言和故事，如《兒童耀兵》等。

《童子世界》是 1903 年蔡元培、章太炎等人組織的愛國學社主辦的兒童刊物。編創的目的是為了向少年兒童宣傳革命思想。其中設有故事、小說、歷史等欄目，刊登過一些適合兒童閱讀的文藝作品。

《東方雜誌》是 1904 年 3 月由商務印書館創辦的月刊，曾刊登過系列翻譯童話《時諧》等。

商務印書館於 1897 年由夏瑞芳、鮑咸恩、鮑咸昌、高鳳池等人創立，是我國近代文化史上最重要的出版機構之一。商務印書館的編譯所編譯過許多童話叢書，如 1909 年至 1920 年出版的《童

話》叢書，是我國的第一套童話系列書集。

《小說月報》是 1910 年 7 月由商務印書館印行的文藝雜誌。茅盾和鄭振鐸等人先後任主編，曾出版過「兒童文學專欄」和「安徒生專號」。

《少年雜誌》是 1911 年 2 月由商務印書館出版，孫毓修、朱天民先後主編的兒童輔助讀物。作為學校國文課程的輔助讀物，主要刊登寓言、童話、小說等國內外翻譯或創作的兒童文學作品，如「伊索寓言演義」等。

中華書局於 1912 年由陸費逵、戴克敦、陳寅等人創立，是我國近代文化史上最重要的出版機構之一。中華書局編輯出版過系列童話書，如《世界童話》叢書，「文學叢書」等。

《學生雜誌》，原名《學生月刊》，一種以青少年為對象的月刊，1914 年 7 月在上海商務印書館創刊，由朱元善等人編輯出版。

《婦女雜誌》是 1915 年 5 月由商務印書館發行的月刊。趙景深、張梓生等人在上面發表過許多童話譯文和評論。

《兒童世界》是 1922 年 1 月由商務印書館出版，鄭振鐸主編的兒童文學週刊。曾刊載過許多鄭振鐸自己創作的童話，此外刊登的童話還有沈志堅的《鳥女》，趙景深的《兔子和刺蝟的競走》，《稻草、煤炭和蠶豆》，禾千的《兄弟的友愛》，卓呆（徐半梅）的《打火匣》，顧綺仲的《獅與兔》，趙光榮的《鵝》，查士元的《膽小的兔子》，卓西的《不可思議之笛》、《幸福鳥》，顧壽白的《拜他爾的故事》等。

《小朋友》是 1922 年 4 月由中華書局出版，黎錦暉主編的兒

童文學週刊。它強調民族化、大眾化和個性化的風格，曾連載過黎錦暉的《十兄弟》，王人路的《秘密洞》，潘漢年的系列民間故事等。

開明書店於 1926 年由章錫琛、夏丏尊等人創辦，出版過「世界少年文學叢刊」，徐調孚翻譯的《木偶奇遇記》，夏丏尊翻譯的《愛的教育》等童話故事書。

1926 年至 1933 年，北新書局發行了由該局主持人李小峰（1897-1971）化名為「林蘭女士」編輯的系列童話故事叢書，這套叢書近 40 種，分為「民間趣事」、「民間童話」和「民間傳說」等三類，每冊選錄童話故事 20-40 篇，總數達到一千篇，可以說是我國第一部民間故事集成。

《民俗》週刊曾刊登了三個童話故事專號，分別是第 47 期的「傳說專號」，第 51 期的「故事專號」和第 93、94、95 期的「祝英台故事專號」。

兒童書局於 1930 年由張一渠、石芝坤等人創辦，出版過「兒童故事叢書」和《兒童故事月刊》等。

第三節　近代童話研究先驅

在中國童話發展史上，較早開始童話理論探索的先行者要數徐念慈。1908 年他在《小說林》上連載了他的文章〈余之小說觀〉，其中論述了為兒童創作一種特殊文體的問題：

今之學生，鮮有能看小說者（指高等小學以下言）。而所出小

說，實亦無一足供學生之觀覽。余謂今後著譯家所當留意，
宜專出一種小說，足備學生之觀摩。其形式，則華而近樸，
冠以木刻套印之花面，面積較尋常者稍小。其體裁，則若筆
記，或短篇小說，或記一事，或兼數事。其文字，則用淺近
之官話；倘有難字，則加音釋；偶有艱語，則加意釋；全體
不逾萬字，輔之以木刻之圖畫。其旨趣，則取積極的，毋取
消極的，以足鼓舞兒童之興趣，啟發兒童之智識，培養兒童
之德性為主。其價值，則極廉，數不逾角。如是則足輔教育
之不及，而學校中購之，平時可以講談用，大考可以獎賞
用。想明於教育原理，而執學校之教鞭者，必樂有此小說，
而贊成其此舉。試合數省學校折半計之，銷行之數，必將倍
於今也。❹

其次就是孫毓修。雖然孫毓修並不是最早翻譯西方童話的知識
分子，但他卻是最早開啟童話研究大門的人之一。他在童話研究上
的最大成果，不僅體現在他主持編撰出版的《童話》叢書上，更體
現在他為《童話》叢書所寫的長篇序言中。現將這篇最早的童話理
論全文抄錄如下：

> 兒童七八歲，漸有欲周知世故、練達人事之心。故各國教育
> 令，皆定此時為入學之期，以習普遍之智識。吾國舊俗，以

---

❹ 王泉根：《中國現代兒童文學文論選》，南寧：廣西人民出版社，1989 年，
第 13 頁。原載 1908 年《小說林》第 9、10 冊連載的論文〈余之小說觀〉。

為世故人事，非兒童所急，當俟諸成人之後；學堂聽課，專
主識字。自新教育興，此弊稍稍衰歇，而盛作教科書，以應
學校之需。顧教科書之體，宜作莊語，諧語則不典；宜作文
言，俚語則不雅。典與雅，非兒童之所喜也。故以明師在
先，保姆在後，且又鰓鰓焉。虞其不學，欲其家居之日，遊
戲之餘，仍與莊嚴之教科書相對，固已難矣。即復於校外強
之，亦恐非兒童之腦力所能任。至於荒唐無稽之小說，固父
兄之所深戒，達人之所痛惡者，識字之兒童，則甘之寢食，
秘之於篋笥。縱威以夏楚，亦仍陽奉而陰違之，決勿甘棄其
洪寶焉。蓋小說之所言者，皆本於人情，中於世故，又往往
故作奇詭，以聳聽聞。其辭也，淺而不文，率而不迂。故不
特兒童喜之，而兒童為尤甚。西哲有言：兒童之愛聽故事，
自天性而然。誠之言哉！歐美人之研究此事者，知理想過
高、卷帙過繁之說部書，不盡合兒童之程度也。乃推本其心
理之所宜，而盛作兒童小說以迎之。說事雖多怪誕，而要軌
於正則，使聞者不憚而幾於道，其感人之速，行世之遠，反
倍於教科書。「附庸之部，蔚然大國」，此之謂歟。即未嘗
問字之兒童，其父母亦樂購此書，燈前茶後，兒女團坐，為
之照本諷誦。聽者已如坐狙丘而議稷下，誠家庭之樂事也。
吾國之舊小說，既不足為學問之助，乃剌取舊事，與歐美諸
國之所流行者，成童話若干集，集分若干編。意欲假此以為
群學之先導，後生之良友，不僅小道，可觀而已。書中所
述，以寓言、述事、科學三類為多。假物托事，言近旨遠，
其事則婦孺知之，其理則聖人有所不能盡，此寓言之用也。

里巷瑣事，而或史策陳言，傳信傳疑，事皆可觀，聞者足戒，此述事之用也。鳥獸草木之奇，風雨水火之用，亦假伊索之體，以為稗官之料，此科學之用也。神話幽怪之談，易啟人疑，今皆不錄。文字之淺深，卷帙之多寡，隨集而異。蓋隨兒童之進步，以為吾書之進步焉。並加圖畫，以益其趣。每成一編，輒質諸長樂高子，高子持歸，召諸兒而語之，諸兒聽之皆樂，則復使之自讀之。其事之不為兒童所喜，或句調之晦澀者，則更改之。昔雲亭作《桃花扇詞》，不逞文筆，而第求合於管弦。吾與高子之用心，殆亦若是耳。今復以此，質諸世之賢父兄，其將如一切新舊小說之深惡而痛絕之也耶？小學生之愛讀此書者，其亦將甘之如寢食，秘之為鴻寶也耶？❺

後來，他又在〈童話初集廣告〉中強調了部分觀點：

故東西各國特編小說為童子之用，欲以啟發知識、涵養性情。是書以淺明之文字，敘奇詭之情節，並多附圖畫，以助興趣，雖語言滑稽，然寓意所在必軌於遠，童子閱之足以增長德智。❻

---

❺　王泉根：《中國現代兒童文學文論選》，南寧：廣西人民出版社，1989 年，第 17-18 頁。

❻　張美妮：《童話辭典》，哈爾濱：黑龍江少年兒童出版社，1989 年，第 51頁。

　　以上兩篇文獻，從整體上體現了孫毓修的童話思想和理論。他的這篇為《童話》叢書出版而寫的序言，更是童話研究理論的開篇之作，奠定了我國童話理論的基礎，在相當長的一段時期裏對童話實踐產生過很大的影響。

　　此後，周作人在前人的基礎上將童話理論推向一個新的領域。周作人很早就開始接觸兒童文學和童話領域。早在 1906 年他東渡日本後，就閱讀了高島平三郎編的《歌吟兒童的文學》和《兒童研究》等著作，從此點燃了他對兒童文學的興趣，這種興趣持續了他的一生，到晚年他還在編輯紹興兒歌。周作人對兒童文學的研究，在中國兒童文學發展史上產生過重要的影響。

　　作為中國現代兒童文學發展的開拓者和童話翻譯與研究的先行者，周作人曾為中國現代童話和兒童文學發展奠定過思想基礎。他先後著有〈童話研究〉、〈童話略論〉、〈兒童的文學〉、〈古童話釋義〉等重要論文。可以說，他是中國童話理論的主要奠基者和開拓者之一。他的童話理論的最大貢獻表現在兩個方面：一是從民俗學和人類學的角度理解民間童話和故事；一是發現兒童，從兒童的角度理解童話。

　　早在日本留學時期，周作人就開始接觸英國人類學家安德魯·朗的作品。受這些文化人類學和民俗學理論的影響，民間故事或童話逐漸引起了他的研究興趣。1909 年他與魯迅合譯《域外小說集》，其中就有他翻譯的王爾德的童話作品《快樂王子》和編末附錄的介紹王爾德生平和創作的〈著者事略〉。1911 年從日本留學回國後，周作人利用在浙江省立第五中學教書的閒暇和擔任紹興教育會長的便利，開始刊登啟事搜集本土兒歌和童話故事。並於

1913 年創辦了《紹興教育會月刊》，以此為陣地開始童話研究工作。

1912 年 6 月 6 日、7 日周作人在《民興日報》上發表了他的兩篇論文〈童話研究〉和〈童話略論〉。後來在魯迅的推薦下，這兩篇論文於 1913 年又發表於《教育部編撰處月刊》一卷七期和八期。同年，在《紹興教育會月刊》上發表了他的另一篇重要論文〈古童話釋義〉。這三篇論文是周作人童話理論的代表性闡釋，也是中國現代童話理論的奠基之作。後來全部收錄於《兒童文學小論》一書。在此之前，人們對於童話的理解五花八門，對童話的定義、特徵和價值有許多模糊的認識。直到他的這些童話研究論文的發表，使人們對童話的理解和認識更加清楚，也促進了中國童話理論的自覺。

在〈童話略論〉中，周作人首次系統地對童話的起源、分類、解釋、變遷、應用、評價等問題展開討論。他在〈緒言〉中強調：

> 童話研究當以民俗學為據，探討其本源，更益以兒童學，以定其應用之範圍，乃為得之。❼

〈童話研究〉一文由四部分組成。主要運用民俗學的方法對古今中外的著名童話類型進行研究，在分析了中國古代典籍中存在的各種童話故事類型資料後，確定中國自古就有童話存在。〈古童話

---

❼　周作人著，止庵編：《兒童文學小論》，石家莊：河北教育出版社，2002年，第 7 頁。

釋義〉重點從古代中國典籍中發掘古老的童話資源，從而確定「中國雖古無童話之名，然實固有成文之童話」。❽周作人的童話研究為聯通中國古代童話傳統與現代童話理論搭設了一座橋樑，從而為中國現代童話理論開闢了歷史源流。

　　1922 年周作人與趙景深在《晨報》副刊上相互通信，討論童話理論知識，這些信件分別發表於 1922 年 1 月 25 日、2 月 12 日、3 月 28 日、3 月 29 日、4 月 9 日的副刊上，前後共 9 封信，其中周作人的 4 封，趙景深的 5 封。這就是歷史上的「童話討論」。這次的童話討論涉及面很廣，從童話的名稱、定義、特徵和分類，到西方童話傳統、中西童話的比較、外國童話的翻譯等具體問題都展開了一定的分析。可以說是中國童話理論的一次深入探討和廣泛普及。

　　在中國童話理論發展史上，趙景深（1902-）是關注較多的一位。他字旭初，四川宜賓人，1902 年生於浙江蘭溪。早年喜愛童話翻譯和創作，十五歲便開始在《少年雜誌》上翻譯包爾溫的《國王和蜘蛛》。1919 年入讀南開中學，1920 年至 1922 年入讀天津棉業專門學校。畢業後曾擔任天津《新民意報》文學副刊編輯。同時還會同徐穎溪、劉鐵庵等人創辦《小學生雜誌》。趙景深在編輯文藝副刊和雜誌的同時，開始陸續翻譯安徒生童話和格林童話，如《火線匣》、《皇帝的新衣》、《無畫的畫貼》、《安徒生童話集》、《格列姆童話集》等，並開始自己的童話創作，如《一片槐

---

❽　周作人著，止庵編：《兒童文學小論》，石家莊：河北教育出版社，2002年，第 39 頁。

葉》、《小全的朋友》等。他不僅是一位童話翻譯者、作家，更是中國現代童話研究的奠基人之一，曾先後編輯了童話研究理論著作《童話評論》、《童話概要》、《童話論集》、《童話學　ABC》等。

趙景深從人類學、民俗學的角度研究童話，對童話的起源、定義、分類、特徵和功能等各方面的內容作了自己的分析和探討。他編輯的《童話評論》是中國現代童話理論大集，將一二十年代童話研究的主要論文搜集起來，從民俗學、教育學和文學等三個角度加以整理，形成了中國早期童話理論的雛形，對童話的起源、演變，童話的民俗價值、教育價值和文學價值等內容展開了深入探討。1922 年應鄭振鐸的推薦，趙景深前往上海大學教授童話課程，這可能是中國最早由大學開設的童話課程，他撰寫了 7 篇講義，後來結集出版為《童話概要》。

此外，在中國現代童話理論發展史上付出過努力的還有張梓生（1892-1967）和嚴既澄（1899-?）。張梓生，字君朔，1892 年生於浙江紹興。曾在紹興省立小學和明道女校任教，1922 年後任商務印書館《東方雜誌》編輯，1932 年後任申報館《申報年鑑》主編，1934 年編輯《申報·自由談》，與魯迅交往較多。

嚴既澄，名鍇，1899 年生於廣東四會。曾任商務印書館編輯，北京大學和北京師範大學講師，中法大學教授。著有《蘇軾詞》、《進化論發現史》等。他重視兒童文學和兒童教育研究，堅持兒童本位思想，先後著有《早晨》、《地球》等兒童文學作品，和〈神仙在兒童讀物上的價值〉、〈兒童文學在兒童教育上之價值〉等論文。

小　結

　　在詳細地考察了推動近代童話譯介風潮興盛的力量或因素後，可以發現，那些走在時代前列、較早地投入到翻譯事業的童話譯介先驅，那些得風氣之先、較早地開始出版童話作品的期刊、雜誌和叢書，那些敢於不斷嘗試、大膽引入或應用童話研究理論的文化人和學者，他（它）們在中國近代童話翻譯史上至關重要。正是在他（它）們的努力推動下，近代童話譯介風潮隨之而起。這一風潮在近代中國文化史上具有什麼樣的意義呢？下面的章節將對此展開分析。

第八章
童話作爲新民的途徑和方式

　　前一章詳細介紹了推動近代童話譯介風潮的主要力量或因素。在他（它）們的推動下，近代童話譯介風潮成為中國近代文化史的一部分。為了從社會歷史的角度深入探討西方童話在近代跨文化中譯過程中的特點，接下來將從兩個方面展開研究：一個是西方童話在中譯之初是如何與近代中國文化思潮相呼應，成為近代中國文化思潮的外來資源的；另一個是西方童話作為一種現代西方文藝形式，其自身內涵的各種文化因素，是如何刺激和推動近代中國相關文化思潮和運動的。本章將從第一個角度出發，探討西方童話在中譯之初是如何成為近代中國文化思潮的外來資源的。即西方童話作為一種新民途徑和一種新兒童讀物在近代新民思潮和新兒童文學運動中的角色和作用。

第一節　一種新民途徑

　　晚清末世，在經歷了一系列的屈辱和失敗之後，一批進步的知識分子開始從文化維新的視角探究中國致貧積弱的原因。他們認為

傳統文化自有其精華的成分，但長期的封建統治給國民的思想文化意識帶來了巨大的污染，這些封建毒素浸潤了國民的心理意識和情感思維，構成一股強大的習慣勢力，在潛移默化中影響國民的思想和意志，阻礙新事物的發展。因此，以康有為（1858-1927）、梁啟超（1873-1929）、嚴復（1853-1921）為代表的知識分子在資產階級改良思潮中掀起了改造國民性的新民運動。特別是梁啟超、夏曾佑（1865-1924）、譚嗣同（1865-1898）、黃遵憲（1848-1905）等人提倡以「小說界革命」為口號的系列文化革新主張。❶其中，小說是當時最重要的新民工具之一，資產階級改良者希望通過小說改造社會，開發人心。1898 年梁啟超在《清議報》上發表了〈譯印政治小說序〉，強調「小說乃國民之靈魂」。❷ 1903 年他又在《新小說》第一號上發表了〈論小說與群治之關係〉，提出了「欲新一國之民，不可不新一國之小說」的思想。❸從而賦予了在傳統文化中被視為雕蟲小技的小說以巨大的文化影響力。

童話最初就是作為一種西方短篇小說被引入中國的。最早翻譯西方童話故事的文集《新庵諧譯》就曾被歸入西方短篇小說類。1907 年在《月月小說》第 5 號發表的署名紫英的文章寫道：

---

❶ 「小說界革命」的口號最早見於梁啟超於 1902 年 11 月發表於《新小說》創刊號上的〈論小說與群治之關係〉一文。

❷ 任公：〈譯印政治小說序〉。轉引自陳平原、夏曉虹編，《二十世紀中國小說理論資料》（第 1 卷），北京大學出版社，1989 年，第 21 頁。

❸ 飲冰：〈論小說與群治之關係〉。轉引自陳平原、夏曉虹編，《二十世紀中國小說理論資料》（第 1 卷），北京大學出版社，1989 年，第 33 頁。

以小說而論,各種體裁,各有別名,不得僅以形容字別之也。譬如「短篇小說」,吾國第於「小說」之上,增「短篇」二字以形容之,而西人則各類皆有專名。如 Romance, Novelette, Story, Tale, Fable 等皆是也。吾友上海周子桂笙,所譯之《新庵諧譯》,第二卷中,則皆能兼而有之。❹

　　他們翻譯西方童話的目的,不只是為了引進一種兒童文學類型,更是為了滿足新民運動的需要。正如梁啟超在《十五小豪傑》的序文中所說的,由於當時國民缺乏「獨立之性質」、「冒險之精神」、「自治之能力」,因此主張翻譯和閱讀西洋小說,以「吸彼歐美之靈魂,卒我國民之心志」。較早翻譯格林童話的周桂笙就是在吳趼人(1866-1910)的指引下開始翻譯西方童話和故事的,其目的是為了將外面的文化思想介紹到中國,用外來思想刺激中國的發展,同時吸收外來文化,保存中國自己的文化傳統。他在《新庵諧譯初編》的自序中說:「非求輸入文明之術,斷難變化固執之性,於是而翻西文譯東籍尚矣」。❺所以早期的童話翻譯大都是用文言完成的,翻譯方法也以自由度很高的意譯為主。這些用文言翻譯的,與原童話內容和情節相距甚遠的童話故事在成為兒童通俗讀物的同時,更易成為當時進步的知識分子宣揚新思想新道德的工具。

---

❹　紫英:《新庵諧譯》,載於《月月小說》,1907 年第 5 號。轉引自陳平原、夏曉虹編,《二十世紀中國小說理論資料》(第 1 卷),北京大學出版社,1989 年,第 253 頁。

❺　周桂笙:《新庵諧譯》,清華書局,1903 年。轉引自陳平原的《20 世紀中國小說史·第一卷》,北京大學出版社,1989 年,第 46 頁。

他們往往任意改動原童話故事的情節，甚至直接插入翻譯者的主觀議論。與其他被引入的西方文藝類型如政治小說、科幻小說、偵探小說、冒險小說一樣，由於翻譯的主觀隨意性很大，內容強調中國化，語言也較為通俗，因此確實滿足了一種新興的閱讀需求，在近代社會文化史上產生了一定的影響。

童話的「新民」價值不僅在於它是西方短篇小說的一種，更在於它是面向兒童的文藝作品。在古代的兒童觀裏，兒童只是被當作「縮小的成人」，為之設定的蒙養教育內容都是聖經賢傳，從而為封建王朝培養忠君從上、安分守己的臣民。但是，這種兒童觀到了清末民初時期發生了轉變。由於歷經亡國滅種的危機，多次變法圖強均以失敗落幕，先覺之士的民族意識開始加強。他們逐漸認識到兒童教育對於民族興亡的重要性，兒童也因此被視為中華民族未來之國民，是挽救危亡、振興國運的希望。因此，他們主張用新的教育思想蒙養兒童，特別是供給兒童新的兒童讀物。所以梁啟超在《變法通議·論幼學》和《蒙學報演義報合敘》中強調小說的幼學教育價值。西方童話作為一種外來兒童讀物，在豐富中國兒童審美世界的同時，更能潛移默化中感受西方進步的思想道德和價值觀念，達到「鼓舞兒童之興趣，啟發兒童之智識，培養兒童之德性」的效果。❻這種童話觀念到了五四時期仍然存在，新文化運動中的童話翻譯在某種程度上依然肩負著開發兒童心智、引領兒童成長的

❻　徐念慈：〈余之小說觀〉，載於《小說林》第 9、19 冊，1908 年。轉引自王泉根編，《中國現代兒童文學文論選》，南寧：廣西人民出版社，1989 年，第 13 頁。

啟蒙重任。

　　這種新民思想影響下的翻譯理念一方面推動了當時的童話翻譯，另一方面卻對後來的童話翻譯產生了消極影響。1918 年 1 月陳家麟、陳大鐙在中華書局翻譯出版的《十之九》就是這種思想觀念的產物。這是第一次較大規模地編譯安徒生童話，其中收錄有《飛箱》、《大小克勞勢》、《國王之新服》、《翰思之良伴》、《火絨篋》、《牧童》等。然而，他們的翻譯在中國童話翻譯史上並沒有取得應有的地位，反而被新文化運動中的知識分子嚴厲批判。原因在於他們的翻譯並不是以兒童為本位，而是以翻譯者自己為出發點，成為表達自己思想見解的工具。所以周作人曾在《新青年》上撰文〈讀《十之九》〉❼，批評說他們用文言翻譯的那些「照著對孩子說話一樣寫下來」的安徒生童話，全都變成了「用古文來講大道理」的「斑馬文章，孔孟道德」。

　　在五四運動之後，這種理念與新興的啟蒙思想合流，繼續發揮一定的影響力。郭沫若在 1922 年寫的〈兒童文學之管見〉一文中強調：

　　　　人類社會根本改造的步驟之一，應當是人的改造。人的根本
　　　　改造應當從兒童的感情教育、美的教育著手。有優美醇潔的
　　　　個人才有優美醇潔的社會……文學於人性之薰陶，本有宏偉
　　　　的效力，而兒童文學尤能於不識不知之間，導引兒童向上，

---

❼　周作人，〈讀《十之九》〉，原載《新青年》。見趙景深編，《童話評論》，上海：新文化書社，1928 年，第 219 頁。

啟發其良知良能。

當然，新民思想影響下的童話翻譯不止一種發展形態，例如孫毓修開創的童話翻譯就與人有別。孫毓修是較早翻譯西方童話的人之一，被茅盾稱為「中國有童話的開山祖師」和「中國編輯兒童讀物的第一人」。❽他從 1909 年開始編輯的 77 種《童話》叢書明顯受到新民思想影響下的翻譯理念的影響。他把神話、傳說、歷史故事等都籠統地收入其中。他用文白參半的語言進行翻譯，而且在翻譯的過程中，根據個人的思想和意志增刪改編的地方很多，有時甚至弄得面目全非，與原來的童話內容相去甚遠。值得注意的是，他在編撰中仿照宋元平話格式，在每篇童話故事的正文前寫一個所謂「評語」的楔子，以此強化這些童話的教育價值，表達自己的思想見解。這一格式在他後來編輯的《少年雜誌》和《少年叢書》中沿襲下去。

雖然如此，孫毓修的童話翻譯是立足兒童本位的。他編撰《童話》叢書的初衷就是希望編輯一套新的適應兒童心理和閱讀能力的兒童讀物。他在《童話》序文中指出，七八歲的兒童正是入學接受教育之時，但我國的傳統觀念「以為世故人事，非兒童所急，當俟諸成人之後」。當時的新興教科書也因為「顧教科書之體，宜作莊語，諧語則不典；宜作文言，俚語則不雅」，而「典與雅，非兒童

---

❽ 分別參見茅盾：《我走過的道路》，香港：生活、讀書、新知三聯書店，1992 年，第 116 頁。和〈關於「兒童文學」〉，見王泉根編，《中國現代兒童文學文論選》，南寧：廣西人民出版社，1989 年，第 395 頁。

之所喜也」。所以他認為當時缺乏好的兒童教育讀本，乃決定編撰
《童話》叢書：

> 兒童之愛聽故事，自天性而然。誠知言哉！歐美人之研究此
> 事者，知理想過高、卷帙過繁之說部書，不盡合兒童之程度
> 也。乃推本其心理之所宜，而盛作兒童小說以迎之。說事雖
> 多怪誕，而要軌於正則，使聞者不懈而幾於道，其感人之
> 速，行世之遠，反倍於教科書。❾

而且在編撰過程中，他也堅持以兒童為取向，儘量適應兒童的
趣味和需要，並配以適當的兒童圖畫。他按照兒童年齡，將童話編
輯成兩種讀本，一種約五千字，適應七、八歲的兒童閱讀，一種約
一萬字，供十、十一歲兒童閱讀，為了提高這套讀物的兒童趣味，
真正適應兒童心理和閱讀能力，每編完一冊，就請高夢旦先生將文
稿帶回家，由他的子女們加以評判：

> 每成一篇，輒質諸長樂高子，高子持歸，召諸兒而語之，諸
> 兒聽之皆樂，則復使之自讀之。其事之不為兒童所喜，或句
> 調之晦澀者，則更改之。❿

---

❾　孫毓修，〈童話·序〉，載於《教育雜誌》，第 1-2 號，1909 年。又見王泉
　　根編：《中國現代兒童文學文論選》，南寧：廣西人民出版社，1989 年，第
　　17 頁。

❿　王泉根編：《中國現代兒童文學文論選》，南寧：廣西人民出版社，1989
　　年，第 17 頁。

　　孫毓修開創的這種理論與實際相結合的翻譯方法是童話翻譯理論的一大進步，也是近代童話翻譯史上兒童本位意識的萌芽。為了不危害兒童的純潔心靈，他將神話志怪故事排除在外，重點收錄寓言、述事、科學三大類，希望以此補益兒童的心智，正如他自己在《童話》序文中所說：

　　　吾國之舊小說，既不足為學問之助，乃剌取舊事，與歐美諸國之所流行者，成童話若干集，集分若干編。意欲假此以為群學之先導，後生之良友，不僅小道，可觀而已。書中所述，以寓言、述事、科學三類為多。假物托事，言近旨遠，其事則婦孺知之，其理則聖人有所不能盡，此寓言之用也。里巷瑣事，而或史冊陳言，傳信傳疑，事皆可觀，聞者足戒，此述事之用業。鳥獸草木之奇，風雨水火之用，亦假伊索之體，以為稗官之料，此科學之用也。⓫

　　由此可見，早期的童話翻譯是在新民思潮中揭開序幕的，用富有西方文化特質的童話達到「開民智」、「新民德」的啟蒙效果，是早期童話翻譯者的文化訴求。然而，正是在這種文化翻譯政治裏，萌芽了孫毓修開創的現代性的童話翻譯思想。

⓫　王泉根編：《中國現代兒童文學文論選》，南寧：廣西人民出版社，1989年，第17頁。

第二節　一種新兒童讀物

在現代兒童文學興起之前，中國缺乏真正的兒童讀物，雖然歷史上也有過屬於兒童讀物的作品，如元代盧韶的《日記故事》、明代呂坤的《演小兒語》、清代程允升的《幼學故事瓊林》，但數量甚微，更多的是為封建正統服務的，充滿聖賢大道理的《三字經》、《千字文》、《百家姓》、《神童詩》、《聖諭廣訓》等。❷隨著清末民初兒童和兒童文學的發現，為兒童提供真正的兒童讀物的呼聲越來越高。1908 年徐念慈❸在《小說今後之改良》中呼籲創作適應兒童閱讀能力的讀物：

> 余謂今後著譯家所當留意，宜專出一種小說，足備學生之觀摩。其形式，則華而近樸，冠以木刻套印之花面，面積較尋常者稍小。其體裁，則若筆記，或短篇小說，或記一事，或兼數事。其文字，則用淺近之官話；倘有難字，則加音釋，偶有艱語，則加意釋，全體不愈萬字，輔之以木刻之圖畫。其旨趣，則取積極的，毋取消極的，以足鼓舞兒童之興趣，

---

❷　有關中國傳統兒童讀物的情況，請參見中華書局圖書館編的《教科書以前的童蒙讀物》。見王泉根編，《中國現代兒童文學文論選》，南寧：廣西人民出版社，1989 年，第 352 頁。

❸　徐念慈，號初我，筆名東海覺我，1874 年生於江蘇常熟。曾任教於上海文學師範講習所，參與編輯過《小說林》，翻譯出版過英國「科學小說」《黑行星》。

啟發兒童之智識，培養兒童之德性為主。❶

周作人也在《兒童的書》❶中指出選擇新兒童讀物的重要性：

> 中國向來以為兒童只應該念那經書，以外並不給預備一點東
> 西，讓他們自己去掙扎，止那精神上的饑餓；機會好一點
> 的，偶然從文字堆中——正如在穢土堆中檢煤核的一樣——
> 掘出一點什麼來，聊以充腹，實在是很可憐的，這兒童所需
> 要的是什麼呢？我從經驗上代答一句，便是故事與畫本。

在這種發現兒童和兒童文學的思潮中，童話自然成為一種重要
的兒童讀物。當時的書籍、報刊和雜誌上紛紛刊載面向兒童的童話
故事。最重要的特徵是童話故事開始大量進入小學國語課本。吳研
因在《清末以來我國小學教科書概觀》中指出，民國十年以前，就
有少量的童話故事被采入教材，隨著兒童文學的興起，這類兒童讀
物越來越多，「各書坊的國語教科書，例如商務的《新學制》，中
華的《新教材》、《新教育》，世界的《新學制》……也就拿兒童
文學做標榜，采入了物話、寓言、笑話、自然故事、生活故事、傳

---

❶ 徐念慈，〈小說今後之改良〉，原載《小說林》第 9-10 冊。見王泉根編，
《中國現代兒童文學文論選》，南寧：廣西人民出版社，1989 年，第 13
頁。

❶ 周作人，〈兒童的書〉，原載《自己的園地》。見周作人著，止庵校訂，
《兒童文學小論，中國新文學的源流》，河北教育出版社，2002 年，第 55
頁。

說、歷史故事、兒歌、民歌等等」。1913 年在教育部社會教育司第二科任職的魯迅在他撰寫的《擬播布美術意見書》中，極其重視兒童文學，要求對歌謠和童話等進行認真的整理和研究，以使它們充分發揮教育的作用。他提議「當設立國民文術研究會，以理各地歌謠、俚諺、傳說、童話等；詳其意誼，辯其特性，又發揮廣大之，並以輔翼教育」。

　　但是，對於童話作為一種兒童讀物所具有的兒童教育價值，當時的意見並不完全一致。一些人認為，童話中有太多恐怖、迷信、暴力和色情因素，有損兒童的身心健康，因此反對將童話作為兒童讀物。⓰另一些人認為，童話是一種最佳的兒童教育讀物，它不僅能滿足兒童心理需求，而且能薰陶兒童思想德性，啟發兒童想像力。正如周作人在《童話研究》中所說：「揚之者以為表發因緣，可以輔德政，論列動植，可以知生象，抑之者又謂荒唐之言，恐將增長迷誤……」。⓱在這場童話教育價值的討論中，周作人、張梓生等人的觀點最為獨特。他們一方面認為童話有「蒙養」兒童之價值，另一方面反對把童話當作教化兒童的工具。如周作人一度肯定過童話的蒙養價值：

　　童話者，原人之文學，亦即兒童之文學，以個體發生和系統

⓰　如邰爽秋認為童話中有太多有害於兒童身心的暴力和色情因素，並不適合兒童閱讀。

⓱　周作人，〈童話研究〉，原載《教育部編撰處月刊》1-7，1913 年。見周作人著，止庵校訂，《兒童文學小論，中國新文學的源流》，河北教育出版社，2002 年，第 12 頁。

發生同序，故二者，感情趣味約略相同。今以童話語兒童，
既足以厭其喜聞故事之要求，且得順應自然，助長發達，使
各期之兒童得保其自然之本相，按程而進，正蒙養之最要義
也。⓮

甚至他在《兒童的文學》的演講中，將童話列為幼兒前期和後
期的主要教育讀物。⓯但是，周作人在 1922 年 1 月 21 日致趙景深
的信中認為，「教育童話」中的「教育這兩個字不過表示應用的範
圍，並不含有教訓的意義，因為我相信童話在幼稚教育上的作用是
文學的而不是道德的」。所以他反對將童話作為兒童教化的工具：

蓋凡欲以童話為教育者，當勿忘童話為物亦藝術之一，其作
用之範圍，當比論他藝術而斷之，其與教本，區以別矣。故
童話者，其能在表見，所希在享受，攖激心靈，令起追求以
上遂也。是餘效益，皆為副支，本末失正，斯昧其義。⓴

⓮　周作人，〈童話略論〉，原載《教育部編撰處月刊》1-8，1913 年。見周作人
　　著，止庵校訂，《兒童文學小論，中國新文學的源流》，河北教育出版社，
　　2002 年，第 4 頁。
⓯　周作人將兒童分為四個發展期，一嬰兒期（一至三歲），二幼兒期（三至十
　　歲），三少年期（十至十五歲），四青年期（十五至二十歲）。與詩歌、寓
　　言、天然故事一樣，童話是幼兒前期和後期的主要兒童讀物。
⓴　周作人，〈童話研究〉，原載《教育部編撰處月刊》1-7，1913 年。見周作人
　　著，止庵校訂，《兒童文學小論，中國新文學的源流》，河北教育出版社，
　　2002 年，第 12 頁。

　　所以，他認為要想在兒童教育中充分發揮童話的教育功能重點在於合理合法地運用童話：

　　　　今之教者，當本兒童心理發達之序，即以所固有之文學為之
　　　　解喻，所以啟發其性靈，使順應自然，發達具足，然後進以
　　　　道德宗信深密之教，使自體會，以擇所趨，固未為晚，若入
　　　　學之初，即以陳言奧義課六七歲之孺子，則非特弗克受解，
　　　　而聰明知力不得其用，亦將就於廢塞，日後誘掖，更益艱
　　　　難，逆性之教育，非今日所宜有也。❷

　　1922 年 4 月 7 日，素石在《民國日報·覺悟》上發表〈與編兒童用書的先生們商量〉一文，指責有些兒童讀物中「仙人指路，騰雲駕霧」之類內容的荒謬，強調兒童讀物必須重視思想內容，不僅應該追求趣味性，而且還要「能給兒童以人情物理道德的暗示」。與此相反，1923 年 8 月，周作人在《兒童的書》一文中卻排斥兒童文學讀物與現實生活的聯繫，甚至連有關國家民族尊嚴的「國恥教育」也被排除出外：

　　　　中國正在提倡國恥教育，我以小學生的父兄的資格，正式的
　　　　表示反對。我們期望教育者授與學生知識的根本，啟發他們
　　　　活動的能力，至於政治上的主義，讓他們知力完足的時候自

---

❷　周作人著，止庵校訂，《兒童文學小論，中國新文學的源流》，河北教育出
　　版社，2002 年，第 12 頁。

己去選擇。㉒

關於童話教育價值的討論延續了很長的時間。1931 年 2 月至 1931 年 8 月間更出現了「鳥言獸語」的論爭。1931 年 2 月 24 日國民黨湖南省主席何鍵向教育部提出了改良學校課程的建議：

> 近日課本，每每「狗說」、「豬說」、「鴨子說」，以及「貓小姐」、「狗大哥」、「牛公公」之詞，充溢其間，禽獸能作人言，尊稱加諸獸類，鄙俚怪誕，莫可言狀。猶有一種荒謬之說，如「爸爸，你天天幫人造屋，自己沒有屋住」。又如「我的拳頭大，臂膀粗」等語。不啻鼓吹共產，引誘暴行，青年性根未能堅定，往往被其蠱惑。㉓

他在咨請文告中明確反對國文教科書中的所謂「鳥言獸語」，主張「猶宜選中外先哲格言，勤加講授」。他的這種言論一經刊出，隨即引起了兒童文學界和兒童教育界的討論。雖然當時也有個別文人公開支持何鍵的主張，如尚仲衣就發表過〈選擇兒童讀物標準〉和〈再論兒童讀物〉等論文，反對教科書中「違反自然現象」

㉒ 周作人，〈兒童的書〉，原載《自己的園地》。見周作人著，止庵校訂，《兒童文學小論，中國新文學的源流》，河北教育出版社，2002 年，第 55 頁。

㉓ 何鍵，〈咨請教部改良學校課程〉，載於《申報·教育消息》，1931 年 3 月 5 日。

和「違反社會價值和人生關係」的「鳥言獸語」式的讀物。❷但更多的是來自文學界和教育界的批判和反對。其中吳研因的〈致兒童教育社社員討論兒童讀物的一封信——應否用鳥言獸語的故事〉❷、〈讀尚仲衣君〈再論兒童讀物〉乃知「鳥言獸語」確實不必打破〉❷、陳鶴琴的〈「鳥言獸語的讀物」應該打破嗎？〉❷，魏冰心的〈童話教材的商榷〉❷，張匡的〈兒童讀物的探討〉❷等論文對此進行了嚴厲的駁斥和質問，強調了童話作為兒童讀物的合理性和正當性。

吳研因在他的文章中說，童話「或本含教訓，或自述生活，何神之有，何怪之有呢？」，他指出童話中的鳥言獸語，僅僅是「一種作文法中『擬人法』，有些是說明生活的自然故事，和《封神榜》《聊齋志異》的記載截然不同。不但不能和神怪故事混為一談，而且也不能和『幻想性的童話』混為一談」。陳鶴琴也在自己的文章中認為，判斷童話故事是否應該被打破的標準有兩條：「⑴這種讀物小孩子喜歡聽，喜歡看，喜歡講嗎？⑵這種讀物小孩子聽

---

❷ 尚仲衣的這兩篇論文〈選擇兒童讀物標準〉和〈再論兒童讀物——附答吳研因先生〉都載於《兒童教育》第 3 卷第 8 期上。

❷ 吳研因，〈致兒童教育社社員討論兒童讀物的一封信——應否用鳥言獸語的故事〉，載於《申報》，1931 年 4 月 29 日。

❷ 吳研因，〈讀尚仲衣君〈再論兒童讀物〉乃知「鳥言獸語」確實不必打破〉，載於《申報》，1931 年 5 月 19 日。

❷ 陳鶴琴，〈鳥言獸語的讀物應該打破嗎？〉，載於《兒童教育》第 3 卷第 8 期，1931 年。

❷ 魏冰心，〈童話教材的商榷〉，載於《世界雜誌》第 2 卷第 2 期，1931 年。

❷ 張匡，〈兒童讀物的探討〉，載於《世界雜誌》第 2 卷第 2 期，1931 年。

了看了講了，究竟受到什麼影響？」在他看來，「鳥言獸語的讀物，年幼的小孩子——尤其在七歲以內的小孩子——是最喜歡聽最喜歡看的，至於害處呢，我實在看不出什麼」。魏冰心在他的長文中說，「童話是幼兒精神生活上的糧食」，「幼兒閱讀童話有益而無害」，認為「低年級的國語教材，當多供給合於兒童想像生活的童話，這是近代中外教育家所公認」。同時他指出應該做兩種區分：「第一，文學和科學不要混為一談。第二，低年級和高年級的國語文學教材應該分別清楚」。張匡在他的文章中認為：「成人果然有成人的讀物，兒童也有兒童的讀物，以前兒童所讀的不過是成人的讀物而已……原來兒童的讀物另有一個領域，這是一般人所不易領略的。不能用成人的心理和經驗去推測的」。他還提出了選擇童話的標準，一是無封建思想，二是適合國情，三是勿取有迷信的材料。通過這場持續了半年多的論爭，澄清了當時存在於兒童文學界和兒童教育界的一些模糊觀念，加深了人們對童話藝術價值和教育價值的理解，促進了中國的童話研究和創作。

小　結

　　本章探討了西方童話在中譯之初，作為一種新民途徑和一種新兒童讀物，它們是如何成功地被近代中國文化思潮所涵化，成為一種有力的外來文化資源的過程。正是在近代新民思潮的影響下，童話翻譯被提升到了國民教育的層面，成為改造國民性的途徑之一。同樣，正是在新兒童文學運動的影響下，童話翻譯上升到了教育新兒童、新國民的層面，成為培養新兒童的讀物之一。

第九章 童話中譯產生的效應

前一章詳細分析了西方童話傳入之初，與近代中國文化思潮相互呼應，成為推動思潮發展的有力的外來文化資源的過程。本章將從另一個角度展開研究，探討西方童話作為一種西方現代文藝形式，其自身內涵的種種文化因素，是如何刺激和推動近代中國文化運動的。即西方童話翻譯與新文學運動、民間文學運動和童話研究領域之間的內在聯繫。

第一節 一種新文學類型

與政治小說、科幻小說、偵探小說等其他外來文學形式一樣，童話最初也是在「文化維新」思潮，特別是「小說界革命」思想的影響下，作為一種新的文學類型被引進的。近代童話譯介的文學價值主要體現在兩個方面：一是為中國提供現代小說的某些參照，二是為中國輸入現代童話文體。

中國現代小說的發展在一定程度上接受過西方童話的影響。童話作為一種西方文藝形式，對革新中國文學形態和理論具有一定的

參照價值。❶特別是作為西方短篇小說的一種，那些富有西方文化特質的童話故事的翻譯，對中國傳統小說理論構成一定的衝擊，在一定程度上推動了中國「新小說」某些特徵的萌芽和發展。❷雖然傳統的中國小說也曾有過旺盛的生命力和獨特的審美價值，在漫長的封建文化史上發揮過重要作用，但是，社會的發展和時代的變遷，使它逐漸脫離了社會文化的根基，到晚清時期，其文化生命力總體已趨向衰落，成為進步知識分子群起批判的對象。傳統小說的近代衰落固然存在思想上的根源，主要是那些以封建舊思想和舊道德為基礎的「舊小說」，越來越脫離了社會生活和時代需求。同時也存在藝術上的原因。「舊小說」在文體、主題、情節、內容、審美和敘事方式上的局限性使它適應不了急劇變化的社會需要。而西方小說作為西方現代文藝發展的產物之一，其情節、內容、主題、審美和敘事等各方面的獨特性，為中國小說的革新和發展提供了一種新的模式和經驗。因此，作為西方短篇小說或兒童小說之一的童話，也是中國「新小說」審美藝術發展的來源之一。

中國現代童話文體是在西方童話和童話理論的影響下形成的。新文化運動反對傳統教育思想和文化對人性的壓抑和束縛，要求用

---

❶ 有關西方小說翻譯對中國現代小說發展的影響，請參見陳平原的《20 世紀中國小說史‧第一卷，1897-1916》，北京大學出版社，1989 年，第 23-64 頁。

❷ 戊戌變法運動在將康有為、梁啟超等維新志士推上政治舞臺的同時，也把新小說推上了文學舞臺。「新小說」作為中國現代小說的萌芽，其標誌是 1902 年梁啟超於日本橫濱創辦的《新小說》雜誌。一般而言，「新小說」一詞專指那些在「小說界革命」思想影響下產生的現代小說，是有別於中國傳統小說「舊小說」的思想與風貌而言的。

新的思想、新的文化教育新的中國人。與那些以培養「君子」為目標的《三字經》、《千字文》和《百家姓》等傳統中國兒童讀物不同，童話作為一種從西方傳入的文學類型，其對兒童的教育價值被新文化精神所肯定，也被當時許多兒童文學作家所借鑑和模仿。因此，當時被譯介而來的各種文學童話很快就進入中國新興的兒童文學領域，其中特別是安徒生創作的童話，以其天真的童心、優美的情節和瑰麗的想像吸引了千千萬萬的中國兒童，也推動了中國作家創作面向兒童的童話的熱情。

　　五四時期的童話翻譯非常熱鬧，不僅重譯了以前用文言和意譯的方法翻譯的童話，而且新翻譯了大量從沒有譯介過的童話作品。可是很長一段時間裏，翻譯過來的西方童話在兒童話讀物中占主導地位，中國作家自己創作的優秀童話還很少見。對此，陳獨秀曾批評說，中國兒童文學應該走自己的道路，他「很不贊成『兒童文學運動』的人們僅僅直譯格林童話或安徒生童話而忘記了『兒童文學』應該是『兒童問題』之一」。後來，沈雁冰也作過反思，認為「五四時代的兒童文學運動，大體說來，就是把從前孫毓修先生（他是中國編輯兒童讀物第一人）所已經改編（retold）過的或者他未曾用過的西洋的現成童話再來一次所謂直譯」。❸

　　但是必須看到的是，中國知識分子自己創作文學童話的努力一直沒有停止過。西方童話，特別是安徒生童話很早就是中國童話作

---

❸　沈雁冰，〈關於「兒童文學」〉，原載《文學》第 4 卷第 2 期，1935 年。又見王泉根編，《中國現代兒童文學文論選》，南寧：廣西人民出版社，1989 年，第 395 頁。

家模仿和借鑑的重要對象。正如魯迅在《小彼得·序言》中說的，「凡學習外國文學的，開手不久，便選擇童話」。早期的中國童話作家一邊翻譯西方的童話故事，一邊蘊釀自己的童話作品。其中，孫毓修應該是我國近代文學童話的開路人。雖然他的童話概念過於寬泛，所有具有幻想性的神話、故事或小說都被納入童話類型裏，但他編撰的《童話》叢書算得上是中國文學童話的雛形了。而在他編撰的 77 種童話中有近一半是從外國童話改編而來的。之後，沈雁冰、鄭振鐸等人繼續編撰《童話》叢書。沈雁冰一方面繼續改編國內外傳統的童話故事，為此編撰了 27 種童話故事出版，另一方面開始嘗試自己創作童話，如《書呆子》和《尋快樂》等。雖然他的嘗試整體上還處在模仿外國童話的階段，在敘述風格上還沒有擺脫傳統話本小說的影響，有時教育色彩過於濃厚，但他改寫和創作的那些童話故事是中國文學童話發展的基礎。此後，鄭振鐸的童話翻譯和創作進一步推動了我國文學童話走向獨立和成熟。他不僅以嚴格的標準翻譯了大量安徒生、王爾德童話，而且自己創作了不少優美的童話，如《竹公主》和《小人國》等。與前人相比，他創作的童話出現了一些重要的變化，如形成了特定的童話敘述風格，中間不再出現作者的點評；童話文體意識加強，不再包含各種神話和小說等；語言明白曉暢，藝術色彩更濃，初步形成了中國文學童話的基本特色。由此可見，中國文學童話可以說是在西方童話的影響下萌芽成形的。

　　經過孫毓修、沈雁冰、鄭振鐸等人對國內外童話故事的翻譯、改編和獨立創作，中國文學童話在西方童話的影響下一步步發展起來。其中，葉聖陶的童話是中國文學童話走向成熟的標誌，他的

《稻草人》被魯迅稱為「給中國的童話開了一條自己創作的路」。❹
雖然葉聖陶的童話在思想內涵、藝術風格、人物形象和語言特色等
各方面都開創了中國風格和中國氣派的文學童話，但我們依然可以
看到西方童話，特別是安徒生童話對它們的影響。1921 年 11 月 15
日至 12 月 30 日，葉聖陶在不到半個月的時間裏就創作了《小白
船》、《一粒種子》、《芳兒的夢》等 9 篇童話，後來與其他童話
一起結集為《稻草人》（1923 年）出版。這些童話語言活潑生動、
意象清新自然、極富兒童氣息，明顯受到安徒生童話的影響。他甚
至還以安徒生童話《皇帝的新衣》為線索，順著安徒生的思路續寫
了一篇自己創作的《皇帝的新衣》。正如有研究者所指出的，五四
以來的兒童文學作家們「幾乎沒有一個不是受到外國兒童文學尤其
是安徒生童話的影響，或內容的啟發，或形式的借鑑，或表現手法
的汲納，或兼而有之，融會貫通」。❺葉聖陶自己也曾說過：

> 我寫童話，當然受了西方的影響。五四前後，格林、安徒
> 生、王爾德的童話陸續介紹過來。我是個小學教員，對這種
> 適宜給兒童閱讀的文學形式當然會注意，於是有了自己來試
> 一試的想頭。❻

在此之後，中國的童話創作在吸收和借鑑西方童話特色的基礎

---

❹　魯迅在《表·譯者的話》中說：「十來年前，葉紹鈞先生的《稻草人》是給
　　中國的童話開了一條自己創作的路的。」
❺　王泉根，《現代兒童文學的先驅》，上海文藝出版社，1987 年，第 137 頁。
❻　葉聖陶，《我和兒童文學》，上海少年兒童出版社，1980 年，第 3 頁。

上更加走向獨立和成熟，更具有民族特色。但是西方童話的某些傳統，特別是安徒生童話所開創的經典範式一直是中國童話作家所追尋的方向。

第二節　一場民間文藝運動

格林兄弟於 1806-1807 年開始搜集，1812-1858 年陸續出版的《兒童與家庭童話》是西方浪漫主義文藝運動的產物，也是在現代西方民俗學理論的影響下完成的。格林童話作為一種文化類型在德國民族文化運動中產生過一定的影響，同樣它在中國也帶來了一種文化效應，一度成為中國新文化運動走向民間的一面旗幟。正是受格林兄弟在民族文化危機關頭搜集民間童話的啟發，在 1918-1937 年近代中國的知識分子掀起了由劉復（1891-1934）、周作人、顧頡剛（1893-1980）等人發起的「到民間去」的民間文學運動。❼這場民間文學運動是在新文化運動決定走向民間，尋找新的文化資源的歷史背景下進行的，格林童話作為一種民間童話，其價值被這種新文化精神所肯定，從而引導了一些中國知識分子走向民間，發掘豐富的民間文化資源。

周作人是這場民間文學運動的主將之一，他在《知堂回想錄》裏回憶自己走上童話研究道路的因緣時，肯定了西方童話理論，特別是人類學理論對他的影響：

---

❼　對於這次民間文藝運動的具體情況，請參見洪長泰的《到民間去：1918-1937年的中國知識分子與民間文學運動》，上海文藝出版社，1993年。

以前因為涉獵過英國安特路朗的著作，略懂得一點人類學派的神話解釋法，開始對於「民間故事」感到興趣，覺得神話傳說，童話兒歌，都是古代沒有文字以前的文學，正如麥卡洛爾的一本書所說，是「小說之童年」。

受格林兄弟搜集民間童話的啟示，周作人很早就意識到民間童話作為一種民族文化遺產，具有較高的文化研究價值。因此他在《古童話釋義》中認為，「用童話者，當上采古籍之遺留，下集口碑所傳道，次更遠求異文，補其缺少，庶為富足，然而非所可望於並代矣」。為了挽救這些極富研究價值的文化遺產並發揮它的作用，他呼籲抓緊民間童話的搜集和整理工作，因此他在《童話研究》中說：

中國童話自昔有之，越中人家皆以是娛小兒，鄉村之間尤多存者，第未嘗有人採錄，任之散逸，近世俗化流行，古風衰歇，長者希復言之，稚子亦遂鮮有知之者，循是以往，不及一世，漸沒將盡，收拾之功，能無急急也。格林之功績，蕭勒貝爾（Froebel）之學說，出世既六十年，影響遍於全宇，而獨遺於華土，抑何相見之晚與。❽

他不僅寫文章鼓吹知識分子到民間去，尋找新的文化資源，而

---

❽　周作人，《兒童文學小論，中國新文學的源流》，石家莊：河北教育出版社，2000 年，第 22 頁。

且很快就將童話搜集之事付諸實踐。1911 年他從日本留學回國後，在紹興省立第五中學教書，並擔任紹興縣教育會會長。1914 年他在紹興縣教育會月刊一月號上刊出一個啟事：

> 作人今欲採集兒歌童話，錄為一編，以存越國土風特色，為民俗研究，兒童教育之資料。即大人讀之，如聞天籟，起懷舊之思。兒時釣游故地，風雨異時，朋之嬉戲，母姊之話言，猶景象宛在，顏色可親，亦一樂也。第茲繁重，非一人才力所能及，當希當世方聞之士，舉其所知，曲賜教益，得以有成，實為大幸。❾

　　雖然這次童話徵集活動的結果非常不理想，但它在中國民間童話的搜集史上具有開創性意義，它向近代中國知識分子吹響了到民間去搜集民間童話故事的號角。四年後，也就是 1918 年 2 月 1 日，北京大學校長蔡元培在《北京大學日刊》上公佈了徵集歌謠的「校長啟事」，而周作人仍然是其中的骨幹之一。1920 年 10 月 26 日周作人在北京孔德學校作題為《兒童的文學》的演講，在論及建設兒童文學的具體途徑時，他強調民間采風的作用，他「希望有熱心的人，結合一個小團體，起手研究，逐漸搜集各地歌謠故事，修訂古書裏的材料，翻譯外國的著作，編成幾部書，供家庭學校的用」。

---

❾ 周作人，〈徵求紹興兒歌童話啟〉，《中國現代兒童文學文論選》，南寧：廣西人民出版社，1989 年，第 20-21 頁。

　　周作人的熱心呼籲得到了不少人的回應。1920 年郭沫若在〈兒童文學之管見〉中提出：

　　童話、童謠我國古所素有，其中又不乏真有藝術價值的作品。仿德國《格林童話》之例，由有志者徵求、審定而裒集成書，當能得到良好的效果。❿

　　1921 年張梓生（1892-1967）也在〈論童話〉一文中正式提出搜集、整理和出版中國民間童話集：

　　他國流行的童話，多有專集搜羅進去，像格林童話集的出版，很可供我們研究。我們中國也該有人出來，將自己國內流傳的大大的研究一下，把有關本民族特性的發揮一番，集成一種專書才好。⓫

　　民間文學運動中的一些知識分子也加入民間童話的搜集整理工作。1923 年 9 月 30 日第 26 期《歌謠》上載文說，「本會（歌謠研究會──作者注）事業目下雖只以歌謠為限，但因連帶關係覺得民間的傳說故事亦有搜集之必要，不久擬即開始工作。……選錄代表的故事，一方面足以為民間文學之標本，一方面用以考見詩賦小說發

---

❿　郭沫若，〈兒童文學之管見〉，《童話評論》，上海：新文化書社，1928年，第 194 頁。

⓫　張梓生，〈論童話〉，載於《婦女雜誌》第 7 卷第 7 號，1921 年。又見趙景深編，《童話評論》，上海：新文化書社，1928 年，第 1 頁。

達之跡」。1924 年 10 月 5 日第 62 期《歌謠》上發文，要求「擴充採集範圍」，「除謠、諺、謎語外，對於風俗方言故事童話等材料，亦廣事搜集，隨時發表」。

　　隨著民間文學運動的不斷深入，個別知識分子不僅投身於民間童話的搜集工作，而且開始嘗試運用現代理論方法研究民間童話故事。其中以劉枝的〈對於搜集民間故事的一點小小意見〉❿，顧頡剛的〈孟姜女故事的轉變〉⓭，羅香林的〈民間世說序〉⓮，葛孚英的〈談童話〉⓯，以及于道源翻譯的《童話型式表》⓰等為代表，特別是顧頡剛的研究，被劉半農稱為「你用第一等史學家的眼光和手法來研究這故事；這故事是兩千五百年來一個有價值的故事，你那文章也是兩千五百年來一篇有價值的文章」。⓱

　　胡愈之在《論民間文學》一文中將童話納入民間文學系統，說明了搜集和整理民間童話的重要性。他認為民間童話是一種由全體民眾共同創造的口頭的文藝形式，它是民族文化心理的結晶。作為民間文學類型的一種，他主張童話研究首先要把各地的民間童話採

⓬　劉枝，〈關於搜集民間故事的一點小小意見〉，載《歌謠》第 54 期，1924 年 5 月 11 日。

⓭　顧頡剛，〈孟姜女故事的轉變〉，載《歌謠》第 69 期，1924 年 11 月 23 日。

⓮　羅香林，〈民間世說序〉，載《歌謠》第 2 卷第 7 期，1936 年 5 月 16 日。

⓯　葛孚英，〈談童話〉，載《歌謠》第 3 卷第 1 期，1937 年 4 月 3 日。

⓰　1936 年 11 月 21 日至 12 月 19 日，1937 年 3 月 20 日至 3 月 23 日，《歌謠》刊登了于道源編寫的《童話型式表》，分別介紹了第 21、15、16、20、26、31、50、45、53、34、44、46、51、60、136 號格林童話。

⓱　見《歌謠》第 83 期裏的「通訊」欄，1925 年 3 月 22 日。

集下來，編成集子，然後用歸納和分類的方法深入探討它的價值。
❶鄭振鐸在他主編的《兒童世界》裏多次強調各地流行的童話故事
極富兒童教育價值，希望更多的人能投入到民間童話故事的搜集中
去。❶

　　在搜集民間童話的基礎上，一大批民間童話故事被搜集出版，
其中標誌性的成果有三十年代《民俗》週刊登載的系列民間童話和
故事❷，以及北新書局發行的林蘭女士編輯的童話故事叢書。❷同
時還有一批知識分子開始投入民間童話的改編工作，如劉大白編寫
過中國民間童話故事，趙景深運用民間文學素材編寫了五十四種圖
畫故事小冊子，黎錦暉也編寫過《十兄妹》、《十姐妹》的民間童
話故事。

第三節　一個新的文學概念

　　隨著西方童話的中譯，童話作為一種新的文藝類型，其概念也
逐漸被引入中國文化之中。近代學者在西方童話概念的啟發下，開

---

❶　張梓生，〈論民間文學〉，載趙景深編，《童話評論》，上海：新文化書
　　社，1928 年，第 53-62 頁。

❶　鄭振鐸主編，《兒童世界》，第 2 卷第 6 期。

❷　《民俗》週刊曾刊登了三個童話故事專號，分別是第 47 期的「傳說專號」，
　　第 51 期的「故事專號」和第 93、94、95 期的「祝英台故事專號」。

❷　1926 年至 1933 年，北新書局發行了由該局主持人李小峰（1897-1971）化名
　　為「林蘭女士」編輯的系列童話故事叢書，這套叢書近 40 種，分為「民間趣
　　事」、「民間童話」和「民間傳說」等三類，每冊選錄童話故事 20-40 篇，
　　總數達到一千篇，可以說是我國第一部民間故事集成。

始建構中國自己的童話概念。他們大都從民俗學和文學的角度來界定童話的概念和內涵。

從民俗學、特別是從民間敘事的角度理解童話，是一種現代知識傳統。早期的中國民俗學者很早就嘗試從民間敘事的角度理解童話。例如，張梓生在〈論童話〉一文中認為，童話是「根據原始思維和禮俗所成的文學」：

> 童話和「神話」「傳說」都有相連的關係。原來元始人類，不懂物理，他看一切物類和所謂天神，地祇，鬼魅等等，都有動作生氣，和人類一樣，這便是拜物教的起因，從此所演成的故事便是「神話」。進了一步，傳講這類事實，使人雖信而不畏，便變成「傳說」。再進一步，把這些事實，弄成文學化，就是「童話」了。所以童話的界說是：「根據原始思維和禮俗所成的文學」。
>
> 世人往往誤會，以為童話是供兒童的需求，合兒童的心理，可以隨意造作，那便弄錯了。童話的效用，在教育上很有價值，但他的研究非用民俗學和兒童學去比較不可。不明白民俗學，便不能明白童話的真義，不明白兒童學，便不能定童話的應用範圍。❷

周作人在他寫給趙景深的童話討論信中，認為童話是「原始社

---

❷ 張梓生：〈論童話〉，載於趙景深編的《童話評論》，新文化書社，1928年，第1-2頁。

會的文學」，並指出了童話與神話、傳說之間的相互關聯性：

> 原始社會——上古野蠻民族，文明國的鄉民與兒童社會——的故事，普通分作神話（Mythoe），傳說（Saga）及童話（Marchen）三種。這三個希臘、伊思蘭及德國來源的字義，都只是指故事，現在卻拿來代表三種不同的東西。神話是創世以及神的故事，可以說是宗教的；傳說是英雄的戰爭與冒險的故事，可以說是歷史的，這兩類故事在實質上沒有什麼差異，只是依所記的人物為區別。童話的實質也有許多與神話傳說共通，但是有一個不同點：便是童話沒有時與地的明確的指示，又其重心不在人物而在事件，因此可以說是文學的。❷❸

趙景深在寫給周作人的討論信中，也認為「從童話裏去研究原始社會的風俗習慣，才是最正當的方法」。同時，他也指出了童話的其他文化價值：

---

❷❸ 見趙景深編的《童話評論》，新文化書社，1928 年，第 68 頁。周氏在另一篇題為〈神話與傳說〉的文章中有相似的表述：「神話與傳說形式相同，但神話中所講者是神的事情，傳說是人的事情，其性質一是宗教的，一是歷史的。傳說與故事亦相同，但傳說中所講的是半神的英雄，故事中所講的是世間的名人，其性質一是歷史的，一是傳記的。這三種可以歸作一類，人與事並重，時地亦多有著落，與重事不重人的童話相對。童話的性質是文學的，與上邊三種之由別方面轉入文學者不同，但這不過是他們原來性質上的區別，至於其中的成分別無什麼大差……」。見趙景深編的《童話評論》，新文化書社，1928 年，第 49-50 頁。

> 藉各地的童話去研究方言，童話便可供語言學者的參考；選
> 童話去做寓言和諷刺，又可供辯士的採取；由童話中找出原
> 始的思想去和現今的非美兩洲以及各處的野蠻民族比較，以
> 便行政，又成了政治家的補助品；從童話中的原始思想去和
> 兒童的思想比較，去掉太背謬現代心理的，選童話以供兒童
> 的閱讀，又成了教育家的輔導品。❷

　　由此便開啟了中國學者從民俗學、特別是民間敘事的角度理解
童話的大門。後來的學者大都沿著他們的思路將「民間童話」的概
念和知識更深化和系統化。例如，譚達先在《中國民間童話研究》
一書中，認為童話是「具有幻想、怪異、虛構佔優勢的民間故
事」。❷

　　中國學者對民間童話的理解，很明顯受到西方民俗學、神話學
或文化人類學的影響。在民俗學視角之外，從文學、特別是從兒童
文學的角度理解童話，也是一種典型的研究傳統。在中國的各種工
具書中，基本上體現著這一類的定義。例如，中華書局的《中華成
語詞典》將童話解釋為：「專備兒童閱讀的故事書」。商務印書館
的《辭源》將童話定義為：「兒童所閱之小說也。依兒童心理以敘
述奇異之事，行文粗淺，有類白話，故曰童話」。華華書店的《文
藝詞典》將童話理解為：「直接地引動孩子的感情，惹起他們的興
味的故事」。啟明書局的《新詞林》將童話解釋為：「為兒童而編

---

❷　趙景深編：《童話評論》，新文化書社，1928 年，第 172-173 頁。
❷　譚達先：《中國民間童話研究》，香港：商務印書館，1981 年，第 2 頁。

的故事讀物」。春明出版社出版的《新名詞辭典》將童話定義為：
「寫給孩子看的故事」。商務印書館的《四角號碼新詞典》將童話
理解為：「按照兒童的心理和需要而編寫的故事」。商務印書館的
《學生詞典》將童話解釋為：「為兒童編寫的故事，用最淺明的文
字，通過故事的形式，激發兒童的想像，對兒童進行教育」。1979
年編定的《辭海》將童話定義為：「兒童文學的一種。通過豐富的
想像、幻想和誇張來塑造形象，反映生活，對兒童進行思想教育。
一般故事情節神奇曲折，生動淺顯，對自然物往往作擬人化的描
寫，能適應兒童的接受能力」。由此可見，早期的「童話」是與兒
童文學相通的，它是「兒童文學」的代名詞，因而「童話」被理解
為「故事讀物」、「故事」或「小說」等。❷❻

　　中國的文學研究者也一度熱心於從兒童文學的角度理解童話。
例如，周作人在與趙景深的童話討論中，認為「童話」的字面意思
是「兒童的故事──原始的小說」，認為有必要將從民間童話之中
單立一個面向兒童的童話概念分類：

　　　近代將童話應用於兒童教育，應當別立一個教育童話的名
　　字，與德國的相當──因為若說兒童童話，似乎有點不詞，
　　兒童心理既然與原人相似，供給他們普通的童話，本來沒有
　　什麼不可，只是他們的環境不同了。須得在二十年裏，經過
　　一番人文進化的路程，不能像原人的從小到老，優游於一個

---

❷❻　洪汛濤：《童話學》，臺北：富春文化事業公司，1989 年，第 33-40 頁。

世界裏，因此在普通童話上邊不得不加以斟酌。❷

而趙景深在與周作人進行童話討論的信中，認為「童話不是神怪小說」，「童話不是兒童小說」：

> 童話這件東西，既不太與現實相近，又不太與神秘相觸，他實是一種快樂兒童的人生敘述，含有神秘而不恐怖的分子的文學。這一種快樂兒童的人生，猶之初民的人生，因為人事愈繁，苦惱愈多。這種神秘而不恐怖的分子，也就是初民心理中共有的分子，他們──初民和兒童──不覺得神是可怕的，只覺得神是可愛的。因之簡單說來，童話就是初民心理的表現。❷

後來的學者在此基礎上，逐漸確立起「文學童話」的概念。例如，林守為在他的《兒童文學》一書中，將童話定義為：「童話是依據兒童的生活和心理，憑藉作者的想像和技巧，通過多變的情節、美麗的描寫以及奇妙的造境來寫的富有興味與意義的遊戲故事」。❷陳正治在他的《童話寫作研究》一書中，將童話解釋為：「童話是專為兒童編寫，以趣味為主的幻想故事」。❸蔡尚志在他

---

❷　趙景深編：《童話評論》，新文化書社，1928 年，第 178-179 頁。

❷　趙景深：〈童話的討論一〉，載於《童話評論》，趙景深編的《童話評論》，新文化書社，1928 年，第 66-67 頁。

❷　林守為：《兒童文學》，臺北：五南圖書公司，1982 年，第 58 頁。

❸　陳正治：《童話寫作研究》，臺北：五南圖書公司，1994 年，第 7 頁。

的《童話創作的原理與技巧》一書中,將童話理解為:「童話,是
一種專為兒童創作的,以神奇詭異的幻想來反映現實生活,融現實
與幻想於一爐,飽含著想像與情趣的故事性敘事作品」。❸林文寶
在他的《試論我國近代童話觀念的演變──兼論豐子愷的童話》一
書中,將童話定義為:「所謂童話,用現代的觀點來說,即是指專
為兒童設計的一種超時空的想像性的故事」。❸廖卓成在《童話析
論》中,將童話定義為:「適合兒童閱讀,有仙子、魔法或其他超
自然成分的幻想故事;情節較寓言曲折,敘述者對超自然現象,視
為理所當然,不用作科學解釋,也沒有神話的敬畏之情」。❸張美
妮在她的《童話辭典》中對童話這樣闡釋:

> 兒童文學特有的體裁,供少年兒童閱讀的幻想性敘事文學,
> 具備人物、事件、環境三要素,利用魔法和寶物,運用神
> 化、擬人、擬物、變形、怪誕、誇張、象徵等手法去塑造超
> 自然的形象,具有異常和神奇的審美特徵,故事性強,富於
> 兒童情趣。童話藝術的基礎是少年兒童的想像力,同少年兒
> 童喜歡幻想、相信假定的心理特徵相一致。童話適合於少年
> 兒童的閱讀能力和審美趣味,用少年兒童所喜聞樂見的語言
> 虛構饒有趣味的幻想故事,童話通過幻想塑造形象,不是直

---

❸　蔡尚志:《童話創作的原理與技巧》,臺北:五南圖書公司,1996 年,第
　　284 頁。
❸　林文寶:《試論我國近代童話觀念的演變──兼論豐子愷的童話》,臺北:
　　萬卷樓圖書公司,2000 年,第 25 頁。
❸　廖卓成:《童話析論》,臺北:大安出版社,2002 年,第 21 頁。

接地而是曲折地表現生活，反映生活，創造出虛構的幻想世界。童話具有幻想性、現實性、假定性、情感性、正義性、民族性。❸❹

　　臺灣出版的《中華兒童百科全書》曾從兒童文學的視角對童話作過很長的解釋：

　　　有幾本小孩子看的書，像：《木偶奇遇記》，寫的是一個會走路、會說話的小木偶的故事；《愛麗思夢遊奇境記》，寫的是一個小女孩追一隻穿禮服的兔子，追進了樹洞，在地底下漫遊奇境的故事；《水嬰兒》，寫的是一個掃煙囱的小男孩，變成魚一樣的水嬰兒，生活在水裏的故事；《醜小鴨》，寫的是一隻可憐的小鴨子受盡了虐待，最後才知道自己是一隻美麗的天鵝的故事；《柳樹中的風聲》，寫的是一隻鼴鼠，一隻水鼠，一隻獾，一隻蛤蟆，四個好朋友的故事；《小房子》，寫的是一間小房子搬家的故事。上面所舉的幾本書，都不是普通的故事，這些故事，就叫做「童話」。在童話裏，小木偶、小拖船、小鴨子、小鼴鼠、蛤蟆、兔子，都像是一個「人」，會說話，也會想事情。在「童話」裏，好的願望都可以實現。小木偶知道怎樣做一個好孩子以後，就變成了一個真正的孩子。在「童話」裏，所有有趣的事情都可以發生，例如兔子穿大禮服，而且身上帶

---

❸❹　張美妮：《童話辭典》，黑龍江少年兒童出版社，1989年，第1頁。

著表；蛤蟆很有錢，住在河邊的大房子裏，家裏有好幾條船。「童話」就是寫給小孩子看的故事，不過這故事並不是普通的故事，也不是真的事情。這故事是想出來的最可愛的故事。這故事把天底下所有的東西都當作「人」來看待，讓所有的東西互相交朋友，讓好的願望能實現，讓一切有趣的事情都能發生。十九世紀的時候，丹麥有一位作家安徒生，把歐洲小孩喜歡聽的各種「小仙子的故事」寫下來。起初寫的都是已經流傳在民間的故事，後來他自己也想出一些新故事來寫。像《堅定的錫兵》、《醜小鴨》，都是很新鮮，很有趣的。這就是「自己想故事寫給小孩子看」的開始。安徒生把他寫的各種故事放在一起，成為一本本的書。這些書都叫「小仙子故事」，其實安徒生自己想的那許多篇新故事裏早就沒有小仙子了。安徒生開創了為孩子們想新故事、寫新故事的方法。日本人翻譯《安徒生小仙子故事集》，用的就是「童話」這個名詞，譯成《安徒生童話集》。「童話」的意思是「兒童故事」。這個名詞，也傳到我們中國來。從安徒生以後，西洋作家寫自己所想像的故事愈來愈多，而且都繼承安徒生的寫法，但是越寫越精彩，同時也不再叫「小仙子故事」了，因為故事裏根本沒有「小仙子」。中國和日本就把這種新想出來的，像安徒生那樣寫法的故事叫做「童話」。

　　經過這些早期兒童文學研究者的努力，「文學童話」的概念逐漸確立起來，成為兒童文學領域的重要文體之一。

此外，還有其他與童話相關的學科，在運用童話這一概念時也有各自的側重面。例如，文化研究者強調童話的文化解讀功能，教育家強調童話的教育啟蒙功能，社會學研究者強調童話的社會反映功能，等等。

第四節　一種新研究對象

西方童話的傳入引發了現代意義的學術討論，促進了中國現代童話學的形成。隨著童話翻譯和創作的繁榮，部分關心童話研究和兒童教育的中國知識分子掀起了一場「童話討論」。其中以居於上海的知識分子和上海的傳播媒介為主，當時周作人、趙景深、張梓生、邰爽秋和嚴既澄等學者，以上海的《婦女雜誌》、《中華教育界》、《小說月報》、《東方雜誌》、《文藝旬刊》、《出版界》、《初等教育》、《民鐸》、《民國日報》、《文學週刊》、《兒童世界》、《小朋友》和《晨報・副刊》、《教育部編撰處月刊》、《新青年》、《歌謠週刊》等為主要陣地，圍繞「童話」這個全新的詞，對童話的定義和特徵，童話的教育意義，童話的翻譯和搜集，以及經典童話作家作品等展開討論。其中趙景深和張梓生先在《婦女雜誌》上通信討論㉟，之後趙景深和周作人分別於1922年1月9日、1月21日、2月1日、2月5日、2月16日、2月19日、3月25日、4月3日、4月6日在《晨報・副刊》上刊

㉟　趙景深和張梓生之間的通信收錄於趙景深編的《童話評論》，上海：新文化書社，1928年，第1-12頁。

登了 9 封學術通信，交流童話知識，將童話討論推向高潮。❸⑥

　　在此前後，近代童話研究在這批知識分子的推動下，取得了相當的成就，其中主要有胡適的〈兒童文學的價值〉❸⑦，周作人的〈童話研究〉、〈童話略論〉、〈古童話釋義〉❸⑧、〈王爾德童話〉❸⑨、〈讀《十之九》〉和部分內容涉及到童話的〈兒童的文學〉❹⓪、〈神話與傳說〉❹①、〈兒童的書〉、〈科學小說〉❹②、〈隨談錄〉❹③，趙景深的論文〈西遊記在民俗學上的價值〉❹④、

❸⑥　這 9 封通信收錄於《童話評論》中。見趙景深編，《童話評論》，上海：新文化書社，1928 年，第 65-73，170-177，237-240 頁。

❸⑦　胡適，〈兒童文學的價值〉，原載《晨報副刊》。又見趙景深編，《童話評論》，上海：新文化書社，1928 年，第 191 頁。

❸⑧　周作人，〈古童話釋義〉，原載《紹興縣教育會月刊》第 7 號，1914 年。見周作人著，止庵校訂，《兒童文學小論，中國新文學的源流》，石家莊：河北教育出版社，2002 年，第 23 頁。

❸⑨　周作人，〈王爾德童話〉，原載《晨報副刊》。見趙景深編，《童話評論》，上海：新文化書社，1928 年，第 205 頁。

❹⓪　周作人，〈兒童的文學〉，原載《藝術與生活》。見周作人著，止庵校訂，《兒童文學小論，中國新文學的源流》，石家莊：河北教育出版社，2002 年，第 37 頁。

❹①　周作人，〈神話與傳說〉，原載《自己的園地》。見周作人著，止庵校訂，《兒童文學小論，中國新文學的源流》，石家莊：河北教育出版社，2002 年，第 46 頁。

❹②　周作人，〈科學小說〉，原載《雨天的書》。見周作人著，止庵校訂，《兒童文學小論，中國新文學的源流》，石家莊：河北教育出版社，2002 年，第 59 頁。

❹③　周作人，〈隨談錄〉，載於《新青年》5-3，1918 年。

❹④　趙景深，〈西遊記在民俗學上的價值〉，原載《文藝旬刊》。見趙景深編，《童話評論》，上海：新文化書社，1928 年，第 62 頁。

〈童話家格林弟兄傳略〉㊺、〈童話家之王爾德〉㊻、〈安徒生評傳〉㊼和著作《童話評論》㊽、《童話概要》㊾和《童話論集》㊿，張梓生的〈論童話〉，馮飛的〈童話與空想〉(51)，嚴既澄的〈兒童文學在兒童教育上的位置〉(52)、〈神仙在兒童讀物上之位置〉(53)，鄭振鐸的〈兒童世界宣言〉(54)、〈稻草人序〉(55)，郭沫若的〈兒童文學之管見〉(56)，胡愈之的〈論民間文學〉(57)，張聞天、

㊺ 趙景深，〈童話家格林弟兄傳略〉，載於《晨報副刊》，1922 年 5 月 26-27 日。

㊻ 趙景深，〈童話家之王爾德〉，原載《虹紋》。見趙景深編，《童話評論》，上海：新文化書社，1928 年，第 209 頁。

㊼ 趙景深，〈安徒生評傳〉，原載《微波》。見趙景深編，《童話評論》，上海：新文化書社，1928 年，第 226 頁。

㊽ 趙景深，《童話評論》，新文化書社，1928 年。

㊾ 趙景深，《童話概要》，北新書局，1927 年。

㊿ 趙景深，《童話論集》，開明書店，1927 年。

(51) 馮飛，〈童話與空想〉，載於《婦女雜誌》第 8 卷 7-8 號，1922 年。

(52) 嚴既澄，〈兒童文學在兒童教育上的位置〉，原載《教育雜誌》。見趙景深編，《童話評論》，上海：新文化書社，1928 年，第 74 頁。

(53) 嚴既澄，〈神仙在兒童讀物上之位置〉，原載《教育雜誌》。見趙景深編，《童話評論》，上海：新文化書社，1928 年，第 78 頁。

(54) 鄭振鐸，〈兒童世界宣言〉，原載《婦女雜誌》。見趙景深編，《童話評論》，上海：新文化書社，1928 年，第 188 頁。

(55) 鄭振鐸，〈稻草人序〉，原載《文學週報》。見趙景深編，《童話評論》，上海：新文化書社，1928 年，第 240 頁。

(56) 郭沫若，〈兒童文學之管見〉，原載《民鐸》。見趙景深編，《童話評論》，上海：新文化書社，1928 年，第 192 頁。

(57) 胡愈之，〈論民間文學〉，原載《婦女雜誌》。見趙景深編，《童話評論》，上海：新文化書社，1928 年，第 53 頁。

汪馥泉的〈王爾德的童話〉❺❽，夏丏尊的〈俄國的童話文學〉❺❾，
饒上達的〈童話小說在兒童用書中之位置〉❻⓪，戴渭清的〈兒童文
學的哲學觀〉❻①，周邦道的〈兒童的文學之研究〉❻②、陳學佳的
〈兒童文學問題〉❻③、章松齡的〈關於兒童用書之原理〉❻④、中孚
的〈什麼叫神話〉❻⑤等，這些開拓性的研究成果奠定了中國現代童
話學的基礎。在這場啟蒙式的學術討論中，近代童話研究的先行者
們就童話的起源、分類、特徵、解釋、流傳等問題展開討論，就童
話與神話、傳說、故事、寓言、兒童教育的關係深入辯析。

　　他們的研究為中國現代童話學的發展奠定了基礎。其學術貢獻
首先在於，為中國現代童話學確立了一些基本概念。例如，他們探
討過童話的名稱問題，對此，趙景深、周作人、張梓生等人還有過

---

❺❽　張聞天、汪馥泉，〈王爾德的童話〉，原載《民國日報》。見趙景深編，
　　《童話評論》，上海：新文化書社，1928 年，第 202 頁。

❺❾　夏丏尊，〈俄國的童話文學〉，原載《小說月報》。見趙景深編，《童話評
　　論》，上海：新文化書社，1928 年，第 195 頁。

❻⓪　饒上達，〈童話小說在兒童用書中之位置〉，原載《中華教育界》。見趙景
　　深編，《童話評論》，上海：新文化書社，1928 年，第 149 頁。

❻①　戴渭清，〈兒童文學的哲學觀〉，原載《初等教育》。見趙景深編，《童話
　　評論》，上海：新文化書社，1928 年，第 78 頁。

❻②　周邦道，〈兒童的文學之研究〉，原載《中華教育界》。見趙景深編，《童
　　話評論》，上海：新文化書社，1928 年，第 122 頁。

❻③　陳學佳，〈兒童文學問題〉，原載《出版界》。見趙景深編，《童話評
　　論》，第 167 頁。

❻④　章松齡，〈關於兒童用書之原理〉，原載《中華教育界》。見趙景深編，
　　《童話評論》，第 112 頁。

❻⑤　中孚，〈什麼叫神話〉，原載《出版界》。見趙景深編，《童話評論》，上
　　海：新文化書社，1928 年，第 42 頁。

討論，最後基本達成「童話」一詞是從日本翻譯過來的共識。**⑯**周作人在 1922 年 1 月 21 日給趙景深的信中說：

> 童話這個名詞，據我知道，是從日本來的。中國唐朝的《諾皋記》裏雖然記錄著很好的童話，卻沒有什麼特別的名稱。十八世紀中日本小說家山東京傳在《骨董集》裏使用童話這兩個字。曲亭馬琴在《燕石雜志》及《玄同放言》中又發表許多童話的考證，於是這名稱可說以完全確立了。

但是，並不是說中國歷史上就沒有童話存在過，周作人在《古童話釋義》中指出，「中國雖古無童話之名，然實固有成文之童話，見晉唐小說，特多歸諸志怪之中」。為此，他還特意整理出了幾個經典的中國古代童話，如「吳洞」、「旁㐋」、「女雀」等。

他們還嘗試從不同的角度定義童話，逐步建構起童話與其他文化研究領域的關係。如周作人認為，「童話（Maerchen）本質與神話（Mythos）世說（Saga）實為一體。……蓋約言之，神話者原人之宗教，世說者其歷史，而童話則其文學也」。趙景深認為童話並不是從英語"Fairy-Tale"直接翻譯過來的，它是一種神奇的文學類型。但是，他認為，童話不是神怪小說，它「表現的是兒童的人生」；童話也不是兒童小說，它「不太與現實相近，又不太和神秘接觸，他實是一種快樂兒童的人生敘述，含有神秘而不恐怖的分子的文

---

⑯ 當然也有部分學者持不同意見，認為「童話」一詞並非從日本翻譯而來，而是中國古已有之，是從中國傳入日本後，再回傳中國的。

學」。張梓生認為童話是一種在原始思維和習俗的基礎上發展而來
的文學類型,「童話同神話、傳說,都有相聯的關係」,它是「根
據原始思想和禮俗所成的文學」。由於童話較強的文學屬性,他們
認為它具有一定的兒童教育價值,並且提出了一些選擇教育童話的
標準,如周作人的「優美」、「新奇」、「單純」、「勻齊」。趙
景深的「不荒唐」、「不恐怖」、「不粗鄙」等。

其次,當時的部分學者將童話納入民俗學和人類學研究領域,
從而開創了多角度理解童話的先河。當時研究童話的角度和方法多
種多樣,有文學的,有宗教的,也有兒童教育的,不一而足。其中
以周作人為代表的一批學者主張運用民俗學和人類學理論和方法研
究童話,最具開創性意義。他們認為從民間搜集而來的童話具有很
高的民俗學和人類學價值,它們與神話、傳說和故事等民間文藝形
式有內在關聯性。周作人在《童話略論》中指出,「童話研究當以
民俗學為據,探討其本原」:

> 童話取材既多怪異,敘述復單簡,率爾一讀,莫明其旨,古
> 人遂以為荒唐之言,無足稽考,……近世德人繆勒(Max
> Mueller)欲以語病說解之,亦卒不可通。英有安特路闌
> (Andrew Lang)始以人類學法治比較神話學,於是世說童話
> 乃得真解。……故知童話解釋不難於人類學中求而得之,蓋
> 舉凡神話世說以至童話,皆不外於用以表見原人之思想與其
> 習俗者也。

同時,他們開始運用一些現代性方法研究童話。如運用類型比

較理論和方法，對同類型的中國、日本和歐洲童話進行比較研究。
周作人在《古童話釋義》中將《酉陽雜俎》中記載的《吳洞》與歐
洲的《玻璃鞋》，《玄中記》中記載的《女雀》與歐洲的《鵠女》
等進行比較。趙景深在《螺殼中之女郎》、《中山狼故事之變異》
和《老虎婆婆》等論文中從比較文學的角度研究過中外民間童話。
張梓生在〈論童話〉和與趙景深的討論信中，也解釋了幾個世界著
名的童話類型：「物婚式」、「季女式」、「灰娘式」、「故妻
式」等。

　　此外，這批先行者在童話研究許多方面都有開拓。如分析童話
的文藝特色，其中馮飛提煉出了童話中的幾種空想類型：小神仙空
想、巨人空想、異常動物空想、自然人格化空想等，認為沒有空想
就沒有童話，強調童話的幻想性藝術特色；對童話進行分類研究，
其中有以童話內容為基礎的分類，如周作人認為「代表思想者」和
「代表習俗者」的「純正童話」和「非出於世說，但以娛樂為用
者」的「遊戲童話」；有以童話功能為基礎的分類，如教育童話和
兒童童話；有以童話形成之主體為基礎的分類，如周作人的「天然
童話」（亦稱民族童話）和「人為童話」等。

　　隨著五四運動後各種新學科理論的進一步發展，童話研究也出
現了一系列新的研究成果。其中鄭振鐸的〈十九世紀的德國文學〉
❻❼，徐如泰的〈童話之研究〉**❻❽**，顧均正的〈童話與想像〉、〈童

---

❻❼　鄭振鐸，〈十九世紀的德國文學〉，載於《小說月報》17-8，1926 年。
❻❽　徐如泰，〈童話之研究〉，載於《中華教育界》第 16 卷第 5 期，1926 年。

話的起源〉❻❾、〈童話與短篇小說〉❼⓪，夏文運的〈藝術童話的研究〉❼❶，趙景深的《童話學 ABC》❼❷，江紹原的〈談趙景深的童話論文〉❼❸，朱文印的〈童話作法之研究〉❼❹，魏冰心的〈童話教材的商榷〉，陳伯吹的〈童話研究〉❼❺，饒上達的〈童話小說在兒童用書中之位置〉❼❻，徐子蓉的〈從表演法上研究童話的特殊性〉❼❼，楊昌溪的〈童話概論〉❼❽，葛孚英的〈談童話〉❼❾等論文對童話的理解和研究更顯多樣性。他們對童話的性質、來源、分類、藝術特色、教育價值和童話創作等問題作了更深的探討。如童話的兒童文學形式和教育功能，童話的藝術性和思想性，童話的結構藝

---

❻❾　顧均正，〈童話的起源〉，載於《文學週報》第 260 期，1927 年。

❼⓪　顧均正，〈童話與短篇小說〉，載於《文學週報》第 318 期，1928 年。

❼❶　夏文運，〈藝術童話的研究〉，載於《中華教育界》第 17 卷第 1 期，1928年。

❼❷　趙景深，《童話學 ABC》，世界書局，1929 年。

❼❸　江紹原，〈談趙景深的童話論文〉，載於《現代文學》第 1 卷第 3 期，1930年。

❼❹　朱文印，〈童話作法之研究〉，載於《婦女雜誌》第 17 卷第 10 號，1931年。

❼❺　陳伯吹，〈童話研究〉，載於《兒童教育》第 5 卷第 10 號，1933 年。

❼❻　饒上達，〈童話小說在兒童用書中之位置〉，載於《婦女雜誌》第 20 卷第 8號，1934 年。

❼❼　徐子蓉，〈從表演法上研究童話的特殊性〉，載於《光華大學半月刊》第 5卷第 2 期，1936 年。

❼❽　楊昌溪，〈童話概論〉，載於《文藝創作講座》第 1 輯，1936 年。

❼❾　葛孚英，〈談童話〉，載於《歌謠》第 3 卷第 1 期，1937 年。

術，童話的三種來源，童話的五種類型等等。❽這些研究無疑推動
了現代民俗學和人類學等相關領域研究的進展。

小　結

　　本章深入探討了西方童話傳入中國後，對近代中國文化史產生
的影響。作為一種新文藝形式，西方童話與政治小說、科幻小說、
偵探小說等其他外來文學形式一樣，作為一種新的文學類型被引
進，成為中國現代小說發展的一種參照；受格林兄弟在民族文化危
機關頭搜集民間童話的影響，中國知識分子也一度掀起了「到民間
去」的民間文藝運動。格林童話也一度成為中國新文化運動走向民
間的一面旗幟；受西方童話研究理論的影響，童話的傳入引發了現
代意義的學術討論，部分關心童話研究和兒童教育的中國知識分子
掀起了一場「童話討論」，從而促進了中國現代童話學的形成。

---

❽　如朱文印在〈童話作法之研究〉中指出過，童話不僅是一種兒童文學形式，
　　也是一種兒童教育工具，並認為童話有古代傳承下來的，增刪改編出來和重
　　新創作的三種來源。陳伯吹在〈童話研究〉中給童話的定義是：「兒童所喜
　　聽所喜講之話也」，並將童話分為民族童話、文學童話、教育童話、科學童
　　話和新興童話等五種類型。

結　語

　　童話（Fairy tale）是人類社會走向文明的文化橋樑之一；也是世界跨文化傳播的經典。作為一種古老而更生的文藝形式，它最早的雛形可以追溯到遠古時期的口頭敘事，而最新的形式可以在現代高科技童話動漫中找到蹤影。可以說，童話是人類社會在不同的歷史時期不斷創造和傳承的、伴隨人類心靈成長的文藝形式，它的形成、流變和傳播過程一直是文化研究的領域之一。而歷史上對童話傳統的研究一向偏重於對童話藝術性的美學分析，而忽略對童話傳統的社會歷史性剖析。其實，童話不僅是一種美麗的、浪漫的文學類型，還是一面映射和再現社會現實的鏡子。那麼，作為一種古老的文藝形式，童話在歷史變遷的長河中具有什麼樣的社會文化特徵呢？同樣，作為一種世界性的跨文化傳播的經典，童話翻譯與傳播又具有哪些獨特的歷史文化特質呢？

　　為此，本書在傳統的歷史地理研究方法和社會歷史分析理論的基礎上，借鑑兩者在童話研究領域的已有成果，克服兩者在研究方向和材料上的不足，運用一種新的社會歷史分析的視角，探討西方童話傳統背後的歷史，揭示二十世紀初西方童話中譯歷程中蘊含的歷史文化內涵。

　　本書第一部分從社會歷史分析的視角梳理了童話的概念，考察

了西方童話的成形過程，探討了從民間童話到文學童話的發展過程中，特定時代的社會歷史和文化思潮對童話的種種影響。由於西方童話傳統漫長而複雜，重點以西方童話的代表──格林童話為個案展開深入研究。在詳細梳理了格林童話的產生和傳播過程後，結合當時的社會歷史背景，分析了格林童話與個人身世、文化思潮、時代政治和歷史風雲之間的關係，從而真實地呈現了西方童話傳統的社會歷史特徵。

從第一部分的討論中可以發現，西方童話傳統具有豐富的歷史文化內涵。這一點充分地體現在從民間童話到文學童話再到商業童話的發展歷程中。在遠古社會形態中，民間童話作為一種古老的口頭敘事形式，是民眾集體意識的呈現；而在封建社會向前資本主義社會過渡時期，文學童話逐漸形成，並作為一種現代文學類型，成為新興資產階層意識形態的載體；而那些隨著現代社會和高科技發展而來的商業童話更成為當今文化工業的重要資源。

在更深入的討論中可以看到，在格林童話的形成和傳播過程裏，這種童話中承載著歷史文化內涵的特點有著更深刻的體現。格林童話是格林兄弟在搜集民間童話故事的基礎上，整理、改編的童話故事集。通過充分梳理格林兄弟的人生歷程和格林童話的產生過程後，本書揭示了格林童話不是一種簡單的文藝搜集或創作，而是社會歷史和人生經歷相互滲透的結果。它是格林兄弟在家世衰落的陰影下展開的文化思考和抗爭，集中反映了當時他們對國道衰弱的憂慮和對民族文化復興的理想。

從宏大的社會歷史背景而言，格林童話更是歷史時代的產物。當時浪漫主義民間文藝思潮開啟的眼光向下和真詩在民間的新民族

文化思維，赫爾德發起的廣泛搜集日爾曼民歌的運動，格林兄弟獨特的民間文藝思想，都是影響和推動格林童話成形的重要歷史文化因素。正是在這種歷史文化背景裏，格林兄弟搜集民間童話故事的熱情被喚醒，民間童話的民族文化意義被放大，個人的藝術審美意識被重視，最後歷史地形成了後人閱讀的格林童話。

格林童話產生後，不僅為兒童帶來一種經典讀物，也為後世的研究者留下了空間，更為後來的歷史文化思潮提供了資源，不斷地被新的歷史文化所涵化，成為新的社會歷史文本。正如書中的分析指出，格林童話並非完全來自民眾口頭，也並非完全忠於傳統的民族故事，而是特定社會歷史中意識形態影響下的產物。在格林童話與社會歷史語境的互動中，西方兒童教育思想、民族文化政治和納粹政治都從格林童話裏尋找文化資源，按照自己的需要闡釋和利用格林童話，從而為特定的文化思潮和意識形態服務。

格林童話的個案研究，揭示了西方童話傳統是在不同歷史時代背景下演化成形的，其形成和演變具有很強的社會歷史特徵。那麼，西方童話傳統中的這些文化特徵在跨文化翻譯和傳播過程中會出現什麼樣的現象呢？對此，本書第二部分以近代西方童話的中譯為對象，考察了西方童話的社會歷史特徵在跨文化翻譯和傳播過程中的表現。

首先，第二部分通過詳細梳理近代西方童話的中譯歷程和推動這一歷程發展的主要力量和各種因素，闡明了近代西方童話中譯從文言到白話，從意譯到直譯，體現出翻譯文本隨社會歷史價值觀念的變化而不斷變化。

其次，研究表明，作為近代西學中譯風潮的一部分，清末民初

時期興盛的童話譯介之風不僅是中西文化交流和翻譯的一種形式，更是多種歷史文化因素相互作用和影響下的產物。與其他同時被引介的偵探小說、政治小說、科學小說和冒險小說等西方文藝類型一樣，它是近代知識分子在亡國滅種的災難邊沿作出的一種文化選擇，在中國近代思想文化史上具有重要意義。

再次，近代西方童話中譯的動力根源於歷史。從思想層面而言，近代中國社會歷史運動中的種種思潮是推動近代西方童話中譯的重要動力來源。童話與其他被引介的西方文藝類型一樣，是近代知識分子致力於救國救民運動的一種文化選擇，也成為他們在新的歷史條件下建構新的民族國家想像和公共空間領域的新型話語。從社會結構層面而言，近代中國社會結構的變遷為童話翻譯提供了所需的現實資源。特別是近代中國城市發展所形成的市民文化空間的變化極大地刺激了童話的翻譯力度。新興市民階層的閱讀需求、新興傳播媒介的出現、近代出版業的繁榮、新的翻譯出版機制，以及新的兒童教育觀念的出現都有力地推動了近代西方童話的中譯歷程。

最後，研究還發現，西方童話在中譯之初，一方面成功地與近代中國文化思潮相呼應，成為近代中國文化思潮的一種外來資源；另一方面，西方童話作為一種現代西方文藝形式，其自身內涵的各種文化因素，刺激和推動了近代中國相關文化思潮和運動。

一方面，西方童話在中譯之初成功地被近代中國文化思潮所涵化，成為一種有力的外來文化資源。正是在近代新民思潮的影響下，童話翻譯被提升到了國民教育的層面，成為改造國民性的途徑之一。同樣，正是在新兒童文學運動的影響下，童話翻譯上升到了

教育新兒童、新國民的層面，成為培養新兒童的讀物之一。

　　另一方面，西方童話傳入中國後，對近代中國文化史產生了積極影響。作為一種新文藝形式，西方童話與政治小說、科幻小說、偵探小說等其他外來文學形式一樣，作為一種新的文學類型被引進，成為中國現代小說發展的一種參照；受格林兄弟在民族文化危機關頭搜集民間童話的影響，中國知識分子也一度掀起了「到民間去」的民間文藝運動。格林童話也一度成為中國新文化運動走向民間的一面旗幟；受西方童話研究理論的影響，童話的傳入引發了現代意義的學科討論，部分關心童話研究和兒童教育的中國知識分子掀起了一場「童話討論」，從而促進了中國現代童話學的形成。

　　簡言之，通過對格林童話和 1900-1937 年西方童話中譯歷程的深入考察，真實而深刻地揭示了童話背後的社會、歷史和人生。西方童話傳統內涵的這種歷史文化特點在漫長的發展歷程裏一直生生不息。從世界範圍看，童話在急劇變化的社會生活和日新月異的科學技術的推動下，不斷煥發出了新的生命力，成為適應文化工業時代不同需要的重要文化資源。在中國社會文化史上，童話也一直承載著重要的社會文化功能：抗日戰爭時期，面對救亡圖存的大趨勢，它一度成為宣揚救亡的文藝工具；社會主義中國建立後，它又與社會主義意識形態相融合，成為宣揚革命的文藝手段；文化大革命期間，它被極端的社會主義文藝思想所控制；改革開放後，隨著新文化思潮的洶湧而至，童話成為思想解放和社會改革的載體。特別是最近幾年，隨著市民文化的興起，童話變幻著新的形式出現，成為新興市民話語的載體。

　　所以，從社會歷史分析的視角研究童話的產生和傳播過程，不

僅可以更深入地理解童話和童話背後的文化，更可以透過童話內涵
的思想文化因子，解讀更豐富的社會歷史內容。

參考書目

一、外文書目

A：Reference Books

Aarne, Antti. *Verzeichnis der Maerchentypen*. Helsinki, 1910.

Aarne, Antti/Thompson, Stith. The Types of the Folktale: A Classification and Bibliography. Helsinki, 1961.

Bechstein, Ludwig. *Maerchenbuch*. Eds. Han-Joerg Uther. Muenchen: Diederichs, 1997.

Brednich, Rolf Wilhelm, ed. *Enzyklopaedie des Maerchens: Handwoerterbuch zur historischen und vergleichenden Erzaehlforschung*. Begruendet von Kurt Ranke.

Brueder Grimm. *Kinder-und Hausmaerchen*. Eds. Hans-Joerg Uther. Muenchen: Diederichs, 1997.

_____. *Kinder- und Hausmaerchen* 1-2. Eds. Hans-Joerg Uther. Muenchen: Diederichs, 1998.

Grimm, Jacob und Wilhelm. *Kinde-und Hausmaerchen*. Berlin, 1812/1815 (1856).

_____. *Kinde-und Hausmaerchen*. Eds. Heinz Roelleke. Stuttgart, 1980.

_____. *Kinder-und Hausmaerchen. Muenchen*. Eds. Hans-Joerg Uther. Muenchen: Diederichs, 1996.

Hauff, Wilhelm. *Maerchen*. Eds. Han-Joerg Uther. Muenchen: Diederichs, 1999.

B： Fairy-tale Studies

Bastian, U. *Die Kinder-und Hausenmaerchen der Brueder Grimm in der literaturell-paedagogischen Disskussion in 19. und 20. Jahrhunderts.* Helsinki: Ffm, 1981.

Bendix, Regina. "The Firebird: From the Folktale to the Ballet". In *Fabula*. Eds. Rolf Wilhelm Brednich und Eifriede Moser-Rath. Berlin: Walter de Gruyter, PP72-85, 1983.

Bendix, Regina. *Amerikanische Folkloristik, Eine Einfuehrung*. Berlin: Dietrich Reimer Verlag, 1995.

Bendix, Regina. *In Search of Authenticity, the Formation of Folklore Studies*. The University of Wisconsin Press, 1997.

Boeklen, E. *Sneewittchenstudien* 1-2. Leipzig, 1910-1915.

Bottigheimer, Ruth. *Fairy Tales and Society: Illusion, Allusion and Paradigm*. Philadelphia: University of Pennsylvania Press, 1986.

Bottigheimer, Ruth. *Grimms' bad girl § bold boys: the moral § social vision of the Tales*. New Haven: Yale University Press, 1987.

Brednich, Rolf Wilhelm and Hans-Joerg Uther. *Fabula: Zeitschrift für Erzaehlforschung*. Berlin: Walter de Gruyter.

Brueder Grimm-Gesellschaft. *Brueder Grimm Gedenken*. Kassel: Brueder Grimm-Gesellschaft, 1963, 1975, 1981, 1984, 1985, 1986, 1987, 1988, 1990.

Buehler, Charlotte. *Das Maerchen und die Phantasie des Kindes*. Berlin: Springer, 1977.

Buerger, Christa. Die soziale Funktion volkstuemlicher Erzaehlformen -- Sagen und Maerchen. In *Projekt Deutschunterricht* 1. Stuttgart: Metzler, 1974.

Chin, Wan-Kann. *Die Folkloristik im modernen China (1918-1949)*. Aachen: Shaker Verlag, 1997.

Cox, M. R. *Cinderella*. Lang, 1893.

Dégh, Linda. *Maerchen, Erzaehler und Erzaehlgemeinschaft*. Berlin: Akademie Verlag, 1962.

Dollerup, Cay. The Grimm Tales in 19th Century Denmark. In *Target*, Bd. 5. 1993, 191-214.

Franz, Maria von. *Problems of the Feminine in Fairytales*. New York: Springer, 1972.

Haase, Donald. *The reception of Grimms' fairy tale: responses, reactions, revisions.* Detroit: Wayne State University Press, 1993.

Hung, Chang-tai. *Going to the People -- Chinese Intellectuals and Folk Literature 1918-1937*. Harvard Unversity Press, 1985.

Ingird, Tomkowiak. *Grimms Maerchen international: zehn der bekanntesten Grimmschen Maerchen und ihre europaeischen und außereuropaeischen Verwandten*. Paderborn (u.a.): Schoeningh, 1996.

Jung, Carl. The Phenomenology of the Spirit in Fairy Tale. In *Psyche and Symbol*. New York: Anchor, 1958.

Karlinger, Felix. *Wege der Maerchenforschung*. Darmstadt: Wissenschaftliche Buchgesellschaft, 1973.

Karlinger, Felix. *Grundzuege einer Geschichte des Maerchen im deutschen Sprachraum*. Darmstadt: Wissenschaftliche Buchgesellschaft, 1983.

Kathrin Poege-Alder. *Maerchen als muendlich tradierte Erzaehlungen des Volkes: zur Wissenschaftsgeschichte der Entstehung-und Verbreitungstheorien von Volksmaerchen von den Brueder Grimm bis zur Maerchenforschungen in der DDR*. Frankfurt am Main: Lang, 1994.

Krohn, K. "Baer (Wolf) und Fuchs -- eine nordische Tiermaerchenkette.". In *JSFO* 6. 1889.

Liang, Yea-Jen. *KHM der Brüder Grimm in China*. Wiesbaden, 1986.

Luethi, Max. *Das europaeische Volksmaerchen*. Bern: Franke, 1960.

Luethi, Max. *Es war einmal: vom Wesen des Volksmaerchens*. Goettingen, 1983.

Luethi, Max. *Maerchen* (Bearbeitet von Heinz Roelleke). Stuttgart Weimar: Verlag J. B.Metzler, 1996.

M. McGlathery, James. *Grimm's fairy tales: a history of criticism on a popular classic*. Columbia: Camden Hause, 1993.

Otrakul, Ampha. *Grimms Maerchen in thailaendischer Uebersetzung, Eine kritische*

Untersuchung. Marburg, 1968.

Propp, Vladimir. *Morphology of the Folktale*. Trans. Laurence Scott. Austin: University of Texas Press, 1968.

Richter, Dieter and Johannes Merkel. *Maerchen, Phantasie und Soziales Lernen*. Berlin: Basis, 1974.

Roelleke, Heinz. *Die Maerchen der Brueder Grimm: Quellen und Studien, gesammelte Aufsaetze*. Trier: Wiss. Verl. Trier, 2000.

Takano, Kyoko. "Die Uebersetzung grimmscher Maerchen und die Einfuehrung der Jugendlitratur in Japan". In *Brueder Grimm Gedenken*, Schriften der Brueder Grimm-Gesellschaft, 1985.

Ting, Nai-Tung. *A Type Index of Chinese Folktale*. Helsinki: Ffm, 1978.

Uther,Hans-Joerg. *Deutsche Maerchen und Sagen*. Berlin: Directmedia Publishing GmbH, 2000.

Warner, Marina. *From the Beast to the Blonde: on fairy tales and their tellers*. London: Chatto & Windus, 1994.

Weishaupt, Juergen. *Die Maerchenbrueder, Jacob und Wilhelm Grimm-ihr Leben und Wirken*. Kassel: Verlag Thiele & Schwarz, 1986.

Zipes, Jack. *The Brothers Grimm -- From Enchanted Forests to the Modern World*. New York: Routledge, 1988.

Zipes, Jack. *Breaking the magic spell: radical theories of folk ans fairy rales*. Lexington: University Press of Kentucky, 2002.

C: Cross-cultural and Translation studies

Benjamin, Walter. *Gesammelte Schriften Band* I-IV. Frankfurt am Main: Suhrkamp Verlag, 1997.

Dean, Jodi, ed. *Cultural Studies and Political Theory*. New York: Cornell University Press, 2000.

During, Simon. *The Cultural Studies Reader*. London: Routledge, 1999.

Esser, Alfons. *Bibliographie zu den deutsch-chinesischen Beziehung, 1860-1945*.

Muenchen: Minerva-Publikation, 1984.

Heyer, Siegfried. *Eine Marburger Grimm-Handschrift, Wilhelm Grimms Uebersetzung der Irischen Märchen.* 1988.

Irene, Eber. *Bibel in modern China: the literary and intellectual impact.* Nettetal: Steyler Verlag, 1999.

Lefevere, André. *Translating Literature: Practice and Theory in a Comparative Literature Context.* New York: The Modern Language Association of America, 1992.

Rainer, Schulte and John Biguenet. *Theories of Translation: an Anthology of Essays from Dryden to Derrida.* Chicago: University of Chicago Press, 1992.

Vermeer, Hans J. *Skizzen zu einer Geschichte der Translation*, 2. Vols. Frankfurt: Verlag für interkulturelle Kommunikation, 1992.

Venuti, Lawrence. *The Translator's Invisibility, A History of Translation.* London: Routledge, 1995.

Zipes, Jack. *Rotkaeppchens Lust und Leid.* Koeln: Diedrichs, 1982.

Zipes, Jack. *The trials and tribulations of Little Red Riding Hood.* Bergin & Garvey Publishers, Inc, 1983.

二、中文書目

A.

阿英：《晚清小說史》，北京：人民文學出版社，1980 年。

C.

陳平原：《20 世紀中國小說史・第一卷》，北京：北京大學出版社，1989 年。

陳平原、夏曉虹：《二十世紀中國小說理論資料》，北京：北京大學出版社，1989 年。

D.

鄧牛頓、匡壽祥：《郭老與兒童文學》，鄭州：河南人民出版社，1980 年。

鄧正來：《市民社會理論的研究》，北京：中國政法大學出版社，2002 年。

G.

格林兄弟編、魏以新譯：《格林童話全集》，上海：商務印書館，1934年。

龔鵬程：《近代思想史散論》，臺北：東大圖書公司，1991年。

顧頡剛：《孟姜女研究集》，上海：上海古籍出版社，1984年。

———：《顧頡剛民俗學論集》，上海：上海文藝出版社，1999年。

郭延禮、武潤婷：《中國文學精神·近代卷》，濟南：山東教育出版社，2003年。

H.

戶曉輝：《現代性與民間文學》，北京：社會科學文獻出版社，2004年。

洪長泰：《新文化史與中國政治》，臺北：一方出版公司，2003年。

洪汛濤：《童話學》，臺北：富春文化事業公司，1989年。

胡從經：《晚清兒童文學鉤沉》，上海：少年兒童出版社，1982年。

黃雲生：《人之初文學解析》，上海：少年兒童出版社，1997年。

J.

蔣風：《魯迅論兒童教育和兒童文學》，上海：少年兒童出版社，1961年。

——：《兒童文學概論》，長沙：湖南少年兒童出版社，1982年。

——：《魯迅論兒童讀物》，西安：陝西人民出版社，1983年。

——：《中國現代兒童文學史》，石家莊：河北少年兒童出版社，1986年。

——：《中國兒童文學大系　理論一》，太原：希望出版社，1988年。

金燕玉：《中國童話史》，南京：江蘇少年兒童出版社，1992年。

K.

孔海珠：《茅盾和兒童文學》，上海：少年兒童出版社，1990年。

孔慧怡編：《譯學英華，宋淇翻譯研究論文獎 1999-2004 文集第一卷》，香港：香港中文大學翻譯研究中心，2005年。

L.

賴芳伶：《清末小說與社會政治變遷（1895-1911）》，臺北：大安出版社，1994年。

李伯棠：《小學語文教材簡史》，濟南：山東教育出版社，1985年。

李歐梵：《上海摩登，一種新都市文化在中國 1930-1945》，香港：Oxford University Press，2000 年。

林文寶：《試論我國近代童話觀念的演變──兼論豐子愷的童話》，臺北：萬卷樓圖書公司，2000 年。

劉守華：《故事學綱要》，武漢：華中師範大學出版社，1988 年。

───：《比較故事學》，上海：上海文藝出版社，1995 年。

───：《中國民間故事史》，武漢：湖北教育出版社，1999 年。

M.

馬力：《世界童話史》，瀋陽：遼寧少年兒童出版社，1990 年。

米列娜編、伍曉明譯：《從傳統到現代──19 至 20 世紀轉折時期的中國小說》，北京：北京大學出版社，1991 年。

P.

浦漫汀：《中國兒童文學大系　童話一》，太原：希望出版社，1989 年。

Q.

祁連休、肖莉：《中國傳說故事大詞典》，北京：中國文聯出版公司，1992 年。

祁連休、程薔：《中華民間文學史》，石家莊：河北教育出版社，1999 年。

S.

司琦：《兒童讀物研究》，臺北：臺灣商務印書館，1993 年。

T.

譚達先：《中國民間童話研究》，香港：商務印書館，1981 年。

W.

王宏志編：《翻譯與創作，中國近代翻譯小說論》，北京：北京大學出版社，2000 年。

王泉根：《周作人與兒童文學》，杭州：浙江少年兒童出版社，1985 年。

───：《現代兒童文學的先驅》，上海：上海文藝出版社，1987 年。

───：《中國現代兒童文學文論選》，南寧：廣西人民出版社，1989 年。

———：《中國兒童文學現象研究》，長沙：湖南少年兒童出版社，1992 年。

———：《現代中國兒童文學主潮》，重慶：重慶出版社，2004 年。

王友貴：《翻譯家周作人》，成都：四川人民出版社，2001 年。

韋商：《葉聖陶和兒童文學》，上海：少年兒童出版社，1990 年。

韋葦：《外國童話史》，南京：江蘇少年兒童出版社，1990 年。

吳其南：《中國童話史》，石家莊：河北少年兒童出版社，1992 年。

Y.

葉珫珒：《西洋兒童文學史》，臺北：東大圖書公司，1982 年。

Z.

張美妮：《童話辭典》，哈爾濱：黑龍江少年兒童出版社，1989 年。

張香還：《中國兒童文學史（現代部分）》，杭州：浙江少年兒童出版社，
    1988 年。

張之偉：《中國現代兒童文學史稿》，上海：華東師範大學出版社，1993 年。

鄭爾康、盛巽昌：《鄭振鐸和兒童文學》，上海：少年兒童出版社，1990 年。

鍾敬文：《鍾敬文文集》（民間文藝學卷），合肥：安徽教育出版社，2003
    年。

周作人：《周作人民俗學論集》，上海：上海文藝出版社，1999 年。

———：《兒童文學小論》，石家莊：河北教育出版社，2002 年。

趙景深：《童話論集》，上海：開明書局，1927 年。

———：《童話概要》，上海：北新書局，1927 年。

———：《童話評論》，上海：新文化書社，1928 年。

朱自強：《中國兒童文學與現代化進程》，杭州：浙江少年兒童出版社，
    2000 年。

樽本照雄：《新編增補清末民初小說目錄》，濟南：齊魯書社，2002 年。

國家圖書館出版品預行編目資料

童話背後的歷史
——西方童話與中國社會（1900-1937）

伍紅玉著. - 初版. - 臺北市：臺灣學生，2010.11
面；公分

ISBN 978-957-15-1504-5 (平裝)

1. 童話 2. 西洋文學 3. 文學史 4. 社會史 5. 中國

870.99   99019070

童話背後的歷史
——西方童話與中國社會（1900-1937）

著　作　者：伍　　　紅　　　玉
出　版　者：臺　灣　學　生　書　局　有　限　公　司
發　行　人：楊　　　　　雲　　　　　龍
發　行　所：臺　灣　學　生　書　局　有　限　公　司
　　　　　　臺北市和平東路一段七十五巷十一號
　　　　　　郵　政　劃　撥　帳　號：00024668
　　　　　　電　話　：（02）23928185
　　　　　　傳　真　：（02）23928105
　　　　　　E-mail：student.book@msa.hinet.net
　　　　　　http：//www.studentbooks.com.tw
本書局登
記證字號：行政院新聞局局版北市業字第玖捌壹號
印　刷　所：長　欣　印　刷　企　業　社
　　　　　　中和市永和路三六三巷四二號
　　　　　　電　話　：（02）22268853

定價：平裝新臺幣三五〇元

西　元　二　〇　一　〇　年　十　一　月　初　版

臺灣 學生書局 出版

現當代文學叢刊